DALKEY ARCHIVE

adios, SCHEHERAZADE
DONALD E. WESTLAKE

さらば、シェヘラザード

ドナルド・E・ウェストレイク
矢口誠訳

国書刊行会

本書をノーマン・ムロネットに捧げる

さらば、シェヘラザード

ADIOS, SCHEHERAZADE

by

Donald E. Westlake

1970

1

善良なるすべての人々が力を合わせて祖国のために尽くすべきときがきた。

ほんとならぼくはいま、ポルノ小説を書いてなきゃいけない。時刻は午後の一時半。フレッドは眠ってるし、ベッツィーはスーパーマーケットへ買い物に行っている。きょうは一九六七年のああいったいどうすりゃいいんだ十一月二十一日！　あと十日のうちにぼくは小説を一冊書きあげる必要がある。作品番号29。変ホ長調。軽快なテンポの諧謔曲《スケルツォ》で頼むよ。

いったいぼくはなにをしてるんだ？　タイプライターに紙をセットし、冒頭は五行分の余白をとってまんなかに章番号を1とタイプし、最初の段落の行頭を一字下げにして、あとは今月分のポルノ小説を書きはじめるばかり。ところが実際にはなにをやってるか？　ここにすわってタワゴトをタイプしてるだけだ。ほんとはセックス場面をタイプしてなきゃいけないのに。

問題は、セックス場面が頭に浮かんでこないことだった。ぼくはただここにすわってひたすらタイプ用紙を見てるだけ。タイプライターのキーと、机と、ビックのボールペンと、黄色い軸にタイコンデロガと商品名が刻印された鉛筆と、緑色の刷毛がついた赤い消しゴムを見つめながら、タイコンデロガのなかの文字を使っていくつ言葉がつくれるかなんてことをいつしか考えはじめてる。

太鼓《タイコ》、恋《コイ》、帯電《タイデン》……

なにをバカやってるんだ？　いまこの瞬間に重要なのはセックス、つきあげる性欲、執筆作業を超スピードでこなすことだ。今年の十一月三十日の午後三時までにこの本を書きあげ、ランスに届けなきゃならない。さもないとすべておしまい。ぼくはダストシュートでゴミ箱に真っ逆さま、仕事を失ってしまう。ランスは冗談をいわない。はったりで脅し文句を並べたりもしない。「残念だな、エドウィン」とあいつはいった。心から残念そうな声で。

あれは電話で話をしたときのことだ。ぼくは電話でしかランスと会わない――って、変な言い方だけど意味はわかるだろ？　そのほうが効果的だって、あいつにはわかってるんだ。穏やかで誠実で説得力のある声だけで、ほかにはなにもないほうがいいってことを。いかにも槍《ランス》って感じの声。ランス・パングル。ランスなんて名前を聞くと、ラストネームも本名じゃないんだろうと思う人もいるかもしれない。でも、パングルのほうは本名のままだ。ロッドの話によると、税金対策上だかビジネス上だかの理由で、ラストネームは変えられないらしい。だけど、ぼくにいわせりゃそんなの嘘八百だ。あのロクデナシはうぬぼれが強すぎて、本名とはぜんぜん違うペンネームなんか名乗りたくないんだ。モーリス・パングルって名前はダサい。あのネズミ野郎は（いやいやながら認めざるをえないけど）モーリス・パングルなんて名前はダサすぎてビジネス上不利になるって判断ができるくらいの脳みそは持ってる。ぼくにはあいつがファーストネームを変えなかった理由もわかる。モーリスって名前はただもうそれだけでダサいし、これにぴったり合うラストネームがこの世にあるとしたら、それはエヴァンズしかない。しかし、モーリス・エヴァンズって名前はすでにイギリスの俳優が使ってる。そこであいつはファーストネームを変えたってわけだ。ランス・パングル。前半分は西部のヒーロー風で、後ろ半分はそのヒーローの愛馬風だ。

　あいつの声は前半分のほうを連想させる。紳士的なトロンボーンにして、世界でいちばんソフトなバリトン。その声はやさしく、穏やかで、洗練された雰囲気が漂う。あいつは自分で銃殺隊を招集しておきながら、「残念だな、エドウィン」という声に心から残念そうな響きをこめることができる。

「締め切りはぜったい守るよ、ランス」と、ぼくは約束した。自信に満ちた声できっぱり答えたつもりなんだけど、いまにして思えば、すでにダストシュートを落下中の人間みたいな声だったかもしれないと不安になってくる。

　ぼくは丸い穴に無理やり挿入された四角い竿《さお》だ。卑猥な表現で申し訳ないが、要するに不適任者ってこと。作家になんか、宇宙飛行士くらい向いてない。作家になんか（　　　　　　）くらい向いてない（カッコ内にあなたのいちばん好きな職業を三つ入れよ）。

ロッドはぼくに忠告した。「こんなクソを永遠につづけられるやつはいない。一時的な仕事だってことを忘れちゃだめだ」

そんな忠告にぼくが耳を傾けると思うか？　第一に、あいつはうちの母さん家のリビングルームで「クソ」って言葉を口にしたんだ。それも、母さんがすぐそばにすわってるときに。第二に、ロッドはサビーナ・デル・レックスって娘を連れてニューヨークからやってきて、高速自動車道の出口を出てすぐのハワード・ジョンソン・ホテルに部屋をとっていっしょに泊まってたんだけど、ぼくはサビーナの太ももに目を向けずにいるのがせいいっぱいだった。そして第三に、そもそもこのクソを永遠につづけるつもりなんてぼくにはさらさらありゃしなかった。

一年半だけだよ、とぼくはいった。ロッドがオールバニーにやってきたのは一九六五年の一月。一月の末だ。ぼくは一月の第一週にロッドから手紙をうけとり、ああもちろん興味は大ありだよと返事を送り、やつはその月の末ごろにサビーナを連れてあの赤いMGに乗ってやってきた。

ロッドは最初から最後までずっと金の話ばかりしてた。ぼくがいちばん興味を持ってたのは金だった。ぼくは大学を卒業したばかりで（六四年度卒業生だ！）、結婚をしてて、実家で母さんと同居してて、キャピタルシティ・ビール卸売販売って会社で働いていた。しかもベッツィーは妊娠七カ月。サビーナの太ももを見るのをぼくが拒否していたもうひとつの理由がそれだ。

ロッドがはじめてサビーナ・デル・レックスをオールバニーに連れてきて彼女をぼくに紹介し、ぼくを彼女に紹介してくれたときから、ぼくはずっと彼女に欲情しつづけてる。いやそうじゃないな、それよりももっとまえ、サビーナがゼネラル・エレクトリック社のクロックラジオのコマーシャルに出てるのを見たときからだ。とんでもなくホットなサビーナがクロックラジオをつかんでぐっとポケットに突っこむのを見たぼくは、すぐさますっ飛んでいってベッツィーと一発やった。そのサビーナがわが家に——ぼくの母さんの家に——やってきたのだ。しかもベッツィーは六週間のおあずけ期間に入ったばかり。第一、あいつはカバみたいにでっかくなっていた。そんな状況でサビーナの太ももなんか見られるわけがない。

で、なんの話だっけ？　金だ。ロッドはそういう本を一冊書くごとに千二百ドル払うといった。

「まえは千ドルだったんだけど、ランスが値切り上げたんだ」

「そんな言い回しはないわ。でしょ？　値切るじゃないの？」と、ベッツィーがいった。

そこでぼくはサビーナの太ももを見た。ミルクのように白く、上のほうは陰になっていた。

目も見た。瞳はグレー、白目はミルクのように白く、上のほうは陰になっていた。ロッドは彼女をかまってやってないんだろうか？　そうであってほしかった。ぼくは夢想にふけりはじめた。夜中の一時。電話が鳴る。サビーナだ。「ロッドったら、車のなかで意識をなくしちゃったの。あの人がどれだけ飲むか知ってるでしょ？　あたしじゃどうにもならないのよ、エド。あなたに迷惑はかけたくないんだけど、でもあたし、オールバニーにはほかに知り合いがひとりもいなくて」

「ぜんぜんかまわないさ。すぐに行くよ」

ベッツィー――「どうしたの、エド？」半分寝ぼけたままベッドで身体を起こし、目をしばたたかせながらぼくを見る。

ぼく――「ロッドが飲みすぎて正体をなくしちまったんだ。すぐに帰ってくる」

モーテルに到着。サビーナは不安のあまり両手をもみあわせている。ロッドは自分のゲロの上に横たわっている。ぼくはロッドを部屋まで運び、服を脱がせ、ベッドに押しこむ。

サビーナ――「ほんとに感謝するわ、エド」

ぼく――「どうってことないさ」

会話がしばらくつづく。退屈すぎて、夢想する気にもならない。

おつぎはベッドに腰をおろしたふたりのシーン――もちろんベッドはツインだ――ぼくらは

水飲み用のガラスのコップでスコッチを飲んでいる。サビーナは自分がいかに不幸か打ち明ける。彼女は泣きはじめる。ぼくは彼女の身体に腕をまわす。彼女はぼくの肩に顔をうずめて泣く。ぼくは彼女の太ももに手をおく。すごくひんやりしてて、すごくなめらかで、すごくやさしくて、すごく気品があって、もう頭がどうにかなりそうだ。ぼくは白いパンティーのほうへ手をすべらせていく。ぼくの喉もとで彼女が吐息をもらす。ふたりはベッドに横たわる。ぼくは棒高跳び選手もうらやむくらい激しく勃起している。ぼくらは服を脱ぐ。彼女は雌のトラだ。暴発したゼンマイのように動く。ぼくはすぐにイッてしまう。すると彼女がいう。

「もう終わり?」

クソッ。どうしてぼくの夢想はどれもこれもぼくの意思に背くのか? 問題はぼくが夢想を完全密閉にしておけないことにある。いつだってちょっとだけ現実が忍びこんでくるのだ。ドアの下から靄が忍びこんできたりとか、ガスマスクの端から催涙ガスが漏れ入ってくるみたいに。

7

そうそう、いまは金の話をしてるんだった。サビーナじゃなくて金の話に集中しなきゃいけないときにも、ぼくはついほかのことを考えてしまう。一九六五年一月のその日、ぼくはニューヨーク州オールバニーにある母さんの家のリビングルームにいた。ぼくはあのロクでもない街で育った。ただし、あの街で生まれたわけじゃない。

8

ぼくが生まれたのは南太平洋上のどこか。より正確にいうと、南太平洋上のどこかに浮かんだ航空母艦ＵＳＳグレン・ミラーの上だった。これまでのところ、それがぼくの人生の頂点だ。

「原稿料が千二百ドルに上がったんです」と、ロッドがベッツィーにいった。「もとは千ドルだったのがね。となれば、値切り上げるであってるじゃないですか」ロッドはいつもベッツィーをことさら丁重にあつかい、過剰なくらい丁寧に説明をする。証拠を突きつけられないタイプの侮辱だ。たとえこっちがムッとしても反論できない。とはいえ、べつにぼくがムッとしたわけじゃないが。

それはともかく、ロッドはつぎにぼくのほうを向いていった。「ペンネームはおれがこれまで使ってたのをそのまま使う。だから売れ行きは保証されてる。支払いはおまえのほうに千、おれのほうに二百。そこから手数料が引かれる。手数料は十パーセントだ。おまえの手取りは九百ってことだな」

「一カ月に一冊本を書くのか」ぼくの頭はサビーナの太ももと金欠のことでいっぱいで、判断を下すには興奮しすぎていた。

「毎月、十日で一冊書くんだ」と、ロッドはいった。

「十日で一冊なんて、ぼくには無理だよ」

ま、これはぼくが間違ってた。ぼくはこれまでに二十八冊の本を書いたが、そのうちの二十

12

四冊は十日で書きあげた。最初の一冊は三カ月くらいかかった。しかしあのときはまだ手探りで書いていたし、ちょうどフレッドが――三月に――生まれたばかりだったし、それまでは自分が作家になるなんて夢にも思っていなかったからだ。

「文法的に正しい手紙が書けるなら、ポルノ小説も書けるさ」

「ロッド」と、ぼくはいった。「おまえは作家だ。ぼくたちが大学の新入生だったときから作家だった。おまえは大学にきていった。『おれは作家だ』ってね。でもぼくは作家じゃない」

「ポルノを書くのに、作家である必要なんかない。この仕事をやってる人間をおれは半ダースくらい知ってる。そいつらは作家じゃない。作家になることもないだろう。ポルノを書いて年に一万ドル稼いでるだけだ」

「そりゃまたすごい収入だな」と、ぼくはいった。当時のぼくはキャピタルシティ・ビール卸売販売で七十一ドル二十五セント稼いでた。一週間でだ。一年で三千七百五ドル。母さんはリマージズってレストランでウェイトレスをしてて、一週間に百ドル以上稼いできた。しかし、それでも年に五千ドルにしかならない。それがなんとまあ一万ドルときたもんだ。一万ドルといったら週給に換算すれば二百ドル！　だからぼくは思わず「そりゃまたすごい収入だな」って口走ったってわけだ。

「やってみる価値はあるだろ？」

10

　そのときぼくは気がついた。ロッドはぼくに年一万ドルの収入を提示してるんだ！　目の前にはサビーナの太もも、おなじ部屋には両手にアーガイルのソックスをかかえてすわっている母さん、家の前にはあの赤いMG、ベッツィーは海で永遠に迷子になったかのように眉をひそめて全員の顔をのぞいてまわってる――そんなこんなで、ぼくはそのときまで簡単な計算をしていなかった。本一冊で九百ドル、とロッドはいった。一カ月に一冊、ともいった。とすると、一年で一万八百ドルになる。それを割って正確な週給を計算することはできない。一万八百ドルを五十二で割ると二百七ドル六十九セントで、小数点以下が〇〇二三〇七六九二三〇七六九二三〇七六九二三〇七六九二三……と半端が出てしまうからだ。

「やってみるか？」と、ロッドはいった。

「なにかこっちにとってのマイナス材料は？」と、ぼくは訊いた。口から泡を吹きそうなくらい興奮してたんで、反対に冷静だったのだ。

　ロッドはぼくがすべきことを説明してくれた。ポルノ小説の執筆には公式とシステムがある。設計図が用意されているようなものだ。なにかにたとえるなら、大工仕事にいちばん近い。実際のところ、基本公式を詳しく書いてポピュラー・メカニクス誌に売りこめない理由が思いつかないくらいだ。

　具体的に説明するところだ。ポルノ小説にはストーリーが四種類ある。これに1から4まで

14

番号を振ろう。

1――小さな町に住む若者が、広い世界を見たいと考える。彼は地元の恋人にさよならをいい、大都会へ出ていく。若者は大都会で職につき、さまざまな人たちと出会う。そのほとんどは女性で、彼はその全員とセックスする。典型的な場面は、ニューヨークまでのヒッチハイクだ。退屈を持てあました美しい人妻がオープンカーで通りかかって彼を拾ってくれる。もしくは店で仕事にありつき、倉庫で色情狂と出会う。もしくはデート相手を車で迎えにいき、彼女のルームメイトの色情狂と出会う。こうしたデタラメな冒険の最後に、若者は三つのうちのどれかをする。故郷の小さな町に戻り、地元の恋人とよりを戻す。大都会で出会った女の子の誰かと結婚する。冷酷非情な人間となって大都会の女を食いものにし、最後は友人をすべてなくしてしまう。この三つのうち、どれでもかまわない。社会的モラルの大切さを描くことで、品性下劣なロクでもない小説が警察に押収されることを防ぐのだ。どんなときもラストは情感に訴えるものにする。悲劇的でも、ハッピーでも、辛辣でも、痛烈でも、シニカルでも、センチメンタルでも、どれでもいい――そこからひとつ選ぶ。失敗のしようはない。

2――基本的に1とおなじ。ただし主人公は若い娘だ。彼女は故郷の小さな町をあとにするが、そのまえに地元のボーイフレンドとファックする。それから、ひとりで大都会に出発する。彼女は上司にレイプされたことがきっかけで、レズビアンのルームメイトとセックスする。細

11

15

かいエピソードを盛りこみ、さらに何人か絶倫男を登場させれば本が一冊できあがりだ。結末は1とおなじ。

3――シュニッツラーの小説『輪舞』のパクリ版。第一章では主人公のジョージがマイラを犯す。第二章はマイラが主人公となり、ブルーノと寝る。第三章ではブルーノがフィリスとベッドをともにし、それがどんどんつづいていく。このパターンの場合の結末は二種類ある。最終章の主人公が第一章の主人公とセックスして終わるか、最終章の主人公に前章の主人公との結婚を決意させることで無意味なセックス連鎖を終わらせるかだ。どちらでもかまわない。

4――退屈した夫と退屈した妻。このふたりの視点から、交互に章を描いていく。ふたりは退屈なセックスをし、ほかの登場人物とさらに退屈なセックスをする。ふたりのうちのどちらか――夫か、（たいていは）妻――を悪役に決め、悪役が当然の報いをうけ、誠実な夫（もしくは妻）はもっとすてきな女性（もしくは男性）を手に入れる。夫も妻もたんにちょっと自分を見失っていただけで、基本的にはどちらもいい人間だという場合には、結末で元の鞘におさまる。お気づきとは思うが、どの結末を選んでも社会的モラルは守られる。

もちろん、ポルノ小説の書き方はほかにもあるだろう。しかし、なぜわざわざ苦労する必要がある？　ぼくは大学のキャンパスを舞台にした作品をいくつか書いたが、結局はどれも1か2のバリエーションでしかなかった。ロッドは基本となるこの四つのプロットをぼくに伝授してくれた。ロッドは本物の作家で、創作のなんたるかがわかっている。いまはシルバー・ストライプ社からスパイ小説シリーズを刊行している。もちろん自分の本名で。そのうちの一作は映画化権が売れた。

しかし、ポルノ小説の基本公式はまだそれだけじゃない。ストーリーはさっき挙げた四つの基本プロットのうちのひとつだとする。そこまではいい。つぎに、長さは五万語って決まりがある。いちばん簡単なのは全体を十章に分けることだ。一章が五千語で、それぞれの章に一回セックス場面を盛りこむ。ということは、どの本にも婉曲的に描写されたエロいエピソードが十回あるわけだ。たいていの場合、これらのエピソードは男女のストレートなファックだが、ときには前戯が山盛りでファックには至らない場合もあるし、シックスナインの場合もある。さもなきゃ趣向を変えてレズビアン・セックスとか、若い女のマスターベーション場面でもいい（この手の小説に男のマスターベーション場面は登場しない。男はこの手の小説を読んで自分がマスターベーションをするのだ）。ということは、ぼくはきょうまでに性交渉やオルガスムやなんらかの性行為を二百八十回も書いてきたことになる。最近は内容がマンネリ化してきてるといっても、誰も驚かないはずだ。

また話がわきにそれた。ぜんぶで十章、それぞれが五千語で、一章につきセックス場面が一回。四つの基本プロットのうちどれを使うか決めたら、五千語ごとにベッドにもぐりこむ視点人物を誰にするか決める必要がある。視点人物さえ決まれば、作品の具体的なストーリーもおのずと決まってくる。たとえばこんな具合だ――

　よし、つぎは第五章か。今回の小説はアドルフが視点の章とモードが視点の章が交互になってるんだから、こんどの視点人物はモードってことだな。これまでの四つの章に、モードが第五章でベッドをともにしてもおかしくない登場人物はいたっけ？　いない？　うーん、だったら彼女をバーに行かせるのはどうだろう。で、モードは酔っ払い、バーテンダーに自分の悩みを話しはじめる。やがてバーが看板になり、バーテンダーが声をかけ……

　というわけだ。創作の公式がわかっていて、（ロッドのいうように）文法的に正しい手紙を書く能力があれば、だれだってポルノ小説を書いて生計を立てることができる。

　ぼくのタイプライターは活字のサイズが小さい。使われてるのはエリートっていう10ポイントの活字だ。エリート活字で五千語タイプすると、タイプ用紙にして二十五枚、本になったときのページ数も二十五ページになる。ぼくの書く小説はいつだってぴったり二百五十ページで、一章はどれもぴったり二十五ページ。一日に一章仕上げ、十日間ぶっ通しで書きつづければ、また本が一冊できあがりだ。この手の小説を書きはじめるまえからタイプを打つのはすごく速かったんだけど、いまじゃもっと速くなってる。何作か書いてからは、公式のおかげで仕事がすごく楽だった。一日平均四時間働き、トータル四十時間で一冊書きあげていた。手取りは九百ドル。時給に換算すると二十二ドル五十セントになる。

時給二十二ドル五十セントの仕事なんてどこにある？

キャピタルシティ・ビール卸売販売でのぼくの時給は二ドルで、一週間に四十時間働いていた。ジョック・デンチとトラックに乗っていろんなバーをまわり、樽を転がして店まで運び、瓶ビールと缶ビールのケースを運んでたんだ。

人生ってそんなもんだよな。いまのぼくは、一カ月のうち二十日はなにもしなくていい。一カ月のうち十日は一日四時間タイプを打つ。のんきな人生だ。

だとしたら、なぜそれを台なしにする必要がある？

そこでロッドの言葉が浮かびあがってくる――「こんなクソを永遠につづけられるやつはいない」

ある日おまえはタイプライターを見て自分自身にいう。オレは人がファックしてる話なんか書きたくない。おたがいのあそこをナメナメしてるとこなんか書きたくない。自分や相手のアソコを愛撫してるとこなんか書きたくない。セックスまえの死ぬほど退屈な会話なんか書きたくない（「あたし、きょうニューヨークに着いたばかりなの」と彼女はいい、恥ずかしそうに笑った）。グロテスクなセックスと薄っぺらな人間性のあいだのどこかに住んでる無意味な人間に関する無意味な物語なんか書きたくない。こんなクソみたいな仕事はもう金輪際ごめんだ。

こうなったらマズい。おまえはえらくマズい羽目に陥っちまう。なぜマズいか知りたいか？
要は、「おまえはいったいどこへ行くつもりなんだ、ヌケサク？」ってことだ。もしロクでもないポルノ小説を書かないとしたら、いったいなにをする？　おまえだってぼくとおなじくらいわかってるはずだぞ、エド。女房と赤ん坊を抱えてオールバニーに戻り、また母さんの家に同居し、キャピタルシティ・ビール卸売販売の仕事に戻るなんて、おまえには無理だ。そんなことできっこない。できるわけがない。それにおまえだって知ってるはずだぞ、エド。おまえは手に職がない。大学では文学を専攻してアメリカ文学を学んだ。冷蔵庫の修理屋になる勉強をしてもよかったし、重機のオペレーターになる勉強をしてもよかったのに、アメリカ文学を専攻した。生き残れないタイプのくせして、いったいこれからどうするつもりだ？

　ぼくは教職につくつもりだった。大学院に行って修士号をとり、できれば大学レベルの学校で教えようと考えていたのだ。問題は金がないことだった。というか、ぼくには金とコネと運とその他ありとあらゆるものが欠けていた。

　母さんはウェイトレスで、エンパイアステートことニューヨーク州の州都であるオールバニーのノース・パール・ストリートにあるリマージズ・レストランで働いている。親父のヒューバート・トップリスは陸軍の広報官で、一九四四年四月二十五日にハワイでジープ事故で死んだ。継父のラルフ・ハーシュは一九四六年三月の末、妹たちが生まれた直後に失踪した。ここ数年というもの、わが家は金がありあまってしょうがないという状態とはほど遠かった。ってことで、金がないのが問題のひとつだった。

もうひとつの問題は、ぼくが大学院のない大学を選んでしまったことだ。大学院のある大学に進んでいたら、誰か教授にでも媚びへつらって、奨学金か助手の地位か、とにかくなにかを手に入れて、大学院に入ることができたかもしれない。ところが、マヌケなことに大学院のない大学に入ってしまったもんだから、どこにもコネがきかなかった。しかも、ぼくは成績が飛び抜けてよかったわけじゃない。悪くはなかったけれど、平均Bマイナス程度。でもそれじゃ、タダで大学院に入れてやろうと誰かに思わせるにはじゅうぶんじゃない。

実際のところ、ぼくがモネコイ大学に入ったのは、マヌケな判断ミスのせいばかりではなかった。州立大学なら授業料が実質タダだし、貧乏な学生にはさまざまな援助の道が開けている。だからぼくでも入学が可能だったのだ。これがたとえばハーヴァード大学となると、とてもではないが不可能だった。

で、ぼくは大学を卒業し、恋人を妊娠させた。マヌケなばかりか高潔でもあったぼくは彼女と結婚し、ふたりプラス近々もうひとり分の食い扶持を稼がなくてはならず、大学院にはコネがなく、金がなく……ああもう忘れてくれ。そこで結局、故郷の町オールバニーの母の家に戻ってキャピタルシティ・ビール卸売販売で働くことなった。週に十一セントか十二セント貯め、

18

大学院をめざすために。

そこに現われたのがロッド・コックス。大学時代、一年生のときをのぞいてずっとルームメイトだった男だ。ロッドはぼくにちょろい仕事で年一万ドル稼げると持ちかけてきた。ぼくは自分にいった。いまは一九六五年の一月。四月までにその手の本の書き方を身につけ、一九六六年の八月まで一カ月に一冊書きつづければ、十七冊書ける勘定になる。稼ぎは一万五千三百ドル。生活費は年に四千ドルですむから、一九六六年八月までやっていくのに必要なのは約六千ドル。とすると、ぼくの手元には大枚九千ドルが残る。それだけの金があれば大学院に行けるし、大学院に通っているあいだも三カ月か四カ月に一冊書き、さらに夏休みに二冊書けば、年に六冊書ける。とすると、収入は年に五千四百ドル。年に五千四百ドルあれば、誰だって大学院に行ける。

こりゃおいしい話だ。これがおいしい話だってことは、おまえだって認めるはずだ。

とはいえ、一九六六年の八月がきたとき、九千ドルは貯まっていなかった。九百ドルさえなかった。で、代わりになにがあったか？　車があった。たくさんの家具があった。本やレコードや服があり、ウエストは十センチ増え、ロングアイランドのサーガスに家を借りていた（いまもそこにすわってスミスコロナ社製のタイプライターを前にしている）。冷蔵庫にはビール、食料庫にはスコッチ。銀行の普通口座には三百七十五ドルあった。

22

それが一九六六年の八月のことだ。いまは一九六七年の十一月二十一日。で、手元にはなにがあるか？

当座預金に二百十二ドル。

金はどこに行ったのか？　ぼくにはわからない。神に誓ってわからない。ベッツィーはぼくの財布から金をかっさらってスーパーマーケットに行った。手持ちの金はそれでおしまい。「ねえ、ハニー。オールバニーに住んでたころ、ぼくらはなにを食べてたんだっけ？」と訊いても、答えは返ってこない。

だけどベッツィーが浪費家ってわけじゃない。クソッ、ぼくのほうがずっと浪費家だ。ぼくはディスカウントストアのコーヴェッツにふらふら入っていき、アコースティック・リサーチ社のAR－4スピーカーを抱えて出てくる。しかしそれにしたって、年に一万ドルだぞ。そんな金がいったいどこに行ったんだ？

大学院に行く夢はなかなか捨てられなかった。ぼくはくりかえしいいつづけた。「よし、もう大きな出費の予定はない。車も買ったし、家具も服もロクでもないあれやこれやも買った。ベッツィーはピルを服《の》んでるから〝またできちゃった〟ってことはありえない。だからもうこれからは貯金にも金をまわせる。節約すれば、来年は六千ドル貯められるはずだ。六千ドルあれば、問題なく大学院に行けるさ」

20

しかし、そうはならなかった。金は入ってくると出ていった。ベビーシッター、街へのおでかけ、夜遊び、客を招いてのディナー。それにあの車だ。六四年型のビュイックで、いつも故障ばかり起こしている。といっても、修理代がとんでもなく高いってわけじゃない。たいていは一回につき二十ドルか三十ドル、多くてもせいぜい四十ドルといったところ。しかし故障はしょっちゅうで、そのたびに金をとられる。

しかも、ぼくには金の相談をする相手がひとりもいない。わかるだろ？　ベッツィーに話そうとすると、理解できずに無表情になるか、すっかり怯えてめそめそし、曲がり角の向こうに悪い運命が待ち受けてるとか、あなたはわたしを責めてるとかいいだす。だからベッツィーには話せないし、話せたためしもない。

なら母さんはどうか？　母さんとぼくがいちばん親密だったのは航空母艦に乗っていたときだ。おたがいに手紙を出したことは一度もない。ごくたまにどっちかがどっちかに電話をするだけ——電話もまた出費の一項目で、ニューヨークにかける電話はすべてロッドに、ピートに、ディックに、ランスに、世界中のすべての人間に——ええっと、この文章はいったいどこで終わるんだ？　ぼくは作家じゃない。これまでに小説を二十八冊も書いてるっていうのに、いまだに文章の途中で自分がなにを書いているのかわからなくなってしまう。文章がダラダラ長くなって文脈が見えなくなってしまったり、やたらと複雑になってしまったりで、鬱蒼とした森

24

にさまよいこんだも同然になってしまうのだ。出口はなく、入り口は背後の霧にまかれて見えなくなってしまい、ただなすすべもなく流砂に向かって突き進みつづけるしかない。

　ぼくは母さんの話をしてたんだよな？　ああ、間違いない。ひとつまえの段落をもう一度読み直して——嬉しくないことに——やっぱり母さんの話をしてたことをいま確認したとこだ。

　ぼくらはクリスマスとかいった祝日には会うけど、話はしない。母さんに話すことなんて、このぼくになにがある？　ぼくに話すことなんて、いったいぜんたい母さんになにがある？　昔の母さんは若くて快活で人生を楽しんでいた。メロギャルズっていう四人組のガールグループのメンバーで、米軍慰問協会のツアーに参加したりもして、あれやこれやがあった。現実を直視しろ、ぼくは娼婦の息子だ。この部屋にすわって人がファックしてるとこを書く以外になにをするっていうんだ？　ポルノ小説を書くまえは大学に通っていた。なら、ポルノ小説が書けなくなったら？

　ダストシュート。誰からも忘れ去られる。未来のことなんて考えることさえできない。ぼくの過去はつまらないし、現在は解決不能で、未来はぜんぜん想像がつかない。しかもまったく重要じゃない。

　クソッ。

　とにかくいいたかったのは、ぼくには悩みを相談する相手がいないってことだ。ベッツィーはだめ。母さんもだめ。妹たちはもちろんだめだ。あのふたりはまるで正反対の性格で、夜と昼くらい違っている。ハンナは信じられないくらい杓子定規で、清廉潔白で、やかまし屋で、他人の話を聞いたりしない。ヘスターはＬＳＤを常用してて、頭がイカレてて、サンフランシスコかどっかに住んでいる。ふたりは二十一歳だけど、ヘスターはすでにぼくの五倍くらいは生きてるはずだ。

ちなみにハンナは看護婦だ。それも額から爪先までバリバリに糊がきいてるようなタイプの看護婦で、ひとめ見ただけで「快楽は罪なり」と信じてるのがわかる。あいつはひたすら自分の人生を捧げてるんだ――どういう意味かわかるだろ？　二十一歳にしてしわだらけの処女で、たぶんすっごくいい看護婦なんだろうけど、硫酸風呂にでも沈めたくなるくらい寡黙で有能な意地悪女だ。

ヘスターはその正反対。ふたりはおなじ顔をしてる。なんてったって双子だから。まったくおなじ顔のふたりがどれだけ正反対のことをやってきたかは驚くほどだ。ハンナを見れば誰だって処女だってわかるし、永遠に処女のままだってわかる。ヘスターを見ればすぐに、彼女はペニスが大好きで誰とでもセックスするってことがわかる。その目にも、フェラチオを連想させる淫らな笑みにも、髪のウェーブにも、セックス好きなことが見てとれる。ロングウェーブのかかった長い髪が額の右側に落ちてくるとヘスターは腕と頭をくねらせて振り払うんだけど、

23

そのたびに胸が揺れるんだ。ハンナの胸は一度として揺れたことなんかない。

　ヘスターに話を聞いてもらうことはできるだろうか？　わからないけど、できるかもしれない。あいつは同情してくれるだろう。だけど、マヌケなやつだと思われる可能性もあって、そう考えるといやでしかたない。ヘスターはいうだろう。「いったいなんだっていうのよ、エド？ほんとケツの穴が小さいんだから。リラックスしなさいって。気を楽にして。楽しむのよ」

　楽しむ？　どうしたら楽しめるっていうんだ？　ぼくには責任がある。ベッツィーとフレッドがいて、家具でいっぱいの家と、ビュイック一台入れるスペースしかないガレージがある。守るべき締め切りがある。

　三十日までにこのゲスな本を仕上げないと、ランスはぼくをクビにするだろう。ぜったいクビにする。間違いない。疑問の余地なしだ。実際にそういったし、あいつはただの脅しを口にするようなタイプじゃない。それにこうもいった。「残念だな、エド」と。甘美なくらいなめらかな声で。

　いま二十三ページ目。こいつは馬鹿げてる。もう四時二十五分で、午後じゅうずっとここにすわってタイプしてたっていうのに、なにも仕上がっちゃいない。こいつはポルノ小説じゃない。それどころか、なんでもない。ただのクソだ。

　いったいぼくはどうしたんだ？

24
ベッツィーはもう帰ってきてる。ガレージに車を入れる音が一時間ほどまえに聞こえた。いまはキッチンにいて、なにやら歩きまわってる。ぼくがここでタイプを打ってる音は、あいつにも聞こえてるはずだ。十一月締め切りの本を書いてると思ってるにちがいない。彼女になんていおう？

今夜またこの部屋に戻ってくるしかない。だってそうだろう？　どこをどう見たって、こいつはポルノ小説の第一章じゃない。セックス場面といえなくもないもの――サビーナとベッドをともにする夢想――があるにすぎない。

だめだ。第一に、タイプし直して全員の名前を変える必要がある。本名なんか使うわけにはいかない。だけどそいつは、頭からまるまる一章書くのとおなじくらい面倒だ。第二に、よしんばこれが第一章だとして、第二章はどこにあるんだ？　こんなクズみたいな話をまるまる一冊つづけるわけにはいかない。それぞれの章にセックスを夢想するシーンが一回。ステキすぎて声も出ない。

そのうえ、サビーナとのセックス場面は長さが足らない。ポルノ小説の場合、セックス描写は二、三ページ分なきゃならない。それもすべて婉曲語法を使ってだ。D・H・ロレンスやヘンリー・ミラーといった純文学作家なら〝マンコ〟って言葉を使ってもいいが、ぼくたちのようなポルノ作家は〝熱く脈動する彼女自身〟とかいうもってまわった表現をしなきゃならない。
28

そんなクソみたいなことを、年がら年じゅう書いていたいか？

とにかく、ぼくはそういうクソを書かなきゃならない。それもきょうじゅうにだ。時間を無駄にしてる場合じゃない。きょうの午後はすっかり無駄にしてしまった。わけのわからないタワゴトを二十五ページもタイプしたが、これで終わりにしないと。今夜ここに戻ってきて、こんどこそポルノ小説を書きはじめなければ。

1

タイトルが思い浮かばない。

もう半時間もここにすわってタイプライターを見つめている。このままだとそのうちタイプ用紙が湿気で波打ってくるだろう。ぼくは自分に向かって語りかけつづけている。エド、必要なのはタイトルだけだ。タイトルを考えろ。そしたら四つの基本プロットのどれがふさわしいか決まるから、あとは机のわきに転がってるナッソー郡の電話帳を見て適当に名前を選び、主人公を決め、とにかく書きはじめればいい。

なのに、タイトルが思い浮かばない。

こいつはスランプってやつだ、とぼくは判断した。スランプについては仲間内でよく話になるんで、あいつやこいつを襲ったスランプのゾッとするような話をいくつか聞いたことがある。誰もがおなじことをいう。スランプに陥ったら、そこから脱するための唯一の方法は、とにかくなにかを書くことだ。なにを書くんでもかまわない。タイプライターの前にすわり、チーズの名前でも、政治演説でも、頭に浮かんだことをとにかくタイプする。これはポンプに呼び水を差すようなものだ。しばらくすると調子が出てきて、自分が書くべきものが書けるようになる。ぼくの場合、書くべきものとはポルノ小説だ。

　なら、なにを書こう？　ぼくはエドウィン・ジョージ・トップリス、二十五歳。一九四二年八月七日に航空母艦USSグレン・ミラーの上で生まれた。母さんはメロギャルズっていうガールグループのメンバーで、当時はメイベル・スウィングと名乗っていた。メロギャルズのメンバーのひとりだったラヴァーン・ラロシェルは一九四六年にビッグスターになり、一九五〇年頃にはすっかり忘れ去られていた。ブラックリストに名前を挙げられたとかいった話ではぜんぜんなくて、たんに長居をしすぎて愛想をつかされただけだと思う。ラヴァーン・ラロシェルはソロでレコード・デビューしてスターになったが、ほかの歌手たちが現われて〝流行遅れのスター〟に追いやられてしまったのだ。母さんはラヴァーン・ラロシェルのレコードを何枚かと、にっこり微笑んだ彼女の顔が表紙に印刷された楽譜《シート・ミュージック》を何冊か持っていた。馬のように長い顔、でっかい白い歯、ねずみ色の髪はてっぺんでふんわり大きくウェイブし、両サイドはすとんとストレートに垂れていて、首元でまた大きくウェイブしている。肩にパッドを入れているせいで、なんだかクレープでできた棺《ひつぎ》を着ているみたいだった。ラヴァーン・ラロシュの大ヒット曲といえば〈マイ・サタデー・ラヴ〉が有名だ。みんな、あの曲を憶えているかな？　ダ・デ・ダ、デ・ダ・ダ、マイ・サタデー・ラヴ。ぼくはずっとアホくさい曲だと思ってた。母さんがレコードに合わせて歌ってるときはとくにだ。半分はメロギャルズ、四分の一はレコード録音、もう四分の一はライブっていう、なんとも不気味なバージョンだった。

どんないきさつがあったのかははっきりわからない。たぶん、ラヴァーン・ラロシェルが人気絶頂のときに母さんが手紙を書いたんだけど返事がなかったんだと思う。その後、ラヴァーン・ラロシェルが母さんに手紙を送ってきたか、電話をかけてくるかなんかした。ぼくがオールバニー高校の三年だったころだから、一九五九年前後だ。母さんは返事を書かなかった。手紙じゃなくて電話だったんだとしたら、「クソ食らえ」とでもいったんだろう。とにかく、メロギャルズは再結成しなかった。でも、母さんはレコードをずっととってあった。いまでも憶えてるけど、ぼくがふいに家に帰ったりすると、誰もいないかと思ったら母さんがいて、古い七十八回転のレコードに合わせて歌ってることがよくあった。「あたしのハートを奪っておいて、連れていってはくれないの。あたしの愛を望んでおいて、自分の自由は捨てないの」当時のぼくは高校生だった。その後、大学の夏休みなんかにもおなじことがあった。そんなとき、母さんはすぐに黙りこんでほかのレコードをかけ、もういっしょには歌わなかった。

正直なところ、母さんの声がたいしたもんとは思えないんだけど、昔はいい声だったんだと当人はいっている。たぶん、かなりいい声だといまだに思ってるんだろう。さもなきゃ、いまだにかなりいい声だと思ってるんだ。いいたいことはわかるだろ？

作家にもおなじような問題はあるかって？　たとえばぼくは、一冊につき五万語の小説をこれまでに二十八冊書いてきて――いろんな意味で――経験も積み、しめて百四十万語を叩きだしてきたのに、いまだに文章を間違える。でもそれは、ものごとの基本原理みたいなものだ。わかるかな？　作家ってやつは――ここでぼくがいってる作家っていうのはロッドやピートやディックみたいな正真正銘の小説家のことなんだけど――想像力に優れてて、登場人物や事件を考えだす才能がなきゃならないわけで、そうした才能や能力はピンボールマシンの仕組みくらい複雑ですばらしいものなんだけど、ぼくみたいに作家の底辺にいる人間のなかには文章さえまともに書けないやつもいるんだ。

わかると思うけど、この手の小説は一気に書く。文法がめちゃくちゃになってしまったり、文章がダラダラと長くなって文脈が見えなくなってしまったとき、タイプライターからタイプ用紙を引っこ抜いて最初っから打ち直すこともないではない。でも、ほとんどの場合、書き直しはいっさいしない。早い話、あまりに内容がひどすぎて自分でも読み直す気にならないのだ。だからどんどん書いていく。一日に二十五ページ、十日で一冊、書いたら書きっぱなし、とにかくできるだけ速くどんどん進めていくと、やがてつぎのアイディアが浮かんでくるんだけど、当然といえば当然ながら、たいがいそれはどれも陳腐でありふれててなんの新鮮さもない二番煎じのアイディアばかり、これまでにおんなじようなアイディアの本が千冊くらい書かれてたりするわけだが、そんなアイディアが鼻水みたいにポタポタ紙の上に落ちてきて、タイプ用紙を何枚も何枚も埋め、最終的には二百五十枚になるってわけだ。くわえて、タイプライターの左側にはメモ用の紙が用意してあって、ぼくはそこに登場人物の名前や、小説のあとのほうで言及する必要のあることなどといった、重要なことをメモしていく。

ロッドが東十番街に住んでたときに開いたパーティーで知らない女の子に声をかけたことがあるんだけど、その子が職業はなんなのと訊くんで、ぼくはいつものごとくトラウマを刺激されつつ、最後の最後にはポルノ小説を十日で一冊書いてることを打ち明けた。すると彼女は、「一冊の本のなかで起こることを、どうしてぜんぶ憶えてられるの？　つぎの日に続きを書きはじめるときも、小説世界がはっきり頭に残ってるわけ？」と訊いた。

そのときぼくは、十日で一冊書きあげれば作品世界を忘れてる暇はないよと答えた。でも、もちろんそれはほんとの真実じゃない。ほんとの真実はなにかといえば、ぼくの書く本の世界はすごく狭くて薄っぺらで空っぽなので、憶えておかなきゃならないようなことは実質なにもないのだ。登場人物の名前、職業、乗ってる車の型式、住所――まあ、ざっとそんなところだ。人物造型なんてものは忘れちまえ。たいていの場合、ぼくは風刺マンガ式のテクニックさえ使わない。かの文豪ディケンズは登場人物によく目印をあたえたんだけど、知ってるかな？　ぼくはこれを大学の授業で知った。登場人物に奇妙な癖とか、おかしな決まり文句とか、なんらかの特徴をあたえるって方法で、そいつは出てくるたびにその奇癖を披露するんで、読んでるほうはすぐに思い出して、「これぞ人物造型ってやつだ！」って唸るわけだ。『ケイン号の叛乱』に出てくるクイーグ艦長は「オーケイ」の代わりに「ケイ」を連発するだろ？　あれなんかがいい例だ。

ぼくはいったいいつまでこんなことを書きつづけてるつもりなんだろう。じつをいうと、いまこの文章を書いてるぼくは穏やかで理性的に感じられるかもしれないけど、実際にはビビってるんだ。だってほら、ポルノ小説を書きあげなきゃならないわけだから。いまのぼくは二十九番目の作品を書く必要があって、それにはまず書きはじめなきゃならない。残されたのは十日だけだ。

ぼくが最初に締め切りをやぶったのは今年の六月。以来、ずっとやぶりっぱなしだ。最初は二十四番目の作品──『熱く乱れて』──のときで、締め切りに三日遅れた。六月の三十日は金曜日だったんで、週明けの月曜まで提出することができなかったんだ。原稿を持っていってランスのオフィスのサミュエルに渡すと、サミュエルはいった。

「金曜日はどうしたんだ？」

「ちょっと遅れちゃって」と、ぼくはいった。「すまない」

7

「クセになるようじゃ困るぞ」
サミュエルはムカつく生意気な小僧で、ぼくは大嫌いだ。あいつはぼくらが書いた原稿をニューオリンズに送るまえにすべて読んでるはずだ。オフィスの廊下の奥にある男子トイレでぜんぶ読み、一作につき十回マスをかき、原稿を承認の染みだらけにして発送する。そうでなくて、あのチビのゲス野郎がどうしてあんなに痩せてるはずがある？　歳はぼくよりひとつ下。だけど十九歳にしか見えない。イラつくのはとにかくそこだ。あいつはぼくに対して支配的な立場にあるけど、こっちのほうが歳は上なんだ。歳だけじゃない。ぼくのほうが体重も上。学歴も上。頭のよさも上。しかしあいつはランスのアシスタントで、ランスが姿を見せることはほとんどないから、ぼくが相手にしなければならないのはあのサミュエルだってことになる。

　すべてはあいつにいつもペコペコしてきた自分がいけないのだ。三日遅れで『熱く乱れて』を届けにいったときだって、すみませんとつい謝ってしまった。仕事日にして一日遅れただけだし、締め切りをやぶったのははじめてで、それまでの二十三冊は連続してすべて締め切りを守ってきた。なのにぼくは謝ってしまい、そのせいでナーバスになり、動顛し、サミュエルに対してむちゃくちゃ腹が立ち、いまも憎しみをいだいている。それもこれもすべて、あいつが支配的な立場にいて、このぼくにはぜんぜんなんの立場もないせいだ。しかもやつはいけ好かないブキミな男で、なにかにつけてこっちの立場を思い出させようとする。

要するに、話を煎じつめれば、ぼくはいったいなんなのかってことだ。ぼくは小説を書いてるけど作家じゃない。自分の名前で書いてるわけじゃないし、自分自身のペンネームで書いてるわけでさえない。サインするときはダーク・スマッフって名前を使う。ダーク・スマッフはロッドが考えた名前で、あいつのペンネームだ。ロッドは最初の七冊をこの名前で発表した。それを使わせてもらうために、ぼくはいまだに月二百ドル払っている。

一年ほどまえ、ぼくはサミュエルのところに行って、しばらくのあいだ月に二冊書くっていうのはどうだろうと訊いてみた。だって、一カ月には三十日あるわけだろ？　ぼくは一冊書くのに十日しかかからない。だったら自分のペンネームで書きはじめてもいいんじゃないかって思ったんだよ。自分の名前が定着するまでの数カ月は月に二冊書き、そのあいだロッドにはダーク・スマッフ名義の作品を書く人間をほかに探してもらい、最終的にぼくは自分の作品に専念する。ぼくはペンネームも考えてあった。ドウェイン・トッピル——本名をちょっと変えてみたわけだ。

とはいっても、二百ドル取られるのがいやだってわけじゃない。問題はそこじゃないんだけど、当然のことながらサミュエルはそんなふうに考えなかった。問題なのは、なんていうかその、ぼくがリアルな存在じゃないってことだ。ぼくはなんだ？　幽霊《ゴースト》だ。ロッド・コックスの幽霊《ゴースト》にして、ダーク・スマッフの幽霊《ゴースト》だ。さもなければ、マスばっかりかいてる高校生が操ってるポルノ版のククラ［アメリカのテレビ人形劇の登場人物］が、耳あかで汚れた耳に向かって格調の高い卑猥な言葉を裏声で叫んでいるみたいなもんだ。

なかには先を見越して計画を立てられるやつもいるし、どうすればこの洞窟から出ていけるかわかってるやつもいる。ところがぼくときたら、『トム・ソーヤーの冒険』に出てくるインジャン・ジョーみたいに洞窟のなかで死んでいくしかない。たとえばロッドを見ろ。ロッドがポルノ小説を書きはじめたのは、ぼくらがまだ大学生のときだった。でもあいつはいつだってべつのものも書いていた。短篇小説とか、ノンフィクション記事とか、最終的にはポルノ以外の小説とか。そしていまはシルバー・ストライプ社で例のスパイ・シリーズを書いている。シルバー・ストライプはペイパーバック専門の出版社だけど、あいつは自分の本名で本を出してるし、そのうちの一作――たしか三作目だったと思う――は、評論家のアンソニー・バウチャーがニューヨーク・タイムズの書評でとりあげ、いかにも最近のペイパーバック・オリジナル小説らしい活気と力強さがあると、かなり褒めていた。ロッドの作品はフランス語にも翻訳され、ガリマールって出版社から――どの本もすべて黒いカバーで――刊行されている。ほかにもいくつかの国で翻訳が出た。たしかイタリアと日本、それにすくなくとも一度はメキシコで。

それにピート・ファルクスだってそうだ。ファルクスはポルノ小説と並行して雑誌記事も書きつづけ、プレイボーイ誌に一本、トゥルー誌に一本、ホリデー誌に一本と地道に売っていった。こうした記事はすべてノンフィクションだ。いまではあいつもゴーストライターを雇っていて、自分は雑誌の記事だけに専念し、がっぽり金を稼いでる。数カ月前に当人から聞いた話だと、金は投資信託にまわしているらしい。金を貯めて、投資信託を買っているのだ。

もちろん、アン・ファルクスはベッツィーじゃない。

しかし、そんなことというのはフェアじゃないな。金が消えていくのはベッツィーのせいじゃないし、誰のせいでもない。実際の話、もし誰かのせいだとすれば、それはぼくだ。車を買ったのはぼくだし、しょっちゅうどこかに出かけてはレコードや本やガラクタを買ってくるのもぼく。一九六五年の八月にオールバニーから引っ越してきたとき、ぼくらの財産はスーツケースが三つだけだった。ぼくらは西四十六番街にある救世軍の店で家具を買いこみ、東十八番街のアパートメントに運びこんだ。それがいまでは、引っ越しトラックがいっぱいになるくらいものがある。ときどきぼくは「なんでおれはこんなにたくさんものが必要なんだ？」と口走ってしまう。だけど見まわしてみると、膨大なもののなかに投げ捨てたいものはなにひとつない。

ベッツィーをのぞけば。

おっとそいつはフェアじゃない。フェアじゃないフェアじゃないフェアじゃない。ぜんぜんフェアじゃないしそもそも本気でいったんじゃないんだ。

いまは作家の話をしてたんだったな。ロッドやピートやディックといった本物の作家の話だ。

彼らはこんなクソを永遠につづけられないことを知っていたが、やらなければならないあいだはつづけることができた。なぜなら、彼らはいつだってほかのこともやっていたからだ。もっとまともで、もっと志の高いことを。自分たちがめざしている場所はここじゃないと知っていて、階段をのぼっていったのだ。

そいつが罠だった。ぼくもみんなとおなじように、作家になろうとがんばってしまったのだ。小説を書いて生計を立てていると、たとえそれがどんな小説だろうと、もしかしたら自分はほんとに作家なのかもしれないと思ってしまう。そこでぼくはミステリに挑戦してみた。エラリイ・クイーンズ・ミステリマガジンとヒッチコック・マガジンを読み、短篇をいくつか書いたみたのだ。そのうちの一篇は、いまはもう廃刊になったショック・アクション・ディテクティヴ・テールズっていう雑誌に一語一セントで売れた。ほかの三篇には誰も興味を示さなかった。「エド、あんたは短篇にゃ向いてないよ」と、サミュエルはいった。例の死んだカエルみたいな表情を浮かべて。要するに、ポルノ専門にしとけよ、青二才、あんたにはそれしか書けないんだからさ、ということだ。

ぼくはノンフィクション記事にも挑戦してみた。そっちはさらにひどかった。そもそも売り込みに持っていくための見本になるようなものさえ書けなかった。ぼくは〝ナチ強制収容所の野獣〟ことラインハルト・ハイドリヒを発見した。サミュエルは「あいつに関する記事はうんざりするくらい書かれてるよ、エド」といった。ぼくはハイドリヒの記事が書かれたことがあることさえ知らなかった。

問題はそこだ。自分が読んだことのない雑誌に記事を売りこむことはできない。なにが陳腐でなにが時代遅れなのか判断できないからだ。しかし、これならぼくにもなにか書けるかもしれないと思える雑誌は、くだらなすぎて読む気になれなかった。

要するに、ぼくは作家じゃないってことだ。それとも、そのことはもう何度も話したかな？ だとしてもぼくは気にしない。いくら強調してもし足りないくらいだからだ。運命のいたずらで、ぼくはすばらしいご馳走が並んだ部屋に入ることができた。まわりのみんなは長いテーブルの横を進んでいく。料理はどんどんいいものになっていく。ぼくはこの部屋にくるまで空腹を感じていなかったが、料理の匂いを嗅ぎ、みんなが食べているのを目にすると、だんだん腹が減ってきた。しかし、問題がひとつだけあった。頼まなければどの料理ももらえないってことだ。なのにぼくには言葉が話せず、指をさすことしかできない。そして、指をさすことしかできないと、ゆでたジャガイモしか手に入らない。だからぼくはその場に突っ立ってジャガイモを食べ、言葉さえ知っていればと思いながら、豪華な宴をただ眺めている。

ああ、もう真夜中だ。ぼくの机にはプラスティック製の小さな白い時計が載っている。クーポンを集めてもらった時計で、いまは夜中の十二時を指している。十一月二十一日は終わった。

完全に行ってしまった。なのにぼくはポルノ小説をたったの一語も書いていない。このクズを書いただけ。まったく落ちこむほかない。

十時半にこの部屋へきたときのぼくは、やる気と、固い決意と、恐怖でいっぱいだった。きょうの午後は無駄な努力をしただけに終わった。そのあとでキッチンへ行き、ベッツィーとロクでもない口喧嘩になった。ロクでもない口喧嘩の持ちネタのひとつ——フレッドの件でだ。

フレッドはキッチンにいて、テーブルでバニラヨーグルトを食べていた。

「ハロー、パパ」と、あの子はいった。

「ハイ、フレッド」

ベッツィーが冷蔵庫から振り返り、底抜けに冷たい声でいった。「この子の名前はエルフレーダよ。女の子なの」

「喧嘩がしたいときのきみは、いつだってそれに飛びつくじゃないか。さもなきゃなにかほかのことにね。理由はなんだっていいんだ。きみが喧嘩をしたい気分じゃないときなら、ぼくはこの子をフレッドと呼べる。きみはなにもいわない」

「エルフレーダのいる前で話し合うつもりはないから」とベッツィーはいい、ぼくに背を向けて冷蔵庫を振り返ると、なにやら仕事をつづけた。

あれは勘弁してほしかった。ほんとに勘弁だ。スーパーマーケットでなにかいやなことがあったのか？　それともビュイックが気にくわないのか？　なにに腹をたてているのかは知らないが、それはぼくのせいじゃない。そんなことでこっちがとばっちりをうけるのは勘弁してほしい。だからぼくは、エルフレーダの前だってこともあり、とりあったりしなかった。しばらくしてエルフレーダが泣きだし、ベッツィーの頬骨のあたりが白くなった。これは堪忍袋の緒が切れたってしるしだ。ぼくのほうは、目に入った人間を手当たり次第に殺してデイリー・ニュースの三面を飾る準備ができていた。ここは一発、ガツンといってやるしかない。

「おれにデイリー・ニュースの三面を飾らせたいのか？」

じつのところ、あの発言は自分でもどうかと思う。

あしたランスに電話して事情を説明したほうがいいかもしれない。ちょっとした問題が起こったんで一カ月休んでもいいかな？　もちろんすぐに復帰してまたガンガン書くよ。たんにちょっと休みが必要なだけで……

たぶん、あいつはいうだろう。「残念だな、エドウィン」

もう五冊つづけて締め切りに遅れてる、それが問題だ。『熱く乱れて』は金曜に届けるはずが月曜になった。それから七月、『罪は波のごとく打ち寄せて』は二日遅れ、月曜のはずが水曜日になった。八月、『サマー・セックス』は五日遅れ、木曜日のはずが翌週の火曜日までずれこんだ。このとき、サミュエルがいった。「これで三回連続だぞ、エド」

「あらら」ぼくはマヌケな笑みを浮かべていった。「記録をとってるのかい?」

「ああ」サミュエルはうなずいた。「きのうの午後、スパックがランスに電話をかけてきたんだ。原稿が一本届かないんで、ロッドに電話してなにが問題なのか訊きたいといってな」

「あらら」ぼくの顔からマヌケな笑みが消えた。「悪かった」

スパックはニューオリンズで出版社を経営してる男で、毎月千二百ドル支払っている。ダーク・スマッフ名義の小説はいまだにロッド・コックスが書いてると信じているのだ。ロッドはシルバー・ストライプ社から刊行しているスパイ小説シリーズで成功し、一冊につき三千ドルうけとってるばかりか、フランスからも千ドル、イタリアや日本やメキシコといった世界の国々からも印税が入ってくるし、シリーズの一作は映画化権が二万ドルで売れたっていうのに、それだけの収入のある人間が自分のために毎月ゴミクズみたいな小説を書いてくれているとなぜスパックが信じてるのか、ぼくにはさっぱりわからない。でも、とにかく信じてるのだ。しかもぼくはロッドからはっきりいわれている。スパックから電話がかかってきてポルノ小説について質問されるのだけはなんとしても願い下げだと。なぜなら、ロッドはそうした作品を読んじゃいないからだ。いったいなんだって読む必要がある?

おわかりのとおり、ぼくには読者がいない。っていうのは、自分の知人や友人のなかにってことだ。これがロッドなら、「ほら、新作の見本が届いたんだ」といってぼくに一冊くれることだってできる。ぼくはそいつを家に持ち帰って読み、こりゃすごいやってことになって、ロッドに電話して「こりゃすごいよ」と伝えると、彼は「ありがとう」というだろう。しかしぼくは？　『欲情への脱出』なんて本を、いったい誰に渡せばいい？　ベッツィーでさえ一年ほどまえに読むのをやめてしまった。

九月に『欲情への脱出』を書いたときは、締め切りに間に合わせるために必死にがんばった。『サマー・セックス』の原稿を持っていったとき、サミュエルに釘をさされていたからだ。なのに間に合わなかった。九月は三十日が土曜日だったんで、締め切りは二十九日だった。十九日から書きはじめ、仕上がったのは締め切りから三日後の十月二日月曜日。またもや週末を越してしまったわけだ。

このとき、サミュエルは月曜の朝の九時過ぎに電話してきた。ベッツィーが起こしにきたとき、ぼくはまだベッドのなかだった。正午まえにはめったに起きないのだ。

「原稿はきょう持ってくるのかい、エド？」電話で聞くあいつの声は、実際の見た目とおなじくらい陰険で不快だった。そこが雇い主のランスと大きく違っている点だ。

「もちろん」と、ぼくはいった。「きのうの夜に書きあがったんだ。締め切りに間に合わなくてほんと――」

「十一時までに持ってきてくれ。あんたが週末じゅうに仕上げられたらいっしょに発送しようと思って、小包を梱包せずに待ってるんだ」

「すまない。恩に着るよ、サミュエル。わかってるとは思うけど、ぼくもほんと頑張っ――」

「十一時には発送しなけりゃならない」

そこでぼくらは家族全員でニューヨークのどまんなかまで出かけることになった。運転はぼく、隣にはベッツィー、後部座席にはフレッド。ベッツィーは洗濯やらなにやらやるべきことがあるとくどくど嫌味をいいつづけた。しかし、ミッドタウンから車で行くんだからどうしようもない。約束の時間に間に合わせるには車を使う以外になかったし、ビュイックをレッカー移動されたくなければ、マディソン街の四十七丁目と四十八丁目のあいだに駐車しておくあいだ誰かに乗っていてもらう必要があった。ぼくはソリネックス・ビルに駆けこみ、エレベーターで十七階まで行き、ガラスに「ランス・パングル」と書かれたドアを開け、サミュエルに原稿を渡した。

それから、サミュエルが小言を並べているあいだじゅう、ずっとそこに突っ立っていなければならなかった。

「すべてがスムーズに流れてかないと困るんだよ、エド。スパックはほかからは買わない。うちが独占的に供給してるんだ。スパックが毎月十六点刊行してるのは知ってるか?」

イエス、すでに知っていた。スパックは月に十六作の本を刊行し、一作につき千二百ドル支払う。ランスはエージェントとしてそのうちの十パーセントをとる。ランスの懐には一年間で二万三千ドル以上入ってくるわけだ。くわえてほかにも作家をかかえてるし、ほかにも収入源がある。ロッドやピートやディックや何人かのSF作家といった面々だ。とにかく、ぼくが属している製造ラインから、ランス・パングルは年に二万三千ドルの利益を上げている。

エド・トップリスに厄介な問題があるからといって、ランス・パングルが年二万三千ドルの利益を危険にさらすだろうか？　きみならどうだ？　ぼくなら？

とにかく、サミュエルがうるさく文句を並べたててるあいだ、ぼくは突っ立ってなきゃならなかった。「若い書き手はいくらでもいるんだぜ、エド」と、サミュエルはいった。「もうこういう小説は書きたくないっていうんなら、喜んでべつの人材を探すよ」

本を書くのをやめる？　で、代わりになにをするんだ？

こんどからはもう大丈夫だと言葉をつくして請け合ったが、サミュエルの表情はまったく変わらなかった。オフィスの奥にあるオーク材のドアは閉まったままだったけれど、ランスがそこにいることはわかっていた。デブのクモ。ぼくはクモの巣の端っこに引っかかったハエだ。ブンブン羽ばたいてるあいだは安全だが、休んだりしたら死ぬことになる。

ぼくがオフィスにいたのは十分間。なのに、ビルを出てみるとビュイックは消えていた。ぼくはパニックに陥ってその場に立ちつくした。どうしていいかわからない。そのとき、ビュイックが角を曲がってこっちへ向かってくるのが見えた。ハンドルを握ってるのはベッツィーだ。フロントガラス越しにも、彼女が冷たい怒りに駆られているのが見てとれた。

なんでも警官がやってきて、ここに駐車してはいけないといったらしい。そこで彼女はブロックを車でまわる羽目になり、パーク街で渋滞に巻きこまれ、限界まで神経をすりへらすことになった。問題は、ぼくのほうも限界まで神経をすりへらしてたってことだ。だから、「なんでそんなに時間がかかったわけ？」とベッツィーが三度か四度くりかえしたところでこっちも怒鳴りはじめ、頭に血がのぼって支離滅裂になってしまい、するとこんどは後部座席でフレッドが泣きはじめた。ぼくはあの子のほうを振り返ってあやし、そのあとはロングアイランド高速道路を抜けるまで三人とも黙りこんだままだった。それからの二日間、家では誰も言葉を発しなかった。

そんなことがあったのに、十月の『情熱の虜囚』は九日遅れた。ただもうなにも考えつかず、プロットが浮かばず、とにかくなにもできなかったのだ。最後には以前に書いた作品を開き、セックス場面をまるまる書き写した。しかし、セックス場面とセックス場面のあいだまで書き写すことはできない。そりゃまるっきり不可能だ。ぼくは毎日サミュエルに電話をかけ、かけるたびにパニックの度合いは高まっていき、今夜じゅうには完成させる、今夜こそ完成させる、ぜったい今夜には完成させると約束し、ようやく完成した原稿を持っていったときサミュエルはなにもいわなかった。ベッツィーみたいな冷たい表情を浮かべ、原稿を渡しても「どうも」といっただけ。ぼくは数秒ほどそこに突っ立ったまま、あいつがなにかいうのを待った。なにかほかに言葉をかけてくるのを。でもサミュエルはなにもいわなかった。ぼくが本気で怖くなったのはそのときだ。こいつはほんとにほんとになるかもしれないぞ、とはじめて思った。彼らはぼくをお払い箱にしてほかの誰かに書かせるだろう。誰だっていい。絶対不可欠な人間なんてどこにもいないとしても、ぼくはどこの誰よりも絶対不可欠じゃない。いってる意味、わかるかな？　ぼくはこの世界でもっとも絶対不可欠じゃない人間のひとりだ。ぼくに代わる作家を見つける必要なんてない。たんに、そこそこの教育をうけてて、まあまあ文学的素養のある、要はぼくみたいなアホを連れてくればいいだけだ。

それが十一月九日のこと。あれは木曜だった。で、翌日ランスから電話がかかってきた。やつがぼくに最後通牒を突きつけたのはそのときだ――もう一度締め切りに遅れたらバイバイだからな。つづけてやつはいった。「残念だな、エドウィン」と。例の司教みたいな声で。

いま考えるとたぶんあれが――十月の本の脱稿がやたらと遅れたことが――そもそもつまずきのはじまりだったのだ。あの作品を書きあげたのは十一月八日。それからまだ二週間も経ってない。つぎの作品を書く準備なんて整ってるはずがない。

いやまあ、準備が整っていようがいまいが、つぎの作品を書いたほうがいい。ぼくがここに書きつけてるくだらない話は家賃を稼いでくれないし、サミュエルをハッピーにもしないし、ランスがぼくの首を切るのをとめることもできない。

　ぼくはドウェイン・トッピルの話をしてみた。自分のペンネームで書きたいっていう例の話だ。自分は存在してるんだって感覚を自分自身にもたらし、自分は誰かなんだって思えるように。ぼくはオフィスに入っていってサミュエルにそのことを話した。するとやつはいった。

「あんたにはまだその用意ができてないんじゃないかな、エド」

「用意？　ぼくはいま月に一作書いてる。それを一年半もつづけてきたんだぜ。しかも、一カ月の実働日数はたったの十日だ。だから、もう十日使って自分の作品を書いてみたいんだよ」

　しかしサミュエルは首を振った。「これまでんとこ、本が売れてるのはダーク・スマックの名前のおかげだ。あんたのポルノ小説はどれも水準作で、これといった欠点があるわけじゃないが、天性のひらめきってもんがない。特別なとこがなにもないんだ。スパックは一カ月に十六作の本を刊行してて、おれたちはその十六作をすべて提供してる。知ってのとおり、うちはスパックとしか取引してない。ほかはどこも零細出版社ばっかりだからだ。ああいう出版社から金をむしりとろうったって無理な話でね。問題がつぎからつぎに起こる。だから、あんたが一カ月にもう一冊書いてもうちに枠はない。枠をつくるにはほかの誰かを首にしなきゃならないわけだが、率直にいって、あんたに毎月二作書いてもらうために誰かを首にしたくなるほど、あんたは優れちゃいない」

自分のマヌケさ加減を思い知らされた気分だったが、それでもぼくはいってみた。「もう一作書いて、自分でどこかに売りこんでもいいかな」

「どうぞどうぞ」と、サミュエルはいった。

「なら、やらせてもらうよ」

しかし、もちろんぼくはやらなかった。第一に、読者を喜ばせるポルノ小説をひねりだすのは一カ月に一冊が限界だった。いまならもう一本書けると思うときはあったが、実際には書かなかった。第二に、自分の書いたポルノ小説を売り歩くだけの度胸がなかった。ニューヨークにはこの手の小説を出版している会社が六つくらいある。しかし、どうやって売りこみにいくのか？　出版社に行って自分の作品を売りこんだことなど、たとえそれがどんな作品だろうと、相手がどんな出版社だろうと、一度としてない。ぼくはポルノ小説とミステリの短篇をいくつか書いたことがあるだけで、それはすべてランスを経由して出版された。もしくは、厳密にいえばサミュエルを経由して。

そのうえ、ランスみたいに目鼻のきくこすっからい人間が、そうした零細出版社とは取引したくないといっているのだ。このぼくがやってうまくいく可能性がどれだけある？

とにかく、ぼくはやらなかった。

もう夜中の一時で、またまるまる一章分の原稿を書いてしまったわけだが、こんどもポルノ小説じゃないどころか、こいつはまったくなんでもない。今回の章にはセックスを夢想するシーンさえ出てこない。

ベッツィーにはぼくと会話する意思がない。会話をしててもほんとに言いたいことはべつにあるってことじゃなく、まったく言葉を交わさないのだ。しかし、ぼくにはかえって好都合だった。実際の話、そのほうがずっといい。きょう書いた五十ページ分の原稿に関して嘘をつかなくてすむ。

ぼくらは黙って夕食をとり、そのあとでぼくは新聞を読んだ。ニューヨーク・タイムズだ。けさ読まなかったのは、ここにきて小説の第一章を書くつもりだったからだ。ぼくは夕食をすますとニューヨーク・タイムズを持ってリビングルームにいった。ベッツィーは食器を洗っていたが、しばらくすると自分もやってきてテレビでレッド・スケルトン・ショーを見はじめた。ほんとはたいして見たくもないのだが、ぼくがレッド・スケルトンを心底嫌ってるのを知っているのだ。彼女はぼくに腹を立てると、こっちがイラつくことをあれこれやって不快な気分にさせようとする。だからぼくはここにきて、ここで新聞を読んだ。先週の日曜日、英国はポンドの平価を切り下げた。新聞はその話題でもちきりだった。でもぼくの目をとらえたのは、サーカスの道化師が殺されたっていう二十面の奇妙な記事だった。その道化師は去年の十月にホテルの部屋で殴り殺され、犯人は無期懲役の判決をうけた。道化師が泊まっていた部屋には娼婦がいたとのことで、殺人者のためにドアを開けたのはこの娼婦だった。犯人は金を奪おうとして拒否され、殴り殺したらしい。道化師はリングリング・サーカスで働いていた。

ぼくは記事を読んでからパズルもやり、ハロルド・クルーズ『ニグロの知性の危機』の書評も読んだ。書評者はこの本を一筋縄ではいかない作品だと評していた。グローブ・プレス社は半面広告を打って四冊の本をプッシュしていた。『夜の街』の著者の新作『ナンバーズ』、新人の処女作『シーパー』、それに『フリーウィーリン・フランク』とかいうヘルズ・エンジェルスに関するノンフィクションと、リロイ・ジョーンズの短篇集だ。

もしロッドがあのときオールバニーにやってきたりしなければ、ぼくはいまここにいないだろう。作家になりたいなんて思っていなかったどころか、そんなことは考えもしていなかったはずだ。この二年半で二万五千ドルも稼いでいなかっただろうし、なんとかもう一カ月生活するための九百ドルを必要ともしていなかったにちがいない。

いうまでもなく、そんなことは考えるだけでも馬鹿げている。自分が知りもしないものを、人はほしいと思ったりしない。月に二百ドルしか稼いでいなかったときのぼくは、月に二百ドルで生活していた。もし小説なんか書かなければ、なにかを書きたいとも思わなかったはずだ。

ぼくはシェイクスピアの『テンペスト』に出てくる醜い奴隷だ。フランケンシュタインの怪

25 物だ。人間の生活がいかにすばらしいかを見せられたものの、あとすこしのところで人間になれずに、まったく得体の知れないものとして生きることを強いられている、泳ぐ場所のない哀れな腐った魚だ。 54

　ベッツィーはベッドで眠っている。いまじゃぼくは欲情もしない。月に一度か二度、どうしても一発抜かずにはいられなくなったときなら、なんとか欲情をかき集めることもできる。それ以外のときは、たんに体裁を保つためにやってるだけだ。ベッツィーのほうもそうだと思う。

　あすこそ本を書きはじめなければ。悩みをすべて吐きだして心の重荷を下ろしたんだから、あとは小説に専念できる。きょうはこのクズみたいな文章を一万語も書いたではないか。金になるクズ小説を一万語書くことだってできるはずだ。

　もしかしたら、さっき読んだ道化師の話を使えるかもしれない。道化師、娼婦、殺人犯。ただし道化師は殺されない。

　しかしサーカスのことなんて、このぼくがいったいなにを知ってるっていうんだ？　なにも知っちゃいない。

　タイトルは『欲情サーカス』がいいかもしれない。さもなきゃ『欲情曲馬団』とか、『大テントの下で燃えて』とか。

　いいぞ。

1

ロスコー・バードルは疲れきっていた。化粧台の前にすわってメイクを落とすと、赤と白の陽気な道化師の顔の下から、深いしわの刻まれた自分の顔が徐々に現われてくる。周囲はざわざわと騒がしい。ほかの道化師たちが着替え、メイクを落とし、日常世界の単調な装いに戻っていく。しかし、ロスコーは沈黙の繭につつまれていた。逆さにした巨大なガラスのボウルを上からすっぽりかぶせられ、騒音も、人生も、仲間も、すべてシャットアウトされてしまったかのようだ。なのに、ガラスを通して、自分が失ったものを見ることだけはできる。

なぜ自分は疲れているのか？　理由はわかっていた。マーゴだ。

ひとことでいえば、自分たちは結婚すべきではなかったのだ。女曲馬師と道化師。これほど馬鹿げた組み合わせもない。マーゴに必要なのは道化師ではなく、ライオンの調教師だ。

しかも、マーゴはその調教師を見つけたらしい。

化粧台の前にすわり、傷ついて疲れた自分の目をのぞきこみながら、ロスコーははじめてマーゴと愛を交わしたときのことを思い返した。あの至福のときが永遠につづくと信じていたなんて、自分はなんと愚かだったのか。

2

あれはニューヨークのマディソン・スクエア・ガーデンで公演が行なわれたときだった。すべてはいつもと変わらなかった——いたずら小僧の投げこんだ爆竹の音にマーゴの愛馬が驚き、台の上からぶざまにジャンプし、脚の骨を折るまでは。もちろん馬は安楽死させられた。その夜遅く、マディソン・スクエア・ガーデンから数ブロック北にある小さなバーのいちばん奥のブースにマーゴが陰鬱な顔ですわっているのを見ても、ロスコーはすこしも驚いたりしなかった。サーカスがこの街にきたとき、ロスコーは孤独な夜をいつもこの店で過ごしていた。

ロスコーはマーゴをすこしだけ知っていた。チャンピオンという名の愛馬に起こったことも。そこで哀悼の意を示すためにブースに行くと、マーゴはいっしょにすわるように誘った。

マーゴはすでにかなり酔っていた。「道化師のメイクを落とすと、やさしい顔をしてるのね」と彼女はいった。「男の人からそんな目で見られることに、あたし慣れてないの」

「普通の男は、どんな目で見るんだい？」と彼は訊いた。

「道化師はあなた。でしょ？」と彼女はいった。

「そうだな」と彼はいった。「ベッツィーはいまだに口をきいてくれない」

「自業自得なんじゃない？」と彼女はいった。

「かもしれない」と彼はいった。「感謝祭には来客もあるんだ。ピートとアンがくる。他人の前で喧嘩なんてできるかい？」

「なら、今夜のうちに仲直りするのね」と彼女はいった。

「なんだか女を抱きたい気分なんだ」と彼はいった。

「ベッツィーを？」と彼女はいった。

「マンコがついてるものならなんでもいい」と彼はいった。

「ベッツィーにはマンコがついてるわ」と彼女はいった。

「知ってる」と彼はいった。「だけどあいつはまた買い物さ。いつもそうなんだ。ぼくが家に帰ると、決まって買い物にいってる。ぼくは職業を間違えた。店を開けばよかったんだ」

「あなたが職業を間違えたのはわかってる」と彼女はいった。「そのうえベッツィーには、感謝祭のディナーにそなえていろいろ買わなきゃならないものがある」

「このぼくに、いったいなにを感謝しろっていうんだ？」と彼はいった。

「ベッツィーを愛してないの？」と彼女はいった。

「わからない。神に誓ってわからない。その質問は自分にしないようにしてるんだ」

「昔は愛してたんでしょ？」

「昔はいつだってあいつとファックしたかった。きみが訊きたいのがそのことならね。ぼくが大学三年生のとき、彼女は新入生だった。地元モネコイの出身で、大学構内に住んでるわけじゃなかった。両親や兄弟たちと実家で生活していたんだ。

もうカッコでセリフを閉じるつもりはない。ベッツィーと家族のことや、彼女とどうやって出会ったかとかいうクソみたいな話をするなら、なんだってロスコーとマーゴが必要なんだ？

こいつはもう最初から書き直したほうがいい。

ただし『欲情サーカス』はやめだ。ぼくはサーカスのことなんかなにも知っちゃいないし、こんなクソは書くことができない。いくらスパックでも、さすがに我慢の限界ってやつがあるはずだ。まえにディックから、あいつが以前雇ってたゴーストライターの話を聞いたことがある。デンヴァーに住んでるそのなんとかってやつは、小説の中盤でいきなり火星人が襲来してくる小説を書いた。地球の女性と火星人のセックスが描かれるのだ。このイカレた展開は唐突としかいいようがない。前半はごく普通のポルノなのに、途中からトチ狂ってしまう。この作品は却下された。スパックにこれはだめだと突き返されたディックは、スパックに電話してこれは以前からやってみたかった実験小説なのだと説明し、もう二度とやらないと約束しなければならなかった。彼らはべつのゴーストライターを探す羽目になった。

彼らはべつのゴーストライターを探す羽目になった。

ライオンの調教師と浮気してる女曲馬師と結婚してる道化師の話なんか書いてる場合じゃな

い。そんな話、マヌケな茶番劇になるに決まってるし、ぼくは放りだされてしまう。

ベッツィーはぼくがせっせと本を書いていると思ってるにちがいない。ところが、ただタイプを打ってるだけだ。

ベッツィーとの出会いはブラインドデートだった。お膳立てをしたのはハウイーって名前のぼくの友だちだ。ハウイーの話だと、調達したのは地元の子だってことだった。

「ヤれるかな?」とぼくは訊いた。

「おれにわかるわけないだろ?」とハウイーはいった。

ぼくらは映画に行った。『奇跡の人』っていうヘレン・ケラーの話だ。カップル二組、ぜんぶで四人。映画を見たあとのぼくはほぼやる気をなくしていた。ブラインドデートの相手が基本的にうんざりするような子で、モノにできそうになかったからだ。ぼくらはハウイーの車の後部座席にすわっていた。街を出て古いモントリオール・ロードのバーに向かうあいだ、彼女はひとりでしゃべりつづけた。いかにも新入生っぽい口ぶりで、すべてが刺激的だという。キャンパス、教師、クラス、バスケットボール・チーム。うちの大学にバスケットボール・チームがあるなんてぼくは知りもしなかったんだけど、その子はチアリーダーになろうとしてた。もしうちの大学にフットボール・チームがあれば、そっちにも夢中になっていただろう。だけどうちの大学にフットボール・チームはなかったから、彼女の興味はバスケットボールに限定されていた。ある意味、なんとも残念な話だ。っていうのも、バスケットボール選手ってやつは、フットボール選手とちがってセックスシンボルにはなりようがないからだ。あいつらはひょろっと背が高いもんだから、解剖学の教科書に出てくる骸骨のイラストみたいだし、陸上競技のスター選手と同様、特殊化しすぎてて性的魅力ってもんがない。もしうちの大学にフットボール・チームがあったら、たぶんベッツィーはぼくなんかで妥協してなかっただろう。

ベッツィー。それっていい名前なんだろうか？　ベッツィー・ブレイク。なんかアーチー・コミックスにでも出てきそうな名前だ。もちろん、ブレイクに関しては彼女にどうこうできるわけじゃないし、べつにひどい名前でもない。だけどベッツィーって愛称を選んだのは？　エリザベスの愛称には種類が六千くらいあるが、そのなかでベッツィーは間違いなく最悪だ。

これが疑いのない真実だってことは、誰もが知っている。女の子の五人にふたりはエリザベスって名前をつけられ、最終的には全員がエリザベスの愛称のひとつで呼ばれるようになる。どの愛称で呼ばれるかは、それぞれの子の個性をびっくりするほどたくさん語ってくれる。たとえばリズはまず間違いなく淫乱で、ガッツのある遊び女だ。ただしその子がすごくやせぎすで、淋病にかかったりしてる場合は、リズではなくリジーと呼ばれる。ベスはお上品だが誰とでもセックスし、そのことに罪悪感を覚えている。ベズはひとりの男に捧げるために純潔を守り、図書館で働き、非常に真面目で信頼ができ、知的で、緊急のときでも動じたりしない。ベットは性悪で金遣いが荒いが、すばらしいレディだ。エルサは週末スキー旅行が大好きな遊び人だが、約束は必ず守る。エリザは氷原が割れて以来目撃されていないが、それ以前は不平をこぼしてばかりいた。エルジーは下層階級の出身でやたらと明るく、大口を叩くうえに大声で笑うので、誰も誘惑しようという気にならず、あまりセックスをしていない。エラは肉体的な不満をかかえていて、酒が弱く、とても穏やかで、男が不調なときは母親のように世話を焼いてくれる。リサはD・H・ロレンスの小説のヒロインみたいなセルフイメージを持っていて、馬とナイトクラブが好きだ。ベティはいかにもアメリカ的な女の子で、結婚して平均二・四人の子供を産み、いまぼくがいるような安っぽい郊外住宅に住み、コーヒーを飲みながらのおしゃべり会をキッチンで開き、筋ジストロフィーになる。ベッツィーは低能だ。

自分がフェアじゃないのはわかってるけど、知ったこっちゃない。ぼくにわかってるのは、あの最初のデートの日のぼくは最後にセックスしてから七カ月もたってたことと、とにかくやりたくてたまらなかったこと、彼女は結構ルックスがよくて必要な器官を持ってたこと、ハウイーの車の後部座席にすわってたときのぼくにはほかにすることがなにもなかったこと——ただそれだけだ。しかも、ぼくたち四人はノース・バーって店でビールをピッチャーで注文した。だからぼくは、街へ帰るまでの道中、車の後部座席で彼女にキスをはじめたわけだ。あれは一月だったから、ぼくらはふたりともとんでもなく厚着をしてたんで、キスというよりトゥルース・オア・コンシクエンシーズ［テレビのクイズ番組］のかくし芸みたいだった。自分でもマヌケだとは思ったけど、ぼくは手袋をはめた手を彼女の膝においた。彼女ははねのけなかった。ぼくが口に舌を入れても抵抗しなかった。反応はしなかったけど、抵抗もしなかった。

その後ぼくは、フレンチキスというのは双方向的な行為だって知ってる女の子とキスをしたことがある。ベッツィーはただそこにすわって口をあけてただけだけど、シャーロットとケイは大胆に舌を絡めてきた。あれは説明するよりやるほうがずっと楽しい。

それはともかく——手袋をはめたぼくの手は膝から払いのけられなかったし、口のなかに押し入れた舌も拒否されなかったので、ぼくは突然、このまま一発やっちまおうと心を決めた。すごく熱くなってたぼくは彼女のコートのなかに手を入れ、おっぱいを触ろうとした。だけどそいつは不可能だった。しかも彼女が協力してくれる気配はない。だけどそれでもなお、今夜はやれそうだとぼくは確信していた。干魃は終わり、われらがエドはセックスするのだ。

そうとも。

世界中のほかの人間はみんな大学構内に住んでいるのに、ベッツィーだけは大学構内に住んでいなかったので、当然のことながら最初に車を降りるのは彼女だった。バーへ行くまでの道中、彼女は閉店したエッソのガソリンスタンドを指さし、あれはわたしの父の店なのといった。しかし、そのガソリンスタンドの隣の家に住んでいるわけではなかった。町なかの家に住んでいた。結果として、そいつはかえって好都合だった。

ベッツィーはハウイーに場所を指示した。ようやくのことでたどりついたのは、完全な闇につつまれた通りに建つ完全な闇につつまれた家だった。街灯は通りの角にあるだけ。それはどういうことかっていうと、要するにどの家の窓も真っ暗だったってことだ。本物の作家になりたいならもっと表現力を身につけないとまずい。

それはともかく、ぼくはいった。「ぼくもここで降りるよ、ハウイー」

「あら、いいのよ、エド」と、ベッツィーはいった。

「そうはいかないよ」ぼくは男らしいとこを見せようとしていった。「きみはぼくのデート相手だ。玄関まで送っていくって」

ハウイーはバックミラー越しにぼくを見た。「待ってるか?」

「いや、行ってくれてかまわない」

ハウイーのデート相手のドラって名前の子が、フロントシートからぼくに向かってにやっと笑った。「楽しんでね」と、彼女はいった。ダブルデートのときの女の子は、たいていの場合、自分の相手じゃないほうの男は絶倫男だと思ってる。気づいてたかな? こっちのことを〝あなたってほんとスゴい感じ〟って目で見るのだ。自分のデート相手の子はぜったいにそんな目で見てこない。いつだって、自分のデート相手じゃないほうの子なんだ。なんでそんなことになるのか、ぼくにはさっぱりわからない。

　それはともかく、ぼくらは車を降りた。あたりは一面に雪が積もってて、空気は凍るようだった。ありがたいことに風はまったくなかった。雪掻きをしたスレート敷きの遊歩道を彼女の家のフロントポーチまで歩き、玄関前のステップをのぼり、ポーチを横切ってドアの前までくると、彼女はいった。「すっごく楽しかった。ありがと、エド」

「そりゃよかった」といい、ぼくはもう一度キスをした。もちろん、コートとかはぜんぶ着たままだ。しかも立ったままだから、手袋をはめた手を彼女の膝におくこともできない。しかし、ぼくはまた彼女の口のなかに舌を入れた。といっても、ぐっと深く突っこんだわけじゃない。ぼくとしては彼女のほうも燃えあがってくれることを期待してたんだけど、そういった特別なことはなにも起こらなかった。おいおい知ることになるのだが、ベッツィーは口のなかに舌はひとつでじゅうぶんだと考えているのだ。そこにぼくの舌が登場したところで得るものはなにもなく、かすかな吐き気を覚えるだけらしい。結局のところ、彼女は決闘みたいなセックスが好きなんだと思う。十歩離れたところに立ってやる、みたいな。

　しかし、一九六三年一月のその夜、ぼくは未来の妻のそうしたデリケートな嗜好をなにも知らなかった。わかっていたのは、自分がファックしたいってことだけだった。とにかく、やりたくてやりたくてたまらなかった。

やがて唇を離すと、ベッツィーはいった。「おやすみなさい、エド」

ぼくはパニック気味の笑みを浮かべていった。「も、もう？」

「すっごく寒いんだもん」

そのひとことが、ぼくが必要としている突破口を開くための突破口を提供してくれた。頭のなかでソファーのイメージが踊った。

「なら、ちょっとなかに入ろうか？」

「あ、それはダメ」と、ベッツィーはいった。

「なんで？」

「パパは眠りが浅いの。目を覚ましてわたしたちを見つけたら、すっごく怒るに決まってる」

ぼくはそれを、自分にいいように解釈した。この子はとてもセクシーだ。ぼくは彼女とやる。でも今夜じゃない。車を借りるとか、なんらかの策を講じる必要がある。最悪、冬が終わって春がくるのを待ってもいい。ぼくらはやる。でも、彼女の家でじゃない。

いいだろう。いまはファックするつもりがないっていうんなら、こんなところに立っておしゃべりしてるのはごめんだ。家路は遠い。町を抜けてキャンパスまでさらに二マイル。身体は冷えきり、性欲が高まりまくってて、やりたくてしかたがない。そこで彼女にもう一度キスすると、急いで立ち去ったと思われないように気をつけながら急いで立ち去った。

二ブロックほど歩いたところで、極度の性的興奮がつづいたせいで睾丸が痛みはじめた。こんなふうになったのはもう数カ月ぶりで、マジで痛かった。股間全体が痛みはじめ、歩くのさえつらい。そこでぼくはどうしたか？　手近な家の裏庭に行き、白い羽目板張りのガレージに寄りかかってマスをかいた。イクときは苦しかったが、その後は気分がよくなり、両脚のあいだがかすかに痛むだけになった。それから、歩いてキャンパスに戻った。

寮に着いたときには二時半をまわってたけど、ロッドはまだ起きて短篇小説を書いていた。ロッドとぼくはルームメイトだった。一年生のとき以外はずっと同室だったのだ。その時点でロッドの短篇は一作も売れていなかった。でも、あいつはひたすら書きつづけ、雑誌に送り、断わり状とともに送り返されてくるとまた送りつけた。全短篇のタイトルが入ったリストをつくってあって、どの雑誌にどの短篇を送ったかわかるようにしてあったのだ。三年生の終わり頃、ようやくのことで一篇売れた。プレイボーイの亜流誌かなんかで、聞いたこともない雑誌だった。ロッドは百二十五ドルうけとり、ぐでんぐでんに酔っぱらった。

だけど、あの夜の時点ではまだ一作も売れていなかったし、ぼくはあいつが作家になれるなんて思っちゃいなかった。だって、知り合いに作家がいるなんてこと、普通はないじゃないか。一般的な人間の知り合いにいるのは、モンゴメリー社の販売員とか、石油トラックの運転手とかだろ？　知り合いに映画スターとか、深海潜水夫とか、ＴＷＡのパイロットがいるやつなんて、普通はいない。作家もおなじだ。だからぼくはロッドが作家になるなんて本気で思っちゃいなかった。ほかのやつらだってそうだ。ロッドは四六時中短篇を書いてたけど、ぼくはそんな小説はクズだと思ってたし、買い上げてくれる出版社もまったくなかった。

正直にいうと、当時の自分があいつにどんな態度をとっていたかはよく思い出せない。いまの態度はぜんぜんちがっている。いまは嫉妬を感じてるし、とんでもなくステキなやつだと思ってる。ぼくの人生には、あいつの人生より優れてる部分なんかどこにもない。ロッドは友だちだし、すごく好きだし、歳はおなじだけど兄貴みたいに思ってるし、同時に心底憎んでる。

えっ、ぼくがロッドを憎んでる？　神に誓っていうけど、もしそうだとしたら、いまのいままで知らなかった。それに、もし憎んでるんなら、そいつは愚かとしかいいようがない。ぼくがロッドほど成功していないのはあいつのせいじゃない。ロッドは人生を計画的に過ごし、努力に努力を重ね、つねにひとつの目標に向かって突き進んできた。ずっと作家になりたくて、作家になろうと努力し、ある意味、作家になることを断固要求し、つねに書いてきた。

ぼくには目標なんてなかった。本を読むのは好きで、その気持ちだけは変わったことがない。だから大学に入ったとき、アメリカ文学科があるのを見て――ベッドに倒れこむみたいに――専攻することに決めてしまったのだ。どっちにしろ、たいていの名作はすでにほとんど読んでいた――『緋文字』『白鯨』、中篇の「バートルビー」、『草の葉』、ポーの諸作、『赤い武功章』

『武器よさらば』『ライ麦畑でつかまえて』。

これって、ほんとにすごく奇妙だ。世の中には、自分の人生においてなにをしたいかを知っていて、自分のゴールに合わせて専攻学科を決める人間がいる。しかし一方で、このぼくみたいに、ただなんとなく流されて、適当な学科を選択し、最終的には専攻学科に合ったゴールを選ぶ人間もいる。で、アメリカ文学を専攻したら、いったいなにができるか？ 教師しかない。だからぼくは教えることにした。

だけど適性があったわけじゃない。いってる意味、わかるかな？ 教えるつもりだったといってても、自己達成とかなんとか、そういった理由があったわけじゃない。ただ流されていただけで、人生の舵をとってる人間は誰もいなかった。ぼくはいちばん楽な潮流に乗ってただけだ。

ってことで、ベッツィーの話だ。最初のデートのあと、どこかの家の裏庭に種子をぶちまけてから（これはたしかに倒錯した行為だけど、聖書で禁じられてはいないと思う）寮に戻ると、ロッドはまだ起きて短篇小説を書いていた。天井の明かりはつけていなかった。ぼくらはふたりとも天井灯ってやつが嫌いだった。ロッドは卓上ランプをつけ、スミスコロナ社のポータブルタイプライターを懸命に叩いていた。いまぼくが使ってるのとそっくりおなじタイプライターで、色もおなじベージュだった。実際のところ、ぼくがこのタイプライターを選んだのはロッドのタイプライターに合わせるためだ。使用するタイプライターはエリート活字じゃなきゃならなかった。というのも、ぼくの原稿はロッドが打ったように思わせる必要があったからだ。オールバニーで最初の本を書いたときにはステート・ストリートの店でレンタルしたが、ここに引っ越してくるときに一台買った。当然のことながら、タイプライターに対するぼく自身の好みや見解なんてものはなく、ロッドのタイプライターに似たやつを買っただけだった。それゆえ、スミスコロナが選ばれたわけだ。

　こいつはかなりいいタイプライターだと思う。使いはじめて二年半、月に五万語打ってるけれど一度も故障したことがない。すこしガタガタいうし、ひたすら叩いているとこもった音がするが、きちんと字は打てる。

　たぶんぼくは、ベッツィーの話がしたくないんだと思う。代わりに自分のタイプライターの話を延々としてるんだから、間違いなくそうだ。

　でもまあ、どうでもいい。書きはじめたんだから、書き終えたほうがましだ。自殺願望にでもとりつかれたんだとしか思えないが、きょうは二十二日なのに、まだ小説を書きはじめていない。でもぼくはこのクズ原稿を自分のシステムから永遠に追放するつもりだ。

　今夜。夕食がすんだら断固として仕事をはじめる。

　で、最初のデートの晩のことだけど、ぼくが寮の部屋に入っていくとロッドは目を上げていった。「首尾はどうだった？」

「まあまあかな」

「モノにしたか？」

「まだだ。でも、絶対いける」

実際、自分ではそう信じていたのだ。やりたくてやりたくてたまらなかったせいもあるし、ここで得点を稼ぐ必要があったせいもある。大学時代のロッドはモテまくりのヤリまくりで、あの子やこの子をつぎつぎとモノにしていた。あいつが女の子を寮の部屋に連れこんだせいで、誰かほかのやつの部屋に泊めてもらったことも二度や三度じゃない。ぼくも何回かモノにしたことはあったけど、ロッドにはぜんぜん及ばなかった。しかもこのときは一月で、三年生になってからはまだ誰ともやっておらず、穏やかな心境ではなかったのだ。

そこで翌日の土曜日、ぼくはベッツィーに電話をかけた。すると、今夜は約束が入っているけれど日曜はフリーだという。ぼくは車を持っていなかったので、またハウイーとダブルデートを企画しなければならなかった。ぼくらはミシュコン川のポート・ジョーンズまで行き、そこのハイラムズ・ロッジっていうバーに入った。この店には本物の火が入った本物の暖炉があって、壁には雄鹿の頭がかかり、そこらじゅうに本物の丸太が転がっていて、いかにもスキー・ロッジっぽい感じの店だった。ぼくたちは四人でビールのピッチャーを二杯あけ、ブースでペッティングした。ぼくはついにベッツィーのスカートのなかに手を――手袋なしで――忍びこませ、しばらくパンティーの感触を味わった。彼女はすごく熱くなり、キスをしながら喘ぎ声を上げはじめたが、ぼくがパンティーに指をひっかけて引っぱりおろそうとすると首を横に振り、とてつもなく取り乱して必死に「ダメ」といってぼくの手を押しのけ——

結局はそこまでだった。

その夜は、ベッツィーの家でハウイーの車から降りたくなかった。どうせなにも起こらないのはわかっていたし、外はえらく寒かったからだ。なのにぼくは、紳士的な態度を見せなきゃって気持ちを捨て去れなかった。そこで外に出た。暖かい車は走り去り、赤いテールランプも、白い排ガスも、積もった雪で凍りついた路面をタイヤが踏むバリバリという音も消えていき、ぼくらは雪一面の白い闇にとり残された。目の前に建つベッツィーの家は墓穴みたいに黒かった。彼女が帰ってきたときのために明かりをつけとくようなことはしていなかった。彼女の両親を知るようになってから、理由がわかった。彼らはケチなのだ。ベッツィーの両親はこの世界がはじまって以来もっともケチでしみったれたロクデナシだった。たとえばトイレットペーパーだ。あの家で使ってるトイレットペーパーときたら、紙が硬くてケツの穴から血が出そうなしろものだった。ありゃ一ロール二セントもしないだろう。彼女の両親の家じゃ、ぼくは絶対にクソをしたくない。いやほんと、大げさにいってるんじゃないんだ。

それはともかく、ぼくはまたポーチに上がってしばらくベッツィーにキスをし、右の手袋をはずしてスカートの下に手をつっこもうとした。でも、彼女はぼくを押しやり、「寒すぎるわ！」とささやいた。で、それっきりだ。ぼくはただやってみただけ。わかるだろ？　形だけやってみただけだ。

ベッツィーがほしかったことなんか、いまに至るまで一度もなかったんじゃないかと思う。とにかくぼくはなにかがほしかったにすぎない。そして、あのときのぼくに理解できるものは彼女だけだったし、手近にあったのも彼女だけだった。

そこでぼくらは、翌日の月曜日、十二時五十分にカフェテリアで会う約束をした（ベッツィーはランチをキャンパスで食べるからだ）。それからぼくはベッツィーの家をあとにし、極度の性的興奮がつづいたせいでまた睾丸が痛みはじめ、このあいだとおなじ裏庭で射精し、歩いて寮に帰った。ロッドはもう寝ていたので、いろんな質問には翌日まで答えずにすんだ。

ベッツィーがキャンパスでランチを食べるのは、当然のことながら、そのほうが安上がりだったからだ。ランチ代は一学期分を一括で支払い、毎月カードをうけとり、ランチをとるたびにスタンプを押してもらう。食事代の半分――もしくはそれ以上――は州が支払い、残りを当人が払う。一学期につき三十五ドル。こいつはなかなか悪くない。さもなければ、ベッツィーの両親は毎日昼食時間に娘を徒歩で帰宅させ、歩いてまた登校させていただろう。もうおわかりだと思うけど、あのふたりは下宿させてまで娘を大学に行かせるつもりはないくらいケチなのだ。あのふたりが下宿さえさせていれば、どれだけぼくが楽だったか。

実際の話、ベッツィーは周囲からちょっと浮いていた。あの大学に地元の出身者はほとんどいないのだ。地元の出身者が占める割合が高い大学もたくさんあるのは知ってるけど、モネコイ大学の場合は実質的にゼロだ。たぶん、モネコイは大学生の産出量が――地元大学向けのものも、出荷向けのものも――すくないからだと思う。ここは貧しい町で、ニューヨーク州の北の隅に隠れている。住人のほとんどは面倒がって高校を終えることさえしない。

それはともかく、ぼくらはランチを食べた。安上がりなデートだった。ビールのピッチャー半杯分よりも安かったし、デートのあとでぼくが歩く距離もずっと少なくてすんだ。ぼくはそれとなく、こんどうちの寮に忍びこむのも面白いかもしれないと吹きこもうとした。うちの寮は完全な女子禁制なので、ちょっとしたスリルが味わえると煽ってみたのだ。でもベッツィーは盛りあがらなかった。っていうか、彼女はどんなものにも盛りあがらなかった。一方のぼくのほうは、ふたりでベッドをめざすという自分のアイディアにすっかり熱くなり、目の前にすわってる現実の女の子にはなんの注意も払わずに、ひとりで勝手にどんどん盛りあがっていた。こんどの金曜日にもう一度デートしようと誘うと、ベッツィーはイエスと答えた。さらにぼくたちは、あすまたカフェテリアでランチをいっしょにとる約束もした。

基本的にぼくは、ベッツィーは孤独なのだと思っていた。女子寮に住んでいなかったので、ほんとうの友だちと呼べる女の子はキャンパスにいなかったし、大学生だってことで地元の住人からは当然距離をおかれていた。となれば、いったいどこで友だちをつくればいい？　ぼくはつきあいやすいタイプだし、ジョークもうまいし、週に三回（水曜と金曜はスケジュールが合わなかった）ランチタイムにカフェテリアでおしゃべりにつきあったし、週末にはデート相手をつとめた。要は、彼女のほうもぼくとおなじで、相手の気持ちにはまったく注意を払わず、自分の都合だけを考えていたのだ。

ただし、より得をしたのはベッツィーのほうだった。週に三回カフェテリア。毎週末に二回か三回のデート。しかし、週末のデートではさっぱりなにも起きないので、しばらくするとぼくはすっかり退屈してしまい、車を持ってるやつとダブルデートを組めないと言い訳して回数を一回に減らしてしまった。ぼくらはいつも他人に依存していた。いつだって〝後部座席のカップル〟だった。そのことが唯一幸いしたのは運動だった。毎回、ベッツィーの家から寮までの約五キロを歩かなきゃならなかったからだ。雪や雨が降らないかぎりは。

ある夜、ノース・バーからの帰り道、ぼくはチャック・マリフォリオの車の後部座席でベッツィーをイカせた。ヤッホー、ついにやったぞ、とぼくは思った。もう三月になったというのに、ぼくらは狂ったようにペッティングをつづけるばかりだったのだが、その夜はついにパンティーを引っぱりおろして指をなかに入れたのだ。ベッツィーはその攻撃をまったくはねのけなかった。それどころか、ぼくの首に腕をぎゅっと巻きつけ、こっちはほとんど息ができないくらいだった。態勢に無理があったせいで肘が逆向きに曲がっていたものの、ぼくはそのまま指先を這わせてボートに乗った男を見つけ、そいつの耳をくすぐってやった。するとベッツィーは突然ビクンとした。無意識に体をビクッと震わせ、ぼくの耳もとに向かって「ア、ァァァ……アッ」と声を上げたのだ。しばらくしてから身体を離すと、彼女の瞳にはクリスマスツリーの小さな白いイルミネーションライトみたいな光が浮かんでいた。

やったぞ、とぼくは思った。これで貸しができたってわけだ。きみをイカせてやったんだから、こんどはぼくをイカせてくれないと。やったね。

そこでぼくたちは車を降りてポーチに上がった。だけどなにも変わらなかった。ぼくは自分のいいたいことをどうやって言葉にすればいいか考えあぐねていた。彼女に貸しがあることをどうほのめかせばいいものか？　しかし、考えついたフレーズはどれもあまりに露骨だったので、結局ぼくは例の裏庭にまた立ち寄ってから家路についた。

ぼくはほとんど毎回その裏庭に立ち寄っていた。もう三カ月ほどおなじことをつづけていたから、春になったらここにはどんな花が咲くだろうと思うようになった。しかし、四月がきて五月が過ぎても、ぼくが肥料をやった地面にはなにも生えてこず——やっぱりあれは肥料にならないのか？——雑草が生えているだけだった。ぼくはそこからなにかを学ぶべきだったが、なにも学ばなかった。

　こんなことをつづけていたら最後にどうなるかはわかっていた。いまやこの世界は不条理の時代に突入しつつある。登場人物はすべて道化師になり、派手なメイクをして色つきの照明を浴びている。こんなことをつづけていたら最後にどうなるか？　ある夜ぼくがオナニーを終えて裏庭から出ていくと、何千ものライトがいっせいに点灯する。近所の住人の通報をうけた警官隊がぼくを待ち伏せしているのだ。ぼくは飛びあがり、犬のベロみたいにチンポをぶらぶらさせながら裏庭を駆け抜ける。その後ろを、馬に乗った警官隊がどっと追いかけてくる。

　まあ、実際にそんなことが起きたわけじゃない。なら実際にはなにが起きたかというと——

　五月も終わりに近いある金曜日の晩、ぼくはベッツィーに電話をしてデートの約束を取り消した。もうすっかりうんざりしていたからだ。ダブルデートをしてくれる相手が見つからないんだとぼくはいった。するとベッツィーはいった。

「あなた、車の運転はできるんでしょ、エド？」

「もちろんさ」と、ぼくは答えた。「運転すべきものがあればね」

「兄さんのトラックなら借りられるけど。どう？　借りてほしい？」

「もちろんさ」と、ぼくはいった。もちろんさなんて口にしたくなかったんだけど、うっかり罠にはまってしまったのだ。

「なら、八時に西門のとこで。遅れずにきてくれるわよね？」

「もちろんさ」

八時、キャンパスの西門の脇に立ち、わが欲情の対象物が兄貴のトラックに乗ってやってくるのを待ちながら、ぼくは考えていた。これまでトラックのことなんか一度も口にしなかったのに、なぜいまになって急に借りることにしたんだろう？　真相は——当然のことながら——いまこそセックスするべきときだとベッツィーが判断したからだ。しかし、あのときのぼくはそれに思い至らなかった。もっとずっとあとになるまで、女の子もときにはセックスしたくなるときがあるんだということを知らなかったのだ。たまにＯＫといってくれることはあっても、やりたいと感じることがあるなんて夢想だにしていなかった。

それはともかく、トラックは十分遅れでやってきた。十年落ちの黒いダッジで、以前はどこかの会社が所有していたものらしく、ドアにペイントされた会社名が白いペンキで消してあった。両サイドが板張りの荷台はガタガタで屋根がない。こんなものをほしがるのは廃品蒐集家くらいなものだろう。そしてその運転席には、プロみたいにギアを操るベッツィーがいた。

なんでも、ベッツィーのふたりの兄（バージとジョニー）はニューヨークにクリスマスツリーを運送して生計を立てているとのことで、彼女が運転してきたのはふたりが運送用に使っているトラックだった。いまは五月で、クリスマスツリーの出番はない。そして、ベッツィーはセックスする決意を固めている。で、ぼくらがこのトラックを使うことになったわけだ。

いったん決心すると、ベッツィーは本腰を入れてとことんまでやる。後部座席の床には毛布が敷いてあった。おそらくいつも敷いてあるわけじゃないだろう。それに、映画を見てるときにスカートに手をすべりこませてみると、彼女はそもそもパンティーをはいていなかった。

しかし話の先を急ぎすぎたようだ。そのまえに、ぼくがそのトラックをうまく運転できなかった件を説明する必要がある。ぼくはエンストを起こしてばかりで、ギアをシフトすることができなかった。そのため、運転はベッツィーがした。まったくロクでもないポンコツだろ？　で、まあ、ぼくらは映画に行ったわけだ。ボブ・ホープとルシル・ボールが共演した『批評家のおすすめ』ってコメディで、セックスをしない人たちに関する話だった。幸いなことにあんまり笑える映画じゃなかったんで、ぼくの手はベッツィーの太ももをどんどん這いあがっていった。ベッツィーはパンティーをはいておらず、ぼくは映画のあいだに彼女を三回イカせた。さすがのぼくも、今夜こそいけそうだと確信を強めた。

ただ——とぼくは思った——彼女がぼくのペニスにさわればの話だ。ぼくのほうはベッツィーの身体のあらゆる部分をくまなく愛撫してきたのに、彼女はぼくの腰から下にはいっさい手を触れたことがなかった。とはいっても、べつにぼくはくるぶしをさわってもらいたくてたまらなかったわけじゃない。こっちは週末ごとにニューヨーク州のあちこちで何度もイカせてやってるんだから、いつかはそのお返しをしてくれるのが筋ってもんだと思っていたわけだ。で、彼女はやってくれた。その夜、もっとあとになってから。あれにはもうビックリしたね。ペニスにはやっぱり手を触れなかったけど、それはたんに〝手は触れなかった〟ってことなんで、ぼくに文句はなかった。

でも、どうやらもう時間のようだ。また無駄に二十五ページも書いてしまった。これだけ書いて手に入ったものといえば、ベッツィーとのなれそめを思い出したせいで募ったムラムラした気分だけだ。ここはキッチンへ行って仲直りをすべき潮時かもしれない。今回の喧嘩は長すぎる。もう約二週間もやってない。『情熱の虜囚』を書きあげて以来だ。

たぶんそれが問題なんだろう。フレッドがベッドに入ったらすぐにベッツィーと一発やろう。リフレッシュし、ゆったりとした心穏やかな気分でここに戻り、こんどこそ仕事をはじめるのだ。あすは感謝祭だから仕事をしている暇はないかもしれないが、きのうは一日無駄にしたし、きょうも仕事と呼べることはなにもしなかったんだから、さっさと取りかかったほうがいい。

今夜これからやるセックスをこんどの作品にうまく生かせるかもしれない。若者が大人になっていくタイプの作品にしよう。そうすれば、この原稿の一部を最初の章にそのまま使える。主人公が地元のガールフレンドにさよならをいう場面だ。

そう、タイトルは『決めるぜカーセックス』がいい。

1

映画館の暗闇のなか、ドウェイン・トッピルはリズのスカートの下に手をすべりこませた。最初、ドウェインはそれが信じられなかった。リズはスカートの下になにも——まったくなにも——はいていなかったのだ。

テクニカラーの映画が映写されているスクリーンから反射してくるかすかな光のなかで、ドウェインはリズの瞳がいたずらっぽくきらめくのを見た。唇には面白がっているような笑みが浮かんでいる。リズはドウェインの顔を引き寄せ、唇を耳にそっと押し当ててささやいた。

「お別れのプレゼントよ」

「ンンン……」ドウェインはリズの首にキスをした。「行きたくなくなっちゃうよ」

「だったら、早く帰ってくればいいでしょ」リズはそうささやき返すと、すこしだけ腰をまわし、手探りしているドウェインの指に自分自身を押し当てた。

リズの言葉を聞いて、ドウェインはいきなり罪の意識に襲われた。自分はスミスヴィルに戻ってくるつもりなどない。しかし、身体の奥から突きあげてくる熱い欲望があまりにも大きく、指の動きが鈍ることはなかった。それに、ドウェインには確信があった。自分は戻ってこないのがいちばんいいのだ。スミスヴィルを去り、リズのもとを離れるのがいちばんいい。二年前に高校を卒業して以来、おたがいになくてはならない存在になりつつあったけれど。

一生このスミスヴィルで生きていこうと考えていたなんて、いまにして思えば信じられなかった。ここは彼のための場所ではない。そうとも、ぼくのための場所でもないぞ。ドウェイン・トッピルなんて心の底から大嫌いだし、やつとリズとの空想上のファックもスミスヴィルもなにもかもがうんざりだ。

2

だからぼくはセックスをして映画を見た。きょうはその翌日で、またこの退屈な苦役に戻ってきてるってわけだ。以前、ピートと古本屋へ行ったとき、ぼくは一冊の本と出会った。フレッド・アレンっていうコメディアンが書いた『苦役の果てに忘れられ』って本だ。タイトルが最高に——とんでもないくらい——すばらしかったんで、ぼくはすぐにその本を買い、アレンが偉大なる人間だったことを知った。アレンは全人生を間違った場所で送った。彼がそこにいたのはたんなる状況のせいであり、当人はそこが間違った場所なのをずっと知っていたけれど、抜けだす方法がわからなかった。『苦役の果てに忘れられ』——まさにいい得て妙だ。

ときどき、朝の四時半からチャンネル2でフレッド・アレンの出演した映画を放送することがある。そんなときぼくは、寝ないで待ってかならず見る。たいていはひどい内容だけど、アレンにはつい見入ってしまう。映画のなかでアレンは窮地に立たされる。基本的にはいいやつで、他人の感情を傷つけたくないんだけど、自分も周囲の人間もクソみたいな状況に陥ってると思ってて、実際そのとおりなのだ。

それって、ぼくら全員に当てはまるんじゃないか？

きのうの夜は『ポイント・ブランク』って映画を見に行った。このタイトル、ぼくの人生にこそふさわしい。なんたって、単語の順番を逆にすれば〝意味がない《ブランク・ポイント》〟になるんだから。主人公はリー・マーヴィンが演じるギャングなんだけど、こいつは組織に九万三千ドルの貸しがある。早い話がこの映画、主人公が九万三千ドルを取り返そうとするってだけの話なんだ。おかげでぼくは話に集中できなかった。というのも、見てるあいだじゅうずっとおなじことを考えつづけていたからだ。なあ、リー、その九万三千ドルが手に入ったらどうする？　ハッピーになれると思うかい？　なれないって。手に入ってもただ使っちまうだけだ。で、翌月にはさらにまた九万三千ドル必要になって、おなじことをまた最初からぜんぶくりかえさなきゃならない。そしてしばらくすると、もうギブアップするしかなくなって、サンフランシスコに引っ越して海に飛びこむことになる。なぜって、サンフランシスコはアメリカでもっとも自殺率が高いからだ。なぜだか知っているかい？　人間は捨て鉢になるとどこかに引っ越すんだけど、太陽が東から西に向かって進むように、人間も西に向かうんだ。そして最後にはロサンゼルスに行きつく。人はここで発狂するか、さもなきゃサンフランシスコに行く。もし発狂すれば残りの人生をロサンゼルスで過ごすわけだけど、もしサンフランシスコに行ったら、そのあとは行くところがない。さらに西に向かおうとしても、あるのは海だけだ。そこでドボン。だから九万三千ドルのことは忘れろよ、リー。あんたもぼくも、人間は誰もが迷路のなかのネズミなんだ。逃げたいと思ったら、いまいるこの世界をとめてしまうしかない。だからさ、リー、まっすぐサンフランシスコに行け。危険を冒してまで九万三千ドルを回収するはやめろ。

この映画は結末がどうとでもとれる。リー・マーヴィンが金を手に入れたのか入れなかったのかわからない。これ以上の真実はどこにもありゃしない。とにかく、仲直りをしたベッツィーとぼくは、映画に行ってすこし休み、リフレッシュしたほうがいいと考えた（いいや、彼女はほんとのことを知らない。ぼくがもうすでに二章分仕上げたと思ってる）。ああ、そうしよう、とぼくはいい、フローラル・パークのフローラル劇場で『ポイント・ブランク』をやってたんで、雨のなかを車で観に行った。ぼくらがベビーシッターを頼んだのはアンジー、映画でリー・マーヴィンの相手役を演じてたのはアンジー・ディキンソン——これは人生に満ち満ちてる無意味な偶然のひとつだけど、ぼくはいったいなんだってそんな話をしてるんだ？

ああ、じつをいうと理由はわかってる。ぼくがアンジーとセックスしたからだ。アンジーにベビーシッターを頼むと彼女の親父さんが車でうちまで送ってくるんだけど、帰りに車で送り届けるのはぼくの役目で、二カ月ほどまえからぼくらはペッティングをするようになっていた。ぼくがアンジーの身体を愛撫して、みたいな感じだ。いまどきの若いやつらはつかんだりするのもぜんぜん平気らしい。実際の話、はじめてアンジーが股間をまさぐってきたときにはマジで驚いた。積極的な女の子には慣れてなかったんだ。アンジーは十七歳。たった八歳しか違わないのに、いっしょにいるとこっちは爺さんみたいな気分になってくる。いわゆるヒッピー世代のひとりだ。ぼくはヒッピー世代に乗りそこねたおかげでハッピーになりそこねてラッキーじゃなかったと残念でならない。いってる意味、わかるかな？　それはともかく、重要なのは二週間ほどまえに彼女がフェラチオしてくれて、ついに今夜行くとこまで行ったってことだ。小柄だけど最高の身体。場所はビュイックの後部座席だったんで身体のあちこちが引きつりそうだったけど、それでも彼女はすばらしかった。なめらかな脚、引き締まった尻、力強い筋肉。ぼくは——ときどき情けない結果に終わるときもあるんだけど——しっかり持続して、アンジーは派手な声を上げて達した。また彼女にベビーシッターを頼むのが待ちきれない。

一方、仲直りをしたベッツィーとぼくは、ベッドでさらなるお楽しみをつづける予定になっていた。だから、アンジーの家からの帰路、ぼくはすこし不安だった。二回もつづけて勃起するだろうか？　しかしだいじょうぶだった。最後にやってから二週間たっていたんで、ベッツィーもやりたくてうずうずしていたこともあり、すべてがつつがなく終了した。ただし、当然のことながら、きのうはそのあと仕事にならなかった。

きょうになってみると、正直なところ、あれはちょっと失敗だったと思わずにはいられない。いまはベッツィーが家を留守にしていてかえって好都合だ。あいつはフレッドを連れてパレードを見に行ったから、数時間ほどはひとりになれる。

パレード、大勢の見物客。きょうは感謝祭だから、天の恵みを数えてみよう。まずは、えーと……雨が降っている。なぜそれが天の恵みになるのか？　雨はパレード全体に降りそそぐ。要は「人がいい気でいるのに水をぶっかける」ってことだ。もちろんぼくはドウェインの物語で九百ドル稼げるなんて本気で考えちゃいない。あの話を書きつづけられるとは思えない。

おかしな話だけど、ぼくはベッツィーとセックスしてるとき、ときどきクリスマスツリーの匂いがする気がする。ただし、クリスマスツリーを見てもベッツィーに欲情したりはしない。

なんでクリスマスツリーの匂いがする気がするかは、もちろんわかってる。ベッツィーのふたりの兄貴、バージとジョニーのトラックのせいだ。あのふたりがどうやって生計を立ててるかは、もう話したっけ？　あいつらはニューヨークまでクリスマスツリーを運搬してるんだ。

そんなことありえないよという声が聞こえた気がするけど、気のせいかな？　ニューヨークまでクリスマスツリーをトラック輸送する仕事に需要があるのは年に六週間くらいだし、全米トラック運転手組合に加入してようがしてまいが、ニューヨークにクリスマスツリーを六週間運んだだけで一年間生活できるだけの収入を得られる運転手なんかいない――いまきみ、そういわなかったか？　なら、びっくりすることを教えよう。クリスマスツリーをどっさり積んだトラックにはべつのものも積んであるんだ。ラジオ。スーツケース。テレビ。タイプライター。クリスマスシーズンに向けて、そういったもんをわんさかニューヨークまで運ぶってわけだ。

しかもそれが、ぜんぶ盗品なのだ。

ただし、バージとジョニーが盗みを働いてるってわけじゃない。というのも、あのふたりはそんなことしてないからだ。でも、盗みを働いてるやつらがほかにいて、そいつらは盗みを働くとバージとジョニーのところにブツを持ってくる。ふたりはモネコイの北を走ってるモントリオール・ロード沿いに納屋を持ってる。親父さんが経営してるエッソ・ガソリンスタンドのすぐそばだ。話はそれるけど、新しくモントリオール高速道路ができて以来、このガソリンスタンドはすっかり閑古鳥が鳴いている。もしきみに興味があるんなら、ブレイクの親父さんは喜んで売ってくれるはずだ。住所はニューヨーク州モネコイ、クリントン・ストリート二一六番地。郵便番号はわからない。親父さんのファーストネームはチェスターだ。

それはともかく、バージとジョニーの納屋には、一年かけて盗品がどんどん積みあげられていく。そしてクリスマスシーズンになると、盗品はツリーといっしょにトラックに積みこまれ、ニューヨークまで運ばれ、そこの誰かさんに売られる。

　ぼくはその話をはじめて聞いたとき、「宗教心なんてクソくらえってわけか？」といって笑いこけた。だってほら、すごくおかしいと思ったんだよ。クリスマスは聖なる祝祭なわけだけど、クリスマスツリー自体は異教の文化で、キリストとはまったく関係がないわけだろ？　だから「宗教心なんてクソくらえってわけか？」っていったのはジョークのつもりだったんだ。それも、ぼくとしては底抜けにおかしなジョークだと思ってた。でもベッツィーはそう思わなかったんだな。最初、彼女は意味がわかっていなかったんで、ちゃんと説明してやったんだけど、それでも面白いと思ってくれなかった。いま考えてみるとたしかに面白くない。狙いはよかったんだけど、的をはずしちまったんだ。

　ぼくはなんでこんな話をしてるんだ？　そうそう、ベッツィーとセックスしてると、ときどきクリスマスツリーの匂いがしてくる話だったな。原因はもちろん、バージとジョニーのトラックのせいだ。というのも、あのトラックはクリスマスツリー以外のものはめったに運ばないんで、一年じゅうクリスマスツリーの匂いがしているからだ。おかげで、一九六三年五月のある暖かい晩にあのトラックの荷台ではじめてベッツィーとセックスをしたときも、そこらじゅうにクリスマスツリーの匂いが充満してたってわけだ。

　いまにして思えば、ベッツィーはすべて計算ずくだったんだろう。荷台に敷いた毛布に身体を伸ばしながら、ぼくの耳もとで「だいじょうぶ。安全だから」とささやいたことも含めて。

ぼくにはいったいなんの話かわからなかったんで、「安全って、なにが？」と訊いた。

「危険日じゃないってこと」と、ベッツィーはいった。「妊娠なんてできないもの」

「ああ、なるほど」ぼくはいまさらながらに背筋が凍るのを感じた。妊娠なんて、考えもしていなかったからだ。

ベッツィーを愛することに決めたのはそのときだったと思う。ただし、ついにセックスできたからじゃない。当時としてはそれもすごく愉しくはあった。でもいちばんの理由は、ベッツィーが妊娠の危険を忘れずにいてくれたからだ。そのときは、彼女がぼくのことを考えてくれたんだと思ったのだ。わかってるわかってる、でもそのときはそう思ったんだよ。それにぼくは、いつだってベッツィーの言葉を額面どおりに信じてた。あの夜も、その後も十三カ月間も、いついかなるときも。そして一九六四年六月のある晩、彼女の言葉をついまた信じてしまい、一九六五年三月二十一日の何時だったかにフレッドことエルフリーダが生まれることになった。

ただし、ぼくらがいつも周期避妊法を実践してたわけじゃない。きょうは危ないかもとベッツィーがいう日にはゴムをつけた。でもぼくは昔からコンドームをつけるのが嫌いだし、彼女もあんまり好きじゃない。だから、彼女が安全だと判断した日にはいつもナマでやっていた。するとドッカン、エルフリーダってわけだ。

それはともかく、あのトラックでの一夜以来、ぼくはベッツィーに飢えてたし、しばらくのあいだは彼女のほうもぼくに飢えていた。ぼくらはチャンスがあるたびにセックスした。春から夏になって気温がどんどん暖かくなってきたせいで、チャンスはどんどん増えていった。ついにはベッツィーを寮の部屋に――昼のひなかに――こっそり連れこむようにもなったし、いまだに忘れられないけど、彼女が深夜にぼくを自宅のベッドルームにこっそりひきずりこんだことも二回あった。ぼくは夏休みになってもオールバニーに帰省せず、モネコイの唯一の地元産業になりつつあった組み立て工場で仕事を見つけ、安っぽい家具つきの部屋を借りて一夏じゅうぼくのベッツィーに欲情して過ごした。

一方、ベッツィーの家にしょっちゅう行ってたせいで、家族とも顔見知りになった。親父さんは小柄で、痩せ型だけど屈強で、不機嫌そうな顔つきで、いつも作業用のつなぎを着ていた。皮膚にどっさり垢がたまってるような人間ってたまにいるけど、まさにそういうタイプで、そばにじっと立たれると、こっちはその身体に豆の種をまきたい衝動に駆られてしまう。お袋さんのほうは太ってて動きが鈍く、買ったときから色あせてたとしか思えない花柄のドレスを着ていた。防縮加工したうえに脱色加工もしてあるにちがいない。ちなみにお袋さんは頭も鈍い。この地球でもっとも頭の悪い人間のひとりで、テレビを見て仕入れた話をとんでもなくゆっくり一本調子でしゃべる。テレビが普及するまえはなにを話してたかは神のみぞ知るだ。最近では、しゃべることの百パーセントが、きのうか先週の日曜か火曜の午後にテレビで見たことだ。ちなみに、いつもかならず「うちのテレビで見たんだけど」という。「テレビで見たんだけど」じゃない。そのうち、「うちのニューヨークでは」とかいいだすんじゃないかと思う。

考えてみると、テレビが普及するまえはたぶんラジオで聴いたことを話していたにちがいない。でも、もしいまから百年前に生まれていたら、いったいなにをしていたんだろうか？

それはともかく、このふたり以外にバージとジョニーがいる。バージはベッツィーよりも八歳上、ジョニーは五歳上だ。ふたりともでかくて、醜くて、手足が長くて、たちの悪そうな顔をしてて、狩りばっかりしてて、狩りばっかりしてる人間がいかにも着そうな服を着ている。このふたりはいつもいっしょなんで、こっちはビビらずにはいられない。より怖いのはバージだが、ジョニーも負けていない。去年のクリスマスシーズンに、ふたりはひょっこりこの家へやってきた。たしか十二月の中旬のことだ。クリスマスツリーをどっさり配達したあとでニューヨークからここまでトラックを走らせてきて、ビールを飲みながらダラダラしていったのだ。ぼくらはなんとか話題を見つけようとした。しばらくはプロフットボールの話をしてたんだけど、バージはカナダのセミプロ・チームでプレーしていたことがあって、話したがるのは他人の鼻を引き裂くことだけだった。一方のぼくはというと、日曜にテレビで見たパッカーズとの試合でジャイアンツがヘマをした話をするくらいで、てんで迫力に欠けていた。実際の話、ぼくはバージとジョニーを見てると、「おまえは軟弱だ」と激昂したふたりにブーツで蹴り殺されるんじゃないかって気がしてくる。あのふたりといると不安になるんで、うちにきたのがその一回だけなのはじつにありがたい。

しかし、話はベッツィーとのファックのことだ。あの最初の夜からというもの、ぼくらはどちらも激しい情欲の虜になり、禁断症状に手を震わせながらふたたび触れあうチャンスを待っては、やってやってやりまくり、知っている体位はすべて試した。ベッツィーはすごくホットで、ぼくのアレをぎゅっと握るようになっていた。それも、カフェテリアの列に並んでいるときなんかにだ。ベッツィーはぼくのまえに立っている。ふたりともトレイを手にしている。彼女はそれとなく後ろに下がり、手を背中にまわしてぼくのあそこをぎゅっと握る。ぼくは飛びあがって顔を赤らめ、彼女は横目にそれを見ながらクスクス笑う。ぼくらは大急ぎでランチを食べ、寮に戻る。そして彼女をなかに忍びこませ、行為の最中にいきなりロッドが入ってこないようにドアをロックし、部屋のそこらじゅうでやりまくる。

ロッドといえば、ことの次第はもちろんあいつにも報告していた。当然ベッツィーには内緒だったけど、ロッドにはすべて詳しく説明した。ベッツィーはどれだけセックスが好きか、イッたときになにをするか、ぼくが何度イカせたか、はじめてオーラル・セックスしたときにどんな味がしたか、すべて話した。なにも話すことがないときには話を勝手にでっちあげたので、すこし大げさすぎることもあった。っていうか、あれこれ誇張してウソをついたことさえ何度かある。たとえば、フェラチオは何カ月もまえからやってもらってたんだ、とか。

それから突然、ぼくはベッツィーと結婚する羽目になり、べらべらしゃべったりしたことを後悔することになった。

しかし、これは作家がよく使う表現だけど、どうもすこし話を急ぎすぎてるようだ。まずぼくはベッツィーに永遠の別れを告げなきゃならない。結婚するのはそのあとだ。

ぼくは一九六四年に大学を卒業した。卒業式には母さんとハンナがきてくれた。ヘスターもくるはずだったんだけど、当日になってどこかに消えてしまったらしい。ヘスターはしょっちゅう姿を消していたんで、母さんは心配していなかった。タネ違いの兄が卒業するとこをヘスターが見たくないのはごく当然だと考えたのだ。そのことでヘスターを非難するつもりはない。なんたって、あの年にはハンナとヘスターも高校を卒業することになっていたからだ。ふたりの卒業式はぼくの卒業式の二週間後だった。たぶんヘスターは、六月の一カ月間に二回も卒業式に出席するのは縁起が悪いとでも考えたんだろう。

それはともかく、ぼくは母さんとハンナをベッツィーに紹介した。ハンナとベッツィーはすぐさま意気投合し、自分の服を自分でつくる話をはじめた。ぼくは危険を察知してすぐさまその場を逃げだすべきだったのだが、実際にはどうしていいかわからなかった。うちの家族のなかで、姿を消すべきときをきちんと心得ているのはヘスターだけなのだ。

ぼくはヘスターに電話したいと思ってるんだけど、いまどこに住んでるのかさえよくわからない。最後に聞いた話では、サンフランシスコのどこかだってことだった。もし電話があったとしても、あいつのことだからたぶん質に入れてるだろう。

それはともかく、ハンナとベッツィーはすっかり仲よくなった。母さんとベッツィーはなんとなくよそよそしかった。なんでかはよくわからない。たんなるジェネレーション・ギャップかもしれないし、息子の恋人に母親が燃やす対抗心ってやつが母さんのほうにあったのかもしれない。さもなければ、母さんはベッツィーを目にした瞬間に「この子くらいの歳のとき、あたしはバリバリ遊びまくってたもんなのに、この子ときたらえらく退屈ね」と思ったのかもしれない。理由はどうあれ、三人のそばにいるのはひどく落ちつかない気分だった。そこで、母さんとハンナがきてた二日間、ベッツィーとハンナがいっしょにショッピングに行ってるあいだ、母さんとぼくは街やキャンパスをまわって景色を楽しむことが多かった。

それはともかく、ぼくは卒業した。卒業証書をうけとり、黒いローブを脱ぎ、「オールバニーに帰ったら毎日手紙を書くし、八月になったら会いにくるよ」とベッツィーに約束し、母さんやハンナと実家に帰ってベッツィーとはもう一生会わないつもりだった。

なぜなら、もう終わったからだ。ぼくの肉欲はベッツィーのなかでだんだんとすり減っていき、いったん肉欲が消えてしまうと、その場所を埋めるものはなにもなかった。結婚について話し合ったことも一度か二度あった。いや、話し合ったっていうより、ベッツィーが結婚を話題にしたことがあるといったほうが当たっている。そのたびにぼくは、いまは世の中もぼくの将来も不安定だしとか、実際に卒業できるかわからないしとか、あれこれいって話をごまかした。それに、ベッツィーはあと二年モネコイ大学に通わなきゃならない。夫を手に入れるためならベッツィーが大学の卒業を喜んであきらめるのはわかっていたけど、ぼくはそんなふうにものごとを見ることを拒否した。セックスは重ねながらも、ぼくは絶対に言質をあたえなかった。いまにして思えば、あのときあれこれ言い訳を考えたことが、小説を書くいい練習になったのかもしれない。ぼくはいつも最後にこう約束した。未来がぼくになにを用意してくれているのか、八月になればもっとよくわかるはずだ。そしたらモネコイに戻ってきてきみとしっかり話し合い、ふたりの薔薇色の未来をいっしょに考えるよ、と。

もちろんさ。

母さんとハンナとぼくはオールバニーに戻った。スリンガーランズ・ストリート五十番地の家に帰り着くと、そこではヘスターがタバコをふかしていた。ヘスターがぼくに投げてよこした〝元気にしてる?〟スマイルには、ハンナがわざわざ卒業式にきてくれたことの四十倍は価値があった。それに、ヘスターはすぐさまダブルデートを手配してくれた。ヘスターの相手はもう深い仲になってるフットボール選手かなんかで、ぼくの相手はシャーロットという彼女の友達だった。フレンチキスがどうしてそんなに人気があるのかをぼくに教えてくれたのはシャーロットだ。あれは最初のデートのときだった。二度目のデートのとき、シャーロットはシボレーの後部座席でフェラチオしてくれた。その間、フットボール選手とヘスターはフロントシートであれこれと不可解な行為にふけっていた。ぼくの心のなかで、ベッツィーの面影は20世紀特急の展望車から見るスミスヴィルの町のように小さくなっていった。

そんなある日、夕食時に電話がかかってきた。電話をとったハンナがキッチンへ入ってきて「兄さんによ」といったんで、リビングルームに行って受話器をとりあげ、「もしもし」というと、「ハイ、エド、どうしてる?」というかぼそい声がした。最初、いったい誰なのかまったく見当がつかなかった。

「考えることがたくさんあるのはわかってるわ、エド。やっぱり電話なんかすべきじゃなかったかもしれない。でも、わたしには重要に思えたの」

そのとき、ぼくは相手が誰だか気がついた。

「ああ、ハイ、ベッツィー」なんとか楽しげな声を出すようにつとめたけれど、内心はビクビクだった。ベッツィーと別れるのがむずかしいとはまるで考えていなかったからだ。ましてや、別れるのは不可能だなんて、そのときはまだ思ってもいなかった。

しかし、すぐに思うことになった。なぜなら、彼女がつぎにこういったからだ。

「要するにね、エド。わたし妊娠しちゃったみたいなの」

沈黙が流れた。アルプス山脈の小さな町が地すべりで何トンもの岩と雪の直撃をうけたあとのような沈黙だった。生存者がいる見こみはゼロだ。

しかし、希望ってやつは、一縷の希望にすがりつこうとする。

「間違いないのかい？」と、ぼくはいった。

「絶対にたしか」

そう聞いたとたん、ぼくはベッツィーの兄貴たちのことしか考えられなくなった。ベッツィーがゴリ押しで大学に入学して以来、家族とは絶縁状態も同然なのは知っていた。家族の者たちはもう、ベッツィーのことを世間に出しても恥ずかしくない娘とは考えていない。しかし、その憎しみがどこまで深いかはわからなかった。ベッツィーはすでに高学歴という罪によって完全に堕落しているのだから、未婚の妊娠などとるに足らないと考えるだろうか？　それとも、彼女はまだブレイク家の一員であり、今回の件で一族の名誉は踏みにじられ、唯一の解決策はショットガンだと考えるだろうか？

沈黙が延々とつづき、やがてベッツィーがすごく小さい声でいった。「ごめんなさい」

優しい感情が喉にこみあがってきて、ぼくは咳払いをした。「そっちに行くよ」

「エド――」ベッツィーがぼくに逃げ道をあたえようとしてるのはわかっていた。ぼくに誠意を示し、ポストの投入口みたいに小さな脱出口から逃げるチャンスをくれようとしているのだ。

でも、そんなもの、ぼくはほしくなかった。十秒前ならほしかった。十分後なら、やっぱりほしかっただろう。でも、その瞬間には必要なかった。ぼくはベッツィーの言葉をさえぎった。

「今夜そっちに行くよ」

「わかった」と、ベッツィーはいった。

もうすこしだけ――ぽつぽつと――言葉をかわしてから電話を切ると、ぼくはキッチンへ戻って腰をおろし、マッシュポテトを口につめこんだ。マッシュポテトは泥の塊みたいに舌の上に居座った。母さんはぼくを見ていた。ハンナは注意深くぼくを見ないようにしていた。ふたりとも電話の用件をぼくが話すのを待っている。ヘスターは腰にもうすこし肉をつけたいからといって、夕食を食べながらビールを飲んでいた。

ようやくのことでぼくはポテトを飲みくだした。

「ベッツィーを覚えてる?」

母さんはうなずき、あたりさわりのない返事をした。「いい子だったわよね」

ハンナがぼくを見た。「彼女になにかあったの?」

「妊娠したんだ」と、ぼくはいった。

ハンナはギクッと身を引き、ヘスターは「ハッ！」と声をあげた。彼女は笑って——もちろんハンナじゃなくヘスターだ——「さっさと夜逃げの準備をすることね、エド」といった。

ぼくはヘスターに向かって力なく微笑んだ。あたかも、彼女がジョークをいってると思ったかのように。でも、ヘスターが完璧に真剣なことも、完璧に正しいことも、自分には絶対に夜逃げなんかできっこないこともわかっていた。

母さんの声にはどこか断固とした響きがあった。「あの子と結婚するんでしょ？」たぶん母さんは、ぼくの父さんのことを思い出してたんだと思う。父さんも人生で二の足を踏んだことがあったはずだ。

「ああ、もちろんさ」と、ぼくはいった。まるで、ほかの考えは一瞬たりとも浮かばなかったかのように。「ベッツィーのとこに行ってくるよ」といって、ぼくはヘスターの顔を見た。そこに理解の色が浮かんでいることを願いながら。でも、ヘスターはビールを飲んでいた。そのつぎにぼくがヘスターと視線を合わせたのは数週間後のことで、そのとき彼女の顔にはなんの感情も浮かんでいなかった。

笑われるかもしれないが、ヘスターはぼくの父親代わりみたいなものなのだ。

その晩、ぼくは八時十分オールバニー発のバスに乗り、十一時四十分にモネコイのバス停にあるダイナーでベッツィーと会った。ベッツィーは例のトラックできていた（ちなみにぼくは、とうとうあれを運転できるようにならなかった）。キスはせず、すごく厳粛に見つめ合いながら、ぼくはうっすらと彼女を殺すことを考えた。でも、それから考えた。そんなことして逃げられるか？　それからさらに考えた。もちろん逃げられっこない。ファックしただけで逃げられなくなってるのに、殺して逃げられるはずがなかった。

ベッツィーはトラックでノースウェイ・モーテルまで送ってくれた。六月に母さんとハンナが泊まったところだ。ぼくは部屋をとった。ベッツィーも部屋についてきて、いっしょに話をした。ぼくらはいろんなことを話し合った。他人がどう思うかとか、いつどこで結婚するかとか、しばらくはオールバニーの母さんの家に同居しようとか。話をしているあいだじゅう、シングルベッドに並んで腰をおろしたまま、おたがいの身体に触れもせず、目もほとんど合わせず、キスもしなかった。もはやベッツィーには、ヤギに対するのとおなじくらいの欲望しか感じなかった。おなかは空いてるかと訊かれたので、いいやと答えると、またあした会いましょといってベッツィーは帰っていった。彼女はドアのところでいったん立ちどまった。キスしてほしがってるのがわかった。いや、正確にいえばキスしてほしいのではなく、この場にふさわしいそぶりを見せてほしかったのだ。でも、ぼくにはできなかった。ぼくはモネコイまできた。血液検査をうけるのも、結婚許可証をとるのも、彼女と結婚するのもかまわない。でもキスはできなかった。ただもうとにかくできなかった。だからしなかった。

結婚には五日かかった。結婚式の前日、午後の早い時間にぼくはベッツィーの家へ行った。親父さんがぼくにきちんと完結した文章をはじめて口にしたのはこのときだった。

「ちょっと時間あるか？」

「ええ」ぼくはべつになにもしていなかった。ただその場に突っ立って、セメントが固まるのを待っていたのだ。

「よし」と、親父さんはいった。「こっちにこい」

あとについて家から外に出ると、ダークブルーのエドセル・ステーションワゴンが縁石の脇に駐車してあった。このエドセルは親父さんの人格のすくなくとも半分を占めていた。それって理解できるかい？　できないよね？　だって、アメリカ自動車史上もっとも売れなかったことで有名なあのエドセルだぜ？　勘弁してくれよ。たぶんあのときには、八年落ちくらいにはなってたはずだ。いま親父さんはポンティアックに乗ってる。だから、もしGMの株を持ってる人がいたらさっさと売ったほうがいい。

で、ぼくらはその車に乗った。車内はやたらと広くて、シートなんかありえないくらい後ろまで倒れる。もちろん、車内のものはなにもかも油で汚れていて、使用済みのエンジンオイルで毎日丁寧に磨いたみたいに見えた。親父さんはエンジンをかけて縁石脇から車を出し、曇ったフロントガラス越しに外を見ながらいった。

「ほかのやつらには、ふたりで出かけるといってある。すぐに戻るってな」

「はい」と、ぼくはいった。

親父さんの運転はひどいものだった。ハンドルさばきと車の動きが連動しているようにはまったく思えず、車は自分の意思で勝手にモネコイの町を暴走していくかのようだった。カーブではスピードの出しすぎで車体が傾ぎ、直線ではスピードが遅すぎるせいで勢いが足らない。しばらくするとぼくは曇ったフロントガラス越しに外を見るのをやめ、代わりに親父さんの右の親指を観察して時間をつぶしはじめた。

親父さんには右の親指の爪を噛む癖がある。人生の複雑な問題が波となってゆっくり押し寄せてくると、そのあいだずっと指をかじっているのだ。そのせいで右の親指はいつもきれいだった。親父さんはぶかぶかの作業用つなぎにつつまれた五フィート四インチ半の垢の塊なんだが、そのどまんなかにピンクの親指があって、赤鼻のトナカイの鼻みたいに目立っている。いつの日か自動車事故を起こして——あの運転ぶりではどう考えたって避けがたい——身体が完全にバラバラになっても、死体の身元を確認してくれと頼まれたら、「右手の親指を見てみましょう」と答えればいい。事故の衝撃で切断され、手についていなくてもだいじょうぶ。ぼくにはわかる。検視官がペンと鉛筆のセットが入ってるような小さな箱を開ける。そこには関節のついたペニスみたいなものが入っている。グリースで汚れ、垢だらけだが、先端だけがピンク色に輝いている。そこでぼくはベッツィーのほうを振り返っていう。「残念だけど、ベッツィー、希望は捨てたほうがいい。これはきみのお父さんだよ」

ってことで、ぼくは親父さんの右の親指を見てたわけだ。それから、三分か四分ほど車を走らせたところで、親父さんは唐突にいった。

「おまえさんのおかげでだいぶ気が楽になったよ」

ぼくはどういう意味なのかわかったつもりだった。「そうですか?」

「ここ数年は、かなりきつかったんでな。物価が上がったうえに、こんどはあのクソったれな高速道路だ」

それを聞いてぼくはほんとのところを理解した。今回の結婚でぼくは親父さんの経済的な苦境を救ったのだ。それってすばらしいことじゃないか? よくいうだろ? どんな不幸にも明るい面はあるって。

たとえ相手が火星人も同然の異質な人間だとしても、妻となる女性の両親とは仲良くしとく必要があると思ったんで、ぼくは同情したようにいった。「かなり大変だったんでしょうね」

「どれだけ大変だったか、おまえさんには半分もわかりゃしないさ。ときどき、どうしていいかわからなくなる。ニューヨークにゃ、保険金目当てに自分の店に放火するユダヤ人のビジネスマンがいるだろ? おれにはやつらの気持ちがわかるね。よくわかるよ」

なぜユダヤ人のビジネスマンなんだ？　なぜニューヨーク？　しかし、相手は義理の父親になる人間なので、ぼくはいった。「まったくね、苦境に陥ったビジネスマンの気持ちはぼくにもよくわかります。ほかにどうしようもないんですよ」

「そうとも」と、親父さんはいった。「そうともさ。よくわかってるじゃないか」

ぼくはフロントガラスの外に目をやった。車は古いモントリオール・ロードに向かっていた。そのとき突然、ぼくは気の遠くなるような考えに襲われた。親父さんはガソリンスタンドでぼくを殺して火を放ち、ぼくが放火したように見せかけるつもりなんじゃないだろうか？

あながち誇大妄想ともいいきれない。ぼくは後部ガラス越しに外を見て、バージとジョニーが手を貸すためにトラックであとを尾けてきてないか確認したが、さすがにそれは杞憂だった。

しかし、車が停まったのはほんとにガソリンスタンドの前だった。親父さんは敷地の奥の杭柵の脇に車を駐車すると、「さあ」といって車を降りた。

そこがどんなガソリンスタンドかは、ちょっと説明すればわかってもらえると思う。正面は白いタイル張りの壁に赤いラインが入っているという、ごく普通の外装だ。ドアにはハンブル石油のロゴマークが入り、あちこちにＥＳＳＯの文字が見える。アスファルト舗装された店の前にはガソリンポンプが並んでいて、店舗のすべてが経営者とおなじくらい薄汚れている。

ブレイクの親父さんはバックって名前のウスノロを雇っていた。従業員は彼ひとりだけだ。

ぼくらが入っていったとき、バックはタイヤの交換中で、タイヤをリムからはずすためにいったん車にとりつけてから大きなハンマーを何本も使ってガンガン叩いていた。なかに入るまえに親父さんは店舗の外壁をポンポンとたたき、「タイルだ。下はコンクリートのブロック」といった。

ぼくらはバックがタイヤを騒々しくぶっ叩いているガレージに入った。親父さんはぼくの耳もとに口を寄せ、床を指さして叫んだ。「コンクリートだ!」

オフィスに入ると親父さんがドアが閉めたんで、部屋は静かになった。

「ってことで、問題はわかったな?」

「わかったって、いったい――」

「おまえさんは大学を出たんだ。卒業証書ももらったんだろ?」

「ええ」

「科学的な知識ってやつもあるはずだ」

ぼくはアメリカ文学専攻の意味を説明しようかと思ったが、すぐにあきらめた。「科学もすこしは勉強しました」必修科目だった生物の授業のことを考えながら、ぼくはうなずいた。

「オーケー」親父さんは例の親指がついてる右手で怒ったようなジェスチャーをした。「このクソったれな店を、どうすりゃ全焼にできる?」

1

曲芸中に愛馬が脚の骨を折るまで、彼女はニューオリンズのショービジネス界で働いていた。

で――?

一年以上前から、ぼくはこの文章をポルノ小説の冒頭の一文に使いたいと思ってきた。でも、そのあとをどうつづければいいかどうしても思いつかなかったんで、これまで実際にタイプしたことは一度もなかった。いま、こうしてタイプしてみたわけだけど、これにつづく展開はやっぱり思いつかない。

こんなことはもうやめると自分に約束したのに――。

これまでの半時間、ぼくはぶらぶらと時間をつぶし、自分がデスクについてクズ原稿を書きはじめそうになるたびに、「どうせまたすぐに行きづまって、二十五ページ分の無駄な原稿がひらひらと忘却の彼方へ消えていくことになるだけだぞ」と自分自身にいいきかせてきた。

なのにまた書きはじめている。第一、そもそもぜんぜん無理なのだ。無理に決まってる。きょうを数に入れたとしても、猶予はあと六日しかない。きのうはなにもしなかった。きのうはめちゃくちゃな一日だった。その話はしたくない。きのうという日は灰色の陸軍毛布のようにこの家を覆ってしまい、太陽の光を遮断しているが、ぼくは断固としてそれに気づくのを拒否する。

だからぼくは気づかない。今週は金曜日がなかった。話はそれで終わりだ。月曜日はあった。あれはぼくが正気を保っていた最後の日、作品番号29を書きはじめる前日だ。つぎに火曜日。火曜日にはたくさん書いた、ああ、そうとも、書いた書いた。それから水曜日。まあ、水曜日もそんなによくなかった。水曜日のせいで金曜日がめちゃくちゃになったのだ。もし水曜日にぼくがちょっとしたミスを犯していなければ、金曜日に苦境に陥ることはなかったはずだ。

金曜日の件を話すつもりはない。この世界は崩壊のときを迎えつつある。それですべてだ。詳細に関しては、（A）あんたの知ったこっちゃない、（B）話しても退屈、および（C）説明するつもりはない。いまも将来も絶対に。絶対にだ。

木曜日。この日は感謝祭だった。神にしか絶対にできない安っぽい皮肉だ。昼メロの脚本家だって、おとといを感謝祭に設定なんかしないだろう。だって、そりゃいくらなんでもやりすぎってもんだ。

木曜日、感謝祭、ひとりで留守番をしていた午前中——最後に文章を書いたのはあのときだ。

あの原稿もいま書いてるこの章とおなじで、無意味で使い物にならず、九百ドルの十分の一の価値などどこにもなかった。

いまは土曜日、十一月の二十五日。こんどの木曜日までに本を一冊書きあげなきゃならない。それもまともな本だ。いま書いてるこんな文章じゃない。

これまで、八日間以下で一冊仕上げたことは一度もない。八日で仕上げたことだって、たった一度あるだけだ。ロッドは五日で一冊書きあげたことがあるらしいし、いつでもそれくらい速く書く作家も二、三人いるのは知っている。でも、ぼくはそのうちのひとりじゃない。

なにが気にくわないのかわかるだろ？　もちろんロッドのことだ。あのロクデナシがこの手の小説を書いたのは七作だけ、たったの七作だ。一方のぼくは二十八作も書いた。しかもあいつは、ぼくが一作書くたびにいまも二百ドル儲けてる。なぜぼくは自分のペンネームを持てないんだ？　なんであいつだけあんなに偉い？　ロッドはポルノ小説を七冊書いただけ。それ以上は一作も書いてないし、これからだって書くことはない。それにひきかえこのぼくときたら。たんにきょうは機嫌が悪いだけ、それだけのことだ。毎日毎日ここにすわって、なんの成果も出せないでいるんだから、誰だって不機嫌にもなるってもんだろ？　きのうのことはいわずもがな。それにぼくは、きのうのことを話すつもりはない。

代わりに木曜日のことを話そう。木曜の昼の十二時半頃、ぼくは非＝仕事を終えると、リビングルームに行ってテレビでアメリカン・フットボールの試合を見た。ラムズ対ライオンズ。三十一対七でラムズが勝った。ハーフタイムの途中でベッツィーとフレッドが帰ってきた。フレッドは疲れのあまり不機嫌になって泣いていた。ベッツィーは泣いてはいなかったが不機嫌だった。外は雨だったうえに、道はうんざりするような渋滞だったからだ。ぼくは家族三人がおとといた築きあげた友好関係をたもてるように努めるべく、ベッツィーがフレッドをベッドに寝かしつけるときについていってそのベッドでベッツィーと一発やり、楽しいときを過ごした。まるで大学時代の寮に戻ったみたいだった。あの頃は昼のひなかに彼女をこっそり寮に連れこみ、ドアをロックしてセックスしまくり、笑いそうになるのを必死にこらえたものだ。当時のぼくらが笑いをこらえたのは寮に女の子を連れこむのが規則違反だったからだが、木曜日に笑いをこらえたのはフレッドを起こしたくなかったからだ。でも、とうとう終わりにすべきときがきて、ベッツィーはキッチンに行って感謝祭のディナーを用意し、ぼくはリビングルームに戻って試合の最終クォーターを見て、それからチャンネル4に変えてしばらくカレッジボールを見た。オクラホマ対ネブラスカ。試合の結果がどうなったかはわからない。三時二十分にピートとアンがやってきたからだ。客がきているとき、ベッツィーはぼくがテレビでフットボールを見ているのをいやがる。おかげでぼくは、どうしたって客が嫌いになる。しかし、ぼくは全力をつくしていい人になろうとしてたし、ベッツィーと良好な関係をたもっていたから、テレビを消してみんなに飲みものをふるまい、アンはベッツィーといっしょにキッチンへ行き、ピートとぼくはリビングルームに腰を落ちつけて仕事の話をした。

　ピートも昔はこの手のものを書いていた。といってもこれじゃない。こんなもんを書いてたやつは人類史上ひとりもいない。ぼくがいってるのはポルノ小説のことだ。ロッドはエージェントを通じてピートと知り合った。ぼくがはじめてピートに会ったのは、オールバニーからここに引っ越してすぐのことで、場所はロッドのアパートメントだった。ぼくらはすぐに意気投合した。仲間内で生粋のニューヨーカーはディックだけで、残りのぼくらはいま会ってる仲間以外に知り合いがいない。だから、ぼくがニューヨークで知っている人間はほとんど全員が作家だ。ぼくのようなエセ作家も何人かいるが、ほかのみんなは——ロッドやピートやディックのように——本物の作家だ。

　ピートのフルネームはピート・ファルクス。彼もゴーストライターを使っている。ロッドがぼくを使ってるようなもんだ。いまのピートは雑誌ライターで小説家じゃない。たぶん、小説を書きたいと考えたことは一度もないんだと思う。ニューヨーク・タイムズをざっと読むだけで、レディーズ・ホーム・ジャーナルやTVガイドやトゥルーといった雑誌に売りこむ記事のアイディアを七つも思いつくような男なのだ。ごく最初の頃には、クズのような——要は原稿料の安い——雑誌に記事を売っていた。そのときのエージェントがランスだ。ポルノ小説のマーケットが広がってきたとき、ランスは着実に仕事をこなすが収入の低い作家を見まわし、手当たり次第にポルノ小説を書かせた。ピートもそのひとりだった。

ぼくもこの時期から参加していればと思わずにはいられない。もし参加していれば、いまやぼくもゴーストライターを使う身分になっていただろう。

そうとも、絶対に間違いない。ピートはごく初期の段階から参加していた。もともと作家だったからだ。それがいまやゴーストライターを使い、自分はもっと金になるほかの原稿を書いている。ロッドもおなじだ。ぼくは作家になったことがないし、自分が作家だと思ったこともないし、このクソみたいな状況に首までつかってしまったいまのいままでは、作家になりたいと思ったことさえなかった。実際にぼくがゴーストライターを使う立場にあるとしたら――下請け《サブレット》ならぬサブゴーストを使える本物の作家だとしたら――いったいなにをするだろうか？ いまこのタイプライターでどんなにすばらしい結末を生みだすだろう？

この数日間、ぼくはその質問に答えていたんだと思う。いまだってポルノ小説を書かずに、ピート・ファルクスと妻のアンを感謝祭の夕食に招いたっていう退屈な話を延々としている。ただし、もうそんなことをするつもりはない。ただひとつだけいえるのは、アン・ファルクスはぼくを誤解してるってことだけだ。ぼくはアンを崇拝しているけれど、よこしまな気持ちなどいだいてないからだ。ぼくは「雌のチンパンジーにも欲情する男」として知られているし、セックスに関して「おまえは相手を選びすぎだよ」と責められたことは一度もない。でも、アン・ファルクスには欲情していない。

といっても、アンが底抜けのブスってことじゃない。あまり顔がよくなくて、化粧もあんまりしていないってだけの話だ。ただ、いつもすごく身ぎれいにしてるし、すらっとしてるし、すてきな身体をしてる。あと、髪もいい感じだ。ショートにして頭にぴったりなでつけてあるんで、なんかヘルメットをかぶってるみたいに見える。

ぼくにはアンのことがよくわからない。いまこうして考えてみると、彼女に欲情しない理由なんかこの地球上にただのひとつもない。でも、実際に口説くどころか、自分が口説いてるところを空想することさえできない。自分の頭のなかにあるなにかが、スタートするまえにストップをかけてるような感じなのだ。

アンは編集者で、マストロ・フェアバンクスっていうハードカバー専門の出版社で児童文学を担当している。じつをいうと、一年かそこらまえ、彼女から少年少女向けの小説を書いてみる気はないかと訊かれたことがある。実際ぼくは、なにかいいアイディアはないか数週間ほど頭をひねり、半年ほどまえにひとつ思いついた。たしか、はじめて締め切りに遅れたのとおなじ月だったと思う。ある少年がサーカスの道化師になるって話で、この少年のメイクがとれなくなってしまうのだ。話のポイントは、メイクをしたままの少年が誰なのか、外から見ただけじゃわからないってところだ。カバーを見ただけじゃそれが実際にどんな本なのかはわからない。そうだろ？　それといっしょで、主人公の少年は道化師に見えるんだけど、実際にはただの少年なんだ。

これって、逆もまた真なりじゃないか？

それはともかく、ぼくはその小説を書こうとしたんだけど、こいつがぜんぜんだめだった。がんばってはみたものの、大仰でマヌケな話にしかならないのだ。どんなふうにストーリーを語っていけばいいかわからず、最後には放りだしてしまうしかなかった。アンにその話をしたことはない。もし書けたら最後まで書き、いきなり完成原稿を見せて驚かそうと思っていたんだけど、結局は書けなかったので、その話を自分からして恥をさらす意味なんかなかったからだ。

アンに欲情しなかったなんておかしな話だ。自分でも理解できない。なにも、友だちの奥さんにはスケベな気持ちを起こさないってわけじゃない。そうじゃないことは神がご存じだ。たとえばの話、ケイはディックの奥さんだ。

ぼくは嘘をつくつもりだった。それとも、作り話といったほうがいいだろうか。結局のところ、これはぼくの根源的な問題なんだろう。事実を語るべきときに作り話をし、作り話をすべきときに事実を語ってしまうのだ。

正直に打ち明けると、ケイとは一度キスをしたことがある。ま、四回か五回だったかもしれないが、したのはぜんぶおなじときだ。あれはロッドの家で開かれたパーティーでのことだった。当時、ロッドは東七十八丁目のアパートメントに住んでいた。まだタバコをやめていなかったぼくは、一パック空にしてしまい、コートのポケットに入っているはずの新しいパックをとりにいった。パーティー客のコート類は奥の寝室のベッドに積み重ねてあった。すでに半分酔っぱらっていたぼくは、寝室に入っても明かりをつけなかった。自分で飲む酒を持参しないパーティーにはまだ慣れていなくて、酒がタダなのをいいことにガンガン飲んでいたのだ。ぼくは薄暗がりに立ってベッドのほうになかば身をかがめ、手探りで自分のコートを探した。そのとき、背後から酔っぱらった若い女のからかうような声がした。

「あなた、泥棒?」

振り向くと、ドア口にケイが立っていた。逆光のせいで顔は見えなかったけれど、ニヤニヤ笑いを浮かべているのがわかる気がした。すごくセクシーで豊満な肢体。ケイが身体にぴったりしたニットのドレスを着ていると、そばを歩いている男たちはついついドアや壁に激突してしまう。ぼくに見えていたのはシルエットだった。ぐっとくびれた腰とふっくらしたヒップに目を向けながら、ぼくはとっさに、「いいや、レイプ魔さ」と答えた。なぜって、ケイはセクシーで、ぼくは半分酔っぱらっていたからだ。

「あら、うれしい」ケイは早足にこっちへくると、両腕をぼくの首に巻きつけてキスをした。

空想の世界やポルノ小説のなかでは、キスをするのはぼくのほうだ。もちろん、相手の女性もすぐさま激しく官能的に応えてくる。しかし、攻撃をしかけるのはぼくのほうで、考えるのも行動するのもぼくだ。

ただしそれは、あくまで空想の世界の話だ。現実には、キスしたのはケイのほうで、すぐさま激しく官能的に応えたのがぼくだった。ぼくは彼女を抱きしめてキスしかえした。「ンンンン」と彼女はいった。悪い気はしていないらしい。そこで舌をすこし突っこんだ。ケイは歯を開き、喜んでぼくの舌をうけいれた。シャーロットほどのめりこんではいなかったが、それでもすごくよかった。

ぼくらは四回か五回キスをした。その間、ぼくは彼女の首に何度か鼻をすりつけつつ、背中にまわした右手を腰のくびれから下にすべらせて国境を越えた。そこには、いまだかつて触れたことのない未知の曲線が広がっていた。ベッツィーの背中とはまったく違っている。ぼくは指先で尻の深い溝を探り当て、さらに奥へと進んでいき、両脚のあいだにすべりこませて後ろから秘部に行きつこうとした。しかし、モスクワへの道なかばにして、「だめだったら」という声がした。ケイは怒っているわけではないしるしに微笑み、ぼくの肩を押して身体を離した。

一瞬、無理やり突き進む自分の姿が目に浮かんだ。弱々しく抵抗するケイを押さえつけ、なだめすかし、キスを浴びせ、愛撫し、激しい欲情をかきたてて拒否できなくしてしまう。それからコートの山の上に押し倒してセックスする。ケイがエクスタシーの叫び声を上げる。するとほかの招待客がどっと走りこんできて……

ほら、またこれだ。せっかくの夢想がどうして夢想してる当人を裏切るんだ？　最近、この症状はさらに悪化し、どんどんひどくなってきている。

要するに、一瞬ぼくはノーという返事をうけいれるのを拒否しそうになったってことだ。もし拒否していれば、ケイは間違いなく身体を引いてぼくを殴っていただろう。もしかしたら、大声で叫んでいたかもしれない。叫ぶといっても、もちろんエクスタシーを感じてじゃない。でもつぎの瞬間、ぼくはおなじみの陰鬱な正気を取り戻した。両手を彼女のヒップからすっと離し、小道具袋の底をすばやく手探りしてスマイルを探し、それを所定の場所に留めてからいった。「もっとたっぷり時間があるときにでも、また」

「もしかしたらねー」ケイはあと一歩でメイ・ウェスト〔一九三〇年代に活躍したアメリカのグラマー女優〕のパロディになりかねない口調でいい、振り返って部屋を出ると、ドアを出てすぐのところで立ちどまり、「じゃーねー」というように指を振って行ってしまった。

ぼくは例の厄介者を抱えていた。いうまでもなく、ペーニス直立原人だ。一瞬、トイレに行って一発抜こうかという考えが頭をよぎった。しかし、結婚して以来、マスターベーションはやらないと決めていた。大学時代に滑稽なくらいさんざんやったからだ。しかも、ケイのメイ・ウェストっぽい口調が茶番劇の滑稽さをさらに強調し、ぼくを熱情の頂から突き落とした。直立原人はそのうちひとりで去っていくだろうと考え、気持ちを切り替えてタバコを探しはじめると、思ったとおり直立原人は死んでしまい、ぼくはそれっきり彼のことを思い出すことはなかった。

そもそもの任務はすぐに達成された。ぼくは自分のコートを探し当て、タバコの入ったポケットを探し当て、ラッキーストライクを取りだした。その瞬間、部屋の明かりがついた。部屋に入ってからだいぶ時間がたって目が薄闇に慣れていたせいで、天井の明かりが突然ついたとたん、ぼくはモグラみたいに目を細めた。同時に、犯行現場を見つかった泥棒みたいに飛びあがった。実際、どういうわけかそのときのぼくは泥棒みたいな気分だった。心臓をバクバクさせながら振り返り、目を細めてまばたきすると、そこにいたのはまたもやケイだった。

ケイも目を細めていた。化粧がにじみ、顔の皮膚がすこしたるんでいる。疲れか酒か、その両方が原因だろう。彼女は片手であいまいなしぐさをし、不自然に明るくいった。

「ものを取りにきたんだったのを忘れてたの」

すごく事務的な感じだったが、当人にそんなつもりがないのはわかっていた。ケイはすごく恥ずかしそうで、居心地が悪そうだった。そのとき、ぼくは自分もおなじ気持ちなのに気がついた。見知らぬ他人同士が出会い、なにか卑しむべきことをいっしょにやり、もう二度と会うことはないだろうと思っていたら、いきなり通りで出くわしてしまった、みたいな感じだった。

人生であれほど間が悪かったこともないが、なぜそう感じたかはいまだにわからない。ぼくはテレビのコマーシャル・アナウンサーみたいにラッキーストライクのパックを掲げ持ち、ケイとおなじくらい不自然に明るくいった。

「ぼくの探しものはやっと見つかったよ。じゃ」

「じゃ」と、ケイはいった。その笑みがすごく痛々しかったせいで、ぼくは彼女の口紅が乱れているのに気づき、自分の唇にも口紅がついているはずだと思い至った。そこで、もう一度タバコのパックを振ってからよろけるように部屋を出ると、リビングルームに戻る途中でトイレに寄り、鏡で顔をチェックした。やっぱりついていた。深紅の証拠だ。薄いピンク色が皮膚に染みついてしまったかのようで、取るのがすごく大変だった。でも、何度もこすったりごしごし洗ったりしたおかげで、顔のほかの部分もおなじようなピンク色になり、目立たなくなった。リビングルームに戻ると、ベッツィーがケイの夫のディックと話をしていた。それを目にしてギクッとしたけれど、これは小説じゃないんだからとくに意味はないと思い直し、ふたりに合流してディックとも話をした。しばらくあとで、部屋の反対側でべつのグループと話をしているケイを目にした。

ディックはあの頃ちょうど『艦長の珠玉』を書いていた。彼が自分の文学理論を語ったのはたしかあの夜だったはずだ。

ちなみにその理論は、ぼくにはかなり退屈だった。完成した作品はなかなかすばらしかったと認めるにやぶさかではない。『艦長の珠玉』は笑える小説だ。でも、その裏にある理論は不必要に思える。理論なんてものを引っぱりださなくたって、ディックにはあの本が書けたはずだ。

いいだろう。理論の話をはじめたんなら、そいつがどういうものか説明しろって意見はわかる。でも、ディックの主張の細かい点について話すつもりはない。っていうのも、ぼくはなにも自分を退屈にさせるためにここにいるわけじゃないからだ。でも、ごく簡単にざっと説明しよう。

ディックにいわせると、古いタイプの芸術作品は作品世界と鑑賞者を切り離しているという。たとえば映画を例にとるとわかりやすい。最近の映画製作者たちは、いま見ているのが映画だということを観客に意識させる映画をつくるようになってきている。これはほかのジャンルの芸術作品にも起こっているが、ディックの挙げた例はほとんどが映画だった。たとえば『トラブルメイカー』だ。この映画には、バック・ヘンリー演じる弁護士が中国人の娼婦と会うシーンがあるんだけど、ここでキャメラは部屋に入っていくバック・ヘンリーを追っていく。ところが、実際にドアを通り抜けようとするキャメラに邪魔され、バック・ヘンリーはドアを閉めることができない。業を煮やしたヘンリーは振り返り、ひどく憤慨した顔で観客をまっすぐに見据えて「出ていけ」という。するとキャメラが後ろに下がり、ヘンリーはドアを閉める。そのほかにも例はある。『トム・ジョーンズの華麗な冒険』では登場人物がときどき立ち止まっては観客に向かって語りかけるし、ボブ・ディランの『ドント・ルック・バック』なんかにはシネマヴェリテのテクニックが使われていて、キャメラがあからさまに〝立ち聞きする人〟として存在している。ディックは芝居の例もいくつか挙げた。それどころか、さまざまな芸術ジャンルから例を引っぱってきてたけど、ぼくが覚えてるのはいま挙げた映画くらいだ。

　それはともかく、これとおなじことが小説でもできるというのがディックの主張だった。この世には小説であることを自己主張する小説がある。ディック自身の『艦長の珠玉』はその完璧な見本だ。

　この作品の主人公は潜水艦の艦長で、北極を二カ月に渡って巡航する旅に出ているんだけど、自分はカーライルみたいな純文学界の巨人であるという幻想を抱えている。彼の大いなる夢は、いまから三百年後、自分の航海日誌が二十世紀文学の偉大なる遺産のひとつとして大切に保存され、記憶されていることだ。だから、航海日誌は文芸評論や自由詩や政治的エッセイなどで埋めつくされ、通常の航海日誌に記入されるべき運行データと混じり合っている。しかも、こうした運行データ――緯度や経度や速度や病欠者の名前など――も、まるで鵞《クイル》ペンで書かれた文章のような美文調で綴られている。実際、艦長《キャプテン》の名前はキャプテン・クイルという。で、このキャプテン・クイル艦長が珠玉の文章で綴った航海日誌の名前というのが『艦長の珠玉』なのだ。要するに、ディックが書きあげた作品は潜水艦のなかで起こった出来事を描いた本ではなく、本を描いた本なのだ。

ディックの二作目もおなじタイプの作品だ。ただしまだ完成していない。『艦長の珠玉』の映画化権が高く売れたんで、好きなだけ時間がかけられるんだろう。ディックが話してくれたのだが、この新作はもっとイカレた内容だ。主人公は黒人のジャンキーと精神科医のふたり。精神科医がジャンキーに興味を持ち、この男を相手に新しい理論をたくさん試そうとする。ジャンキーはそれに協力する。というのも、協力すれば刑務所に入らずにすむし、ヤクを供給してもらえるからだ。精神科医の理論の基本にあるのは自己認識で、彼はこの無学なジャンキーに自伝を書かせる。要するに、この小説は自伝なのだ。

しかも、それだけじゃない。ジャンキーは人を騙すのがとんでもなくうまい男だってことがわかってくる。この本におけるジャンキーの唯一の目的は精神科医を騙すことだ。ジャンキーは自分のことをなにひとつ――名前さえも――精神科医に知られたくない。そこでデタラメな物語をつくりあげ、嘘に嘘を重ね、真実を隅へと追いやる。ときには、あたかも嘘に見えるように真実の一部を明るみにさらす。さもなければ、精神科医にすぐそれとわかるような嘘をつくことで、精神科医にべつの嘘を真実だと信じこませる。どの章もどの章も、こうした話が延々とつづいていく。もちろん、自伝の原稿が一章分書き進められるたびにジャンキーと精神科医が会話を交わし、その会話がつぎの章で引用されることになる。さらに、精神科医は自伝のいたるところに脚注をつけ、自分はどれが真実でどれが嘘と判断しているかを明かし、ジャンキーが省略したことを説明したり、精神科医自身についてジャンキーがなにかいっているときには自己弁護をしたりしている。数カ月前、ぼくは最初のほうを二章ほど読ませてもらった。すごくおかしくて、『艦長の珠玉』よりも笑えるくらいだったけど、すごく不気味でもあった。たぶん、あのままつづいていくと難解になりすぎるんじゃないだろうか。

　ディックによると、この作品のタイトルは法規制を変える画期的なものになるだろうという。小説には表現の自由があって、なにを書いても許される。このことは裁判所がはっきりと認めている。それとおなじ表現の自由をこんどはタイトルにも適用させるべく、ディックはこの本のタイトルを『さらば《アディオス》、オマンコ野郎《マザーファッカー》』にしようと考えているらしい。しかし担当編集者は、『さらば、オマンコ野郎』なるタイトルをつけることには大きな問題がひとつあるといって反対している。そんなことをしたら、書評がひとつも出ないというのだ。書評している本のタイトルに言及できない本を書評できる人間などいないということらしい。それはわかるとディックはいう。それが問題なのはわからないじゃない。しかし、書評の心配をして本自体を変えたりするのは、尻尾が犬を振ってるようなものだし、この本にどんぴしゃで最高かつ完璧なタイトルは『さらば、オマンコ野郎』なのだ。そこで編集者は、だったらタイトルを『さらオマ』にして、タイトルページに括弧つきで意味の説明を入れようと提案した。しかしディックは、そいつはひどい詐欺だし逃げでしかないと反論し、どうせ逃げるなら徹底的に逃げ、代替案のタイトルを使うといった。ちなみに、その代替案は『少女レベッカ』だった。

正直なところ、『さらば、オマンコ野郎』が美しいタイトルだという点で、ぼくはディックに同意する。彼がいま書いている作品のタイトルにはぴったりだ。しかし同時に、ぼくらがいま生きているこの世界は、本に『さらば、オマンコ野郎』なんてタイトルをつけていい世界じゃない、という担当編集者の意見にも同意する。

それはともかく、ぼくはディックが好きだし、すごく面白い男ですぐれた作家だと思う。たぶん、ぼくが知ってるなかじゃ最高の作家だろう。でも、ケイとキスをしてからしばらくのあいだは——正確にいうと二カ月ほどは——彼に対して深い罪悪感を覚えていた。もちろんケイとのキスが理由だったけれど、彼女とあの続きをやりたいと思っているせいでもあった。実際にはそんなことにはならなかったし、ならないことはわかっていた。その後ケイは、あんなふうになりかけたことを認めるそぶりさえ見せなかったものの、ぼくはワイセツな空想をどっさりしまくった。実際にキスをしたことよりも、そっちのほうが罪悪感を生んだと思う。

なんでぼくはこんな話をしてるんだ？　いまは十一月二十五日の土曜日、午後一時半。ぼくに残されているのは五日と半日だっていうのに、まだぜんぜんのんきなもんで、感謝祭の話やケイとディックの話なんかをしている。あたかも、時間なんかありあまるほどあるとでもいうみたいに。これまでに書いた章の原稿がまだ残っていればディックに謹呈することもできたし、彼はそれをなにかに使うことができただろう。「さあ、これをやるよ、ディック。小説であるふりをしている小説だ」でも、いま書いてるこの章を渡すわけにはいかない。ケイのことが書いてあるからだ。それに、ほかの章はもう手元にない。きのうすべて消えてしまったのだ。

ただし、そのことを話すつもりはない。

あの一件のせいで、きのうの夜は眠れなかった。その気にさせといてセックスさせない女みたいだったら謝ろう。べつにサスペンスを盛りあげようとかそういうんじゃない。たんに、思い出すだけでとんでもなく苦痛なのだ。つい考えずにはいられないんだが、そのことをしゃべったり書いたりしなければ、どういうわけか現実感が薄れていく。ここで言葉の壁をつくったりするとまずい。言葉の石でできた倉庫にたったひとり閉じこめられてしまう。

それはともかく、きのうはほとんど眠れなかった。確信はないけど、巨大グモの大群が襲ってくる夢を見た気がする。なんの夢を見たにしろ、ぼくは巨大グモの大群が襲ってくる夢を見ていたかのように震えながら目を覚ました。だから、巨大グモの夢だったたってことにしておいていいだろう。そう大きくは違っていないはずだ。

悪夢を見たのと、漠然とした不安のせいで、早い時間に目が覚めた。といっても、ぼくにしては早い時間ってことだ。身体を引きずるようにベッドから出たのが九時半。たぶん四時間くらいしか寝てないと思う。このタイプライターにたどりつくまでに、永遠とも思えるくらいの時間がかかった。満ちあふれる後悔とコーヒー。といっても、後悔とコーヒーに満ちあふれてたのはぼくであって、タイプライターじゃない。タイプライターはクソに満ちあふれていた。

こうしていまぼくはここにいる。みじめで、疲れ果て、パニックに陥り、なんと呼んでいいかもわからない二十五ページ分のモノにまた無駄な労力を費してしまった。サミュエルは絶対に理解してくれないだろう。ぼくはどうすればいいんだ？

いったいどうすれば？

ぼくがこれからどうするか教えよう。いますぐポルノ小説のアウトラインを書き、それから自分でなにか昼食をつくり、もしかしたらフットボールの試合を見る。それからここに戻り、アウトラインに沿ってポルノ小説を書きはじめる。ぜったいにそうする。〝たら〟もなければ〝れば〟もなし。

アウトライン――成り上がっていく若い娘の物語。タイトルは『愛欲の罪人』にしよう。それとも『愛欲の罪人』ってタイトルはもう使ったかな？　これまでに書いた作品のタイトル・リストがここにある。二十八のステキなタイトルが並んでいる。『愛欲の罪人』はない。よし、これで決まりだ。アウトラインは――

1　主人公はサリー・マキシマム。秘書学校を卒業し、故郷の小さな町を出ることを決意し、ニューヨークに行く。秘書学校で身につけたスキルがあれば、いい仕事がかならず見つかる。それに、平凡な家庭の主婦に落ちついてしまうまえに、人生の楽しみと興奮をちょっぴり味わいたい。ボーイフレンドのバリー・ゲイターとヘヴィー・ペッティングは何度もやったことがある。でも、まだヴァージンだ。サリーがニューヨークへ出発する前夜、彼女とバリーは最後の一線を越える。彼女は熱くなりすぎて彼をとめられず、ふたりはコンヴァーティブルの後部座席でやる。どうせニューヨークに行ったらヴァージンなんか捨てるつもりだったことに気づく。最初の相手が気のいいバリーでよかったと思う。

2　サリーはニューヨーク行きのバスに乗り、マット・センブリングと会話をはじめる。ニューヨークで一発当てようとしている俳優だ。ふたりはバスのなかでペッティングする。サリーはまた熱くなり、マットは指で彼女をイカせる。バリーとのときはオルガスムを感じなかった。サリーは驚かされる。

3　ニューヨークについたサリーは、マットから従姉のアニタ・ロールシャムを紹介される。

アニタは広告代理店のコピーライター。背の高い誘惑的なブルネットで、怪奇女優のヴァンパイラみたいなタイプだ。アニタはサリーに、部屋が見つかるまでわたしのところに泊めてあげるという。しかも、サリーを広告代理店に連れていき、秘書の仕事がないかわざわざ探してくれる。サリーは雇われる。上司はアーチャー・フレンウェイ。アーチャーはオフィスのドアをロックしていきなり彼女をレイプする。サリーが助けを求めて大声を上げると、この部屋は防音になっているんだという。警察に通報するというと、事件のあった時刻に自分は会議に出席していたと宣誓証言する代理店の人間が六人はいるはずだし、反対にサリーを名誉毀損と器物損壊で告訴してやると脅す。アーチャーはサリーをレイプしたあとで、笑みを浮かべて彼女の頬を軽くたたき、これからもうまくやっていけそうだなという。

4　ショックをうけたサリーは、アニタのアパートメントに帰る。その夜、アニタが帰宅すると、サリーはベッドで震えている。アニタがサリーの脇に腰を下ろす。サリーは一部始終を打ち明ける。そういう噂は聞いたことがあるけれど、これまで本気で信じてはいなかったとアニタはいう。アニタはサリーを慰める。やがてふたりは身体を絡ませていき、アニタはオーラルセックスをする。サリーはイッてしまう。

5　二週間が経過。サリーは広告代理店に戻らず、新しい仕事にもつかず、アニタとレズビアン関係をつづけている。マットがやってきて、オフブロードウェイの劇場で仕事を手に入れたので、どうなるか様子を見るつもりだという。すべての男がアーチャー・フレンウェイみたいな卑劣漢ってわけじゃないとマットはいい、ぼくの新しいアパートメントには予備の寝室があるから、いっしょに生活したほうが便利じゃないかと持ちかける。手を出したりはしないとマットは約束する。サリーはマットについていく。夜、サリーはひとりベッドのなかで男とのセックスについて考え、女とのセックスについて考え、オナニーをしてイク。男とでも女とでもわたしはイケるんだろうか、と彼女は思う。

6　マットがグリニッジ・ヴィレッジとオフブロードウェイの友だちを呼んでパーティーを開く。サリーはすこし気分が上向きになっている。マットのアパートメントにきて二週間、ふたりのあいだにセックスはない。パーティーは乱交パーティーになるが、サリーは観察だけして参加はしない。

7　サリーは劇場のバックステージにきている。マットがオフブロードウェイの芝居で小さな役を手に入れたのだ。サリーがひとりで楽屋にいると、アニタが入ってきて、黙って出ていったことを怒る。アニタはサリーを殴りはじめる。そこへ、芝居の主演男優のレックス・キルブルードが入ってきて、ふたりを引き離す。レックスは楽屋でサリーを慰める。とても思いやりがあり、同情的で、やさしい。彼はやがてサリーを口説きはじめる。セックスをしながら、サリーは突然気づく。レックスのやることはすべて機械的だ。誘惑はリハーサルの行き届いた芝居のようだし、サリーに心から興味があるとはまったく思えない。レックスはイクが、彼女はイカない。セックスのあとでいきなり冷淡になったレックスを、サリーは冷笑的に観察する。

8　真っ昼間、サリーはマットのアパートメントにいる。ドアのベルが鳴る。アーチャー・フレンウェイだ。アーチャーは取り乱している。サリーのことがずっと忘れられなかったのだ。オフィスでサリーをレイプしたあの日、アーチャーは彼女が自分の心のなかでこんなにも大きな存在になるとは、考えてもいなかった。アーチャーが自分を誘惑しようとしているのをサリーは見てとる。前回とはちがい、ずっとやさしい。サリーは彼をリードし、あらゆる種類の前戯を試し、さていよいよというときにバスルームへ駆けこむと、ドアをロックして「さっさと帰らないと、マットが戻ってくるわよ」という。アーチャーはドアをガンガン叩く。しかし、サリーはなかに入れない。ようやくのことでアーチャーは出ていく。それは勝利であり、復讐であるが、苦い味がする。

9　マットが帰宅する。サリーはアーチャーがきたことを話し、自分がなにをしたかを説明したうえで、いまの自分はアーチャーとおなじくらい残酷なのではないかと不安を告白する。マットはサリーにキスし、いつしかふたりは愛を交わしはじめる。どちらも優しさといたわりの気持ちをいだいている。サリーは生まれてはじめて男との正常なセックスでオルガスムを味わう。その余韻にひたりながら、「自分は正常だったのだ」と考えていると、郵便がくる。故郷の町のバリーからの手紙だ。サリーに会いにニューヨークへくるという。サリーは自分がバリーかマットのどちらかを選ばなければならないことを知る。

10　通りを歩いていると、ふたりの水兵がサリーに声をかけてくる。ふたりは彼女を戦艦にこっそり連れこむ。戦艦が外洋に出る頃には、サリーは第七艦隊の全員にフェラチオをしている。やがて精液で膨れあがった彼女は、通りかかった捕鯨船から銛を撃ちこまれ、海に沈んで跡形もなく消えてしまう。

1

ロングアイランドの自宅への帰途、通勤電車の座席にすわったポール・トレプレスは、ふと気づくと車窓にかすかに映った自分の顔に向かって微笑んでいた。

笑みを浮かべながら考えていたのはベスのことだ。ベスに関するすごくセクシーなことを考え、ベスとのセックスの数々を思い出し、ベスのことを考えて興奮している。窓に映った自分の顔に向かって微笑んでいるのは、人生に満足しているせいでもあったが、突然ベスに興奮を覚えたことを、いい意味で滑稽かつ馬鹿げていると思ったからだった。

自分の妻に興奮を覚えるなんて。

いい年をした既婚の男。結婚したのは六年前で、一人娘、持ち家、仕事と、落ちついた家庭生活にあるべきものはすべて手にしている。はじめて女の子とデートをするティーンエイジャーでもあるまいし、自分の妻にドキドキ興奮するのはおかしい。人生はもっと堅実なものであるべきだ。

実際、ごく最近まではそうだった。

ごく最近までのポールは、穏やかで退屈で満ち足りてはいるが興奮とは無縁の生活を送っていた。そして、そのことをたいして気にしていなかった。新たに訪れる一日に期待もしていなければ、怯えてもいなかった。新たに訪れた一日をただシンプルに生き、基本的にはそれが昨日とも明日ともおなじ日であることを確認する。それどころか、過去に目を向けても、未来に目を向けても、おなじ日が無限につづいているだけだ。日曜と木曜日とのあいだになんらかの違いがあるとしても、日曜日は基本的にほかの日曜日と変わらないことは真実だし、木曜日がほかの木曜日と違っていると完璧な確信をもっていうことはできない。

ごく最近までは。

より正確にいえば、ほんの数日前までは。

ポール・トレプレスには、なぜ突然すべてがこんなにも変わってしまったのか、明確な理由がわからなかった。周囲の状況はなにも変わっていない。広告代理店でこれまでとおなじ仕事をしているし、ベスはごくありきたりな主婦のままだし、住んでいるのはこれまでとおなじ家だし、娘のエドウィナはもちろんなにも変わっていない。新しく誰かと知り合ってもいなければ、古い友人を失ってもいない。いいや、周囲の状況にはこの変化を説明する要因はなにひとつない。

2

3

変化が起こったのはポールの内部だった。長距離電話の回線が通じたときのように、頭のなかのどこかで中継器がカチッと鳴ったのだ。そして、ポールはこれまでとは違う新しい存在となり、ベスもこれまでと違う新しい存在となり、すべてが突然、前日よりも明るく、よりハッピーに、より陽気に、より瑞々しく、そしてどういうわけかより可能性を秘めたものになった。

それがほんの数日前のことだ。

いつ変化が起こったのか、はっきりと特定するのはむずかしい。先週のある夜、ベスが眠りについたあとだった、とまでしかいえない。ポールは眠らずにベッドに横たわり、自分の人生について考えていた。すると突然、ベスとはじめて愛を交わしたときのことが頭に浮かんだ。まだふたりが大学生のときのことだ。

あれは春の終わりだった。土曜の夜で、いっしょに映画を観に行った。その学期中はずっとデートを重ねていた。クリスマス休暇のあとで、共通の友人がブラインドデートをセッティングしてくれたのが最初だった。

以来、数カ月にわたって、ふたりの関係はだんだんと深まっていった。いっしょに時間を過ごすことがどんどん多くなっていき、ポールの車——中古で買ったおんぼろのビュイック・コンヴァーティブル——の後部座席でのペッティングは、さらに激しさを増していった。

ある夜、ベスはポールに、じつはまだヴァージンなのと告白した。結婚する相手のためにとっておきたいのだと。ポールはそれを尊重したが、欲望の対象のすぐそばまで行きながら引き返さなければならないのが苦痛なときもあった。

しかし、セックスを無理強いすることはけっしてなかった。ポールにとってベスは、刹那的な快感よりもずっと大きな価値があったからだ。

それに、もうひとりべつの娘がいた。ベスとは違って女子学生ではなく、町からきた娘で、簡単に落ちることで知られていた。自然の欲求が我慢できないほど激しくなったときには、キャロルのところへ行けばいいのはわかっていた。実際、ときどき行った。しかし、心のなかでは、いつもベスに忠誠を誓っていた。

驚いたことに、ふたりの関係の膠着状態に終止符を打ったのはベスのほうだった。あの夜、映画館に入ったときも、いつものペッティング以上のことが起こるとは、ポールは夢にも思っていなかった。

映画はたいして面白くなかった。誰にも見られないバルコニー席の最後列にすわり、キスとペッティングをつづけていると、ポールのなかで情欲がボイラーの熱のように一気に高まった。ベスもおなじ思いに捕らわれているのが見てとれた。それも、いまだかつてないほど激しく。

しかし、それがなにか特別なことを意味するとはまったく思っていなかった。だから、映画館の暗闇のなかでスカートの下に手をすべりこませたとき、最初はそれが信じられなかった。

5

ベスはスカートの下になにも——まったくなにも——はいていなかったのだ。

テクニカラーの映画が映写されているスクリーンから反射してくるかすかな光のなかで、ポールはベスの瞳がいたずらっぽくきらめくのを見た。唇には面白がっているような笑みが浮かんでいる。ベスはポールの顔を引き寄せ、唇を耳にそっと押し当ててささやいた。

「これまでずっと我慢してきたんだもの。ご褒美をあげないと」

ポールはなにもいえなかった。スカートの下に差し入れた手は、熱く脈動しているベスの秘部にぴたりと押し当てられている。

その瞬間、ポールは理解した。

今夜こそが運命の夜なのだ。しかも、目の前に差しだされたご褒美は、底知れぬ価値を持っている。

「こんな映画、クソくらえだ」ポールはしゃがれた声でいった。突然、強烈な欲望が湧きあがり、彼女がいますぐほしくてたまらなくなった。

「同感」と、ベスはいった。彼女の声もポールの声とおなじようにしゃがれていた。もうこれ以上は一分たりとも、いや一秒たりとも待てないという切迫感、いますぐセックスしたいという暴力的な欲望。そのどちらも、いまポールが感じているものとまったくおなじだった。

ふたりは座席から立ちあがり、手探りでコートを探し、急いで映画館をあとにした。コンヴァーティブルは通りのすこし先の右側に駐めてあった。ふたりは早足に歩いていって乗りこむと、エンジンをかけて車を出した。

気持ちのいい夜だった。

五月の末で、ルーフを下ろしてもじゅうぶんに暖かかった。すっかり晴れわたった満面の星空に、満月が高く浮かび、そこここに小さな綿雲が浮かんでいる。雲は月明かりに照らされて銀色に縁取られていた。

ポールがちらりと助手席に目をやるたびに、月の光がベスの瞳できらめいた。唇に浮かんだすてきな笑み、ポールを待ち受けている新鮮で柔らかい身体。すべてはポールのものだ。ただ彼のことだけを、もどかしい気持ちで待っているのだ。

制限速度を超えていたが、車はあまり走っていなかった。古い川沿いの町を抜け、よく知っている出口ランプへ向かった。舗装されてない道が斜めに川にぶつかっている。そこまでコンヴァーティブルを走らせると、土手の近くに停めた。ヘッドライトのスイッチを切る。月明かりの下だと、川はまるで銀色のハイウェイのようで、助手席にすわっている女の子は女神のように見えた。

急に気恥ずかしくなって、ポールはそっとアプローチした。キスをすると、ベスの唇が震えているのがわかった。

7

「やさしくするよ」ポールがベスの唇に向かってささやくと、彼女はささやき返した。「わかってるわ、ポール」

気持ちははやったが、あせらずに、ゆっくりと服を脱がせていった。ベスはここにいる。間違いなく彼のものだ。もうあわてる必要はない。彼女との歓びの瞬間を、ひとつひとつじっくり味わえるのだ。

ベスはすでにジャケットを脱いでいた。セーターは前ボタン式で、ボタンが何百個もついているように見えた。ポールは彼女の唇やまぶたや喉にキスをし、愛の言葉をささやきながら、ゆっくりとボタンをはずしていった。ようやくのことでセーターの前が開き、手のひらにブラジャーの粗い生地が触れた。

ベスが上半身をわずかにそらしたので、ポールは両手を背中にすべりこませてフックをはずし、肉感的な乳房からそっとブラジャーを持ちあげ、月明かりの下、黙ったまま見つめつづけた。

「キスして、ポール」ベスがささやいた。「そこにキスして」

ポールは身をかがめ、乳房にキスをし、両手でつつみこんだ。

ベスは歓びにそっと身悶えし、目を閉じ、首をのけぞらせてシートのてっぺんに頭をあずけた。

スカートは脱がさなかった。両脚に手をおき、上に向かってゆっくりとすべらせ、スカートを押しあげていく。ベスがシートから腰を上げ、ポールはスカートをほぼ腰まで押しあげた。

それから――そこに触れた。愛と欲望をこめて。

「愛してるわ、ポール」ベスがささやいた。

「愛してるよ、ベス」ポールもささやいた。

ベスはシートに身を横たえ、身体を開いた。

ポールはできるだけ慎重に、上からそっと身体を重ねた。これはベスにとってはじめての経験なのだ。痛くさせたくない。彼女が夢に見てきたどんなセックスよりもいいものにしたかった。

同時に達しながら、ベスは吐息をつき、目を閉じてポールに腕をからみつけた。ゆっくりと、やさしく、急いだり激情に駆られたりすることなく、ふたりは愛を達成した。ふたりの欲望はだんだんと高まっていき、おなじペースで膨れあがり、ゆっくりと、しかし問答無用に頂点へと押しあげられていった。それから突然、雷鳴が鳴り響き、すべてが開かれ、ふたりは同時に喘ぐと、硬直させた身体を震わせ、最後に大きく息をはき、身体から力を抜いた。

暖かいそよ風がふたりの身体の上を漂い、川の向こう岸から松の木の爽やかな匂いを運んできた。

8

9

すべてはそうやってはじまった。

当時のふたりにとっては、すべてがすばらしかった。あの頂点からだんだんと斜面をすべり落ちていったのは避けられないことだったのだと、いまのポールは思う。しかし、避けられなかったはずだとはいえ、それでも彼は悲しかった。

落ちかたはひどくゆっくりだった。あまりにゆっくりだったので、何年ものあいだ、どちらもそれに気づいていなかった。

ポールが気づいたのは、先日の夜、あそこに横たわって過去のことを考えていたときだ。ポールは最初の夜のことを思い出した。川のそばに駐めたあのコンヴァーティブルでのことを。そして、あれがいかにすばらしかったかを、はじめてほんとうに理解した。もはやふたりのあいだには、あの最初のやさしい炎がほんのわずかしか残っていない。

ベスとのセックスはいまでもすばらしい。しかし、すばらしいとはいっても、機械的につづけているだけで、熱はこもっていない。自分たちが結婚していて、おたがいのことを愛していて、これはやるべきだと見なされていることだから、お義理でやっているにすぎない。

それに気づき、自分たちふたりの生活がどうなってしまったかを直視したポールは、まず悲しみを覚え、つづいて霊感をうけた。あの夜も月が出ていた。いまもベッドルームの窓から月の光が差しこんでくる。その青白い光のなかで、寝入っている妻の顔を見た。自分はいまでも彼女を愛している。これまでと変わらないくらい求めている。相手を知りつくし、すっかり慣れてしまっているが、だからといって気持ちはすこしも変わっていない。たんに覆い隠されていただけだ。

月明かりの下、すぐ横にいる妻を見ていると、いきなり愛と欲望の波に飲みこまれ、ポールは彼女の唇にキスをした。

ベスはゆっくりと目を覚まし、ポールの身体に腕をまわした。ポールはあのはじまりのときに戻っていた。あのときとおなじように彼女に触れ、耳もとに向かっておなじように愛の言葉をささやく。深い情熱も、切迫のなかの穏やかさも、炎のなかのやさしさも、あのときとまったくおなじままだ。

そして、ベスはそれに応えた。昔とおなじ反応だった。ベスもかつての彼女に戻っていた。ふたりは愛を交わした。笑みを浮かべたベスは柔らかく、嬉しいことにポールのものだった。ポールはやさしく、力強く、ベスが自分のものであることを得意に思い、自分が彼女に見合う男であることが誇らしかった。

それがはじまりだった。新しいはじまりだった。

以来、ふたりの関係はどんどんよくなっていった。花が芽吹き、開き、ついに盛りのときを迎えたかのように。

11

最初のときも花のようだった。しかし、いまとは違っていた。あのときは花がすでにたわわに熟してピークを迎えたところからはじまった。その後、花はだんだんと枯れていき、香りは薄れ、花びらはしおれ、茎は曲がり、毎日ちょっとずつ弱っていき、ゆっくりと死に向かっていった。

しかし、今回は違う。今回はすべてがよくなっていく。ただひたすらよくなっていくだけだ。だからいま、自宅へと向かう通勤電車のなかで、ポールは車窓にかすかに映った自分に向かって微笑んでいる。そして、ベスに関するハッピーでセクシーで期待をそそるあれこれを考えている。

電車がようやくのことで目的の駅に着くと、ポールは真っ先に車両を降り、プラットフォームを改札まで急ぎ、狭い駅舎を抜け、妻と娘が待っているアスファルトの駐車場に出た。ベスがファミリーカーで迎えにきてくれているはずだ。

しかし、彼女はいなかった。

最初は信じられなかった。

ポールは左へ歩いていき、つぎに右へ歩いていった。周囲をほかの通勤客が通りすぎていき、駐車場からは車がぽつぽつと出ていく。やがて出ていく車の数は増えていき、また減っていった。

ポールはひとり取り残された。

ベスはいなかった。

頭に浮かんだ最悪の可能性は事故だった。

自動車事故か？

それともエドウィナに関することだろうか？

ベスはあの子を大急ぎで病院へ連れていったのかもしれない。ほかに理由は考えられない。

それ以上に悪いことなど、ほかにあるはずがなかった。

ポケットに手をつっこんで十セント硬貨を探し、駅舎に戻って家に電話した。

誰も出なかった。

ポールは外に出た。いまや本気で不安になっていた。

アスファルトを大急ぎで突っ切り、タクシー乗り場へ行った。黄色いタクシーが二台停まっていた。どちらのタクシーも孤独に見えた。まるで見知らぬ他人同士が並んでいるかのようだった。

ポールは一台目のタクシーに乗ると、自宅の住所を告げ、眉をひそめたまま座席に沈みこみ、不安な面持ちで、見慣れた町の風景をドアの窓から眺めた。すっかり見慣れている景色が気持ちを落ちつかせてくれるはずだったが、そうはならなかった。目に映るすべてがすごくありきたりで、よく知っているものなのに、なんらかの災厄と、恐怖と、自分の人生の骨組みに入った怖ろしい亀裂を暗示しているように思えた。宇宙人の侵略を描いたＳＦ映画の冒頭の、閑静な村のシーンのように。

タクシーが家の前に停まったとき最初に気づいたのは、ファミリーカーがドライブウェイのいつもの場所に駐まっていることだった。

二番目に気がついたのは、黄昏が急速に深まって夜になりつつあるにもかかわらず、家のなかに明かりがついていないことだった。

どうしたっていうんだ？

運転手に金を払い、タクシーを降り、ドライブウェイを急ぎ足で家に向かった。ドアはロックされていた。ポールは鍵をあけてなかに入ると、すぐにリビングルームの明かりをつけた。

リビングルームの床にベスの死体は転がっていなかった。不審な徘徊者、もしくは色情狂に殺されたわけではないらしい。

「ベス？」と、ポールは呼びかけた。

なにか単純な理由があるのだろう。昼寝をして、うっかりそのまま寝過ごしてしまったのかもしれない。

返事はなかった。

もう一度名前を呼び、立ったまま耳をそばだてた。しかし、なにも聞こえない。家具と厚いカーテンと絨毯のせいで、声はまったく反響しなかった。

無音。

静寂。

家のなかを見てまわった。

キッチンに不審なものはなかった。すべてがいつもどおりだ。ガレージに通じているドアをあけてみたが、そちらにも異状は認められなかった。

ダイニングルームの窓から外を見て、外灯のスイッチを入れた。裏庭がいきなりぱっと目に飛びこんできた。誰もいないし、変わったところはなにもない。スイッチを切り、ベッドルームをチェックしにいった。

そこで異変が見つかった。

まずポールとベスが使っているベッドルームに入ると、ドレッサーの引き出しが出しっぱなしになっていた。クロゼットのドアもあいている。なにかなくなっているものはあるか？　引き出しは空っぽにはなっていない。しかし、いつもはもっとものがつまっていた気がする。それに、クロゼットの棚に隙間がいくつかできていた。

スーツケースが消えている。

金色の把手がついた赤いスーツケース。結婚した年の誕生日にプレゼントしたものだ。この家に引っ越してきて以来、あのスーツケースはクロゼットの棚に鎮座したままだった。それがいま消えている。

消えている。

なにが起こったんだ？　いったいなにが起こったっていうんだ？

ポールはつぎにエドウィナの部屋へ行った。ここにも、急いで荷物をつめた形跡が残っていた。あまりたくさん持っていってはいないが、明らかになくなっているものがある。スーツケースひとつ分の荷物、それ以上持っていかなかったのは確かだ。

ウィンキーが消えている。

ポールはエドウィナの小さなベッドの上を探した。ベッドの下ものぞいてみた。ウィンキーは間違いなく消えている。

フェルト製の目が片方なくなっているテディベア。ウィンキーがなければエドウィナは眠れない。あれを持たずにどこかへ行くことなど絶対にありえない。それがいま、ここにはない。

なぜだ？

娘の部屋のまんなかに立ち、誰かに事情を説明してくれと頼むかのように両腕をひらき、ぐるっと見まわしたが、答えは見つからなかった。

しかし数分後、ポールはその答えを見つけた。最後に入った部屋で。自分自身の仕事部屋で。

実際にはここもベッドルームなのだが、引っ越してきてすぐに、自分で仕事部屋に改造したのだった。デスクと椅子、ファイリングキャビネット、書類を読んだり仮眠をとったりするためのソファー。ポールはときどき広告代理店から仕事を持ち帰る。その仕事をするのがここなのだ。

機械的に部屋をのぞいてみたにすぎなかった。スイッチを入れて天井の明かりをつけたが、なにかが見つかるとは期待していなかった。ほかの部屋をすべて見てまわったので、ここにも一応きてみたにすぎない。

最初は、すべてが正常に思えた。自分が部屋を出たときのまま、なにも変わっていないように見えた。

それから、デスクの引き出しがあいているのが目に入った。

デスクに紙の束が載っている。

その瞬間、ポールは理解した。

部屋のなかに入った。斧で殴られでもしたかのように、動きはすごくゆっくりとしていた。

なぜなら、ある意味でいまのポールは斧で殴られたも同然だったからだ。

ベスは日記を読んだのだ。

日記はポールの秘密だった。

いまにして思えば、あれは恥ずべき秘密であり、ベスと自分の関係が徐々に斜面をすべり落ちていったことの証しでもあった。

しかし、先週はなにも書き入れていない。ベスとの人生が新たなはじまりを迎えて以来、日記のことは頭をかすめさえしなかった。もし今回の件がなければ、もう二度と書き入れることはなかっただろう。

あれは普通の日記ではない。非常に特殊な日記なのだ。現実にあったことを書き記す普通の日記とはちがって、現実にあったことがそのまま書いてあるわけではない。

あの日記は、願望充足のためのものだった。

男なら誰もがそうであるように、ポール・トレプレスは道行く女性に欲望を覚えることがある。ときには、そうした女性のひとりやふたりを実際に口説く夢想にひたることもある。ベビーシッターや、友人の妻や、オフィスの秘書や、通りを歩いていてたまたま見かけた美しい女性などを。

ポール・トレプレスは非常にヴィヴィッドな想像力を持っている。ときとして、淫乱な夢想は露骨で微に入り細を穿っている。結婚二年目くらいから、ポールはそれを書き記すようになった。

日記に。

あたかも、実際に起こったことであるかのように。

ポールは純粋な想像で創作した情事の一部始終を、現実の生活で起こった真実のなかに織りこんだ。たんに買い物に行っただけの話が、美しい女性との逢い引きになった。仕事旅行が乱交パーティーになり、午後、ひとりで自宅にいたことが、思いがけない出会いと誘惑の場面になった。

すべて作り話だ。

しかし、実際にあったことと混ぜ合わせてある。

同時に、ベスに対する気持ちとも混ぜ合わせてあった。ここ何年か、ポールのベスへの気持ちはどんどんとネガティブなものになっていた。ほかの女性への気持ちを創作して日記に書きこんだように、ベスへの気持ちを創作することもあった。ベスとの出会い、最初の頃のデート、結婚、おなじ屋根の下での生活など、日記にはさまざまな思い出がちりばめられている。そのすべてが皮肉や嫌悪に彩られているので、もし誰かが読んだらベスは最悪の人間だと思うだろう。

デスクに隠された日記には、ポールのもっとも下劣で最悪な部分がさらけだされている。屋根裏部屋にしまいこまれたドリアン・グレイの肖像画のようなもので、この邪悪な肖像画があるからこそ、本物が善人に見えるのだ。

ただしポールの場合、自分の邪悪な思考や、ベスへの不平や、ほかの女性に対する欲望を日記に記録するのは、現実生活において――意識は無理でも行動に関しては――模範的な夫になるためだった。

事実、ポールはベスを裏切ったことがない。一度、パーティーの席で酔っぱらい、友人の妻にキスしたことはある。しかし、たったそれだけだ。それ以外に、ベスに非難されるようなことはまったくしていないし、結婚後にほかの女性とベッドをともにしたことは一度もない。

ベスとのロマンスが薔薇色の輝きを失って灰色になり、ふたりの関係がゆっくりと悪化していっても、これまでずっと浮気をしないでこられたのは、すべて日記のおかげだった。ベスとの結婚生活においてロマンスがふたたび燃えあがってきたいま、当然のことながら、もうあの日記に用はなかった。ほんとうなら、いかなる使い道もないものとして、デスクの引き出しの奥で二十年かそこら忘れ去られていたにちがいない。

ところが、問題が起こった。

ベスがあれを読んだのだ。

なにが起こったのか、ポールにはわかった。

ベスはこれまで、ポールの仕事部屋になんの興味も持っていなかった。そもそもこの数年というもの、ポールに関することには、どんなことにもなんの興味も持っていなかった。しかし、ポールのなかでふたたび燃えあがったベスへの情熱が、それに見合う火花を生んだ。ベスのほうもふたたび覚醒し、もう一度ポールに対する関心を情熱的に取り戻した。ポールのすることすべて、触れるものすべて、彼に関するすべてに関心を持ちはじめたのだ。

そのときの様子が、ポールにははっきり見てとれた。あたかも、いま自分の目の前で起こっているかのように。

ベスがこの仕事部屋に入ってくる。コーヒーカップやビールグラスがこの部屋に五つも六つも山積みになっているせいで、キッチンで数が足らなくなってしまい、ときどきそれを回収しにくることはあるものの、それ以外、最近ここには近づいたことさえない。彼女は入ってくると、室内を見まわす。今回は興味を持ってすべてを観察する。なぜなら、ここにあるのはすべてポールのものだからだ。

デスクの椅子に腰を下ろす。

指先でタイプライターのキーにそっと触れる。

デスクの引き出しをあける。

詮索しようというのではない。夫の行動をこっそりのぞこうというのでもない。そういうことではないのが、ポールにははっきりわかっていた。ベスがここに入ってきたのは、ポールにもっと近づきたいという欲望からだ。もっともっと近づき、ポールが家にいないあいだも彼のオーラにつつまれていたかったのだ。すべてはごく自然な感情の流れにすぎない。

ベスはまんなかの引き出しをあけ、サイドの引き出しもすべてあけた。いちばん下の引き出しは最後にあけたのだろう。そして、そこに入っていた原稿箱に好奇心を刺激されたのだ。ベスはその箱を取りだし、ふたをあけ、最初の数ページに目を通し……

……やがて、本格的に読みはじめる。最初から最後まで——架空の情事のすべてを、彼女自身に関するほんのささいな言及のすべてを、淫らな誘惑のすべてを。

それが真実ではないと、どうしたら一瞬たりとて信じられただろう？

すべては作り話なのだと、どうしたら思いついただろう？

すっかりショックをうけた状態だというのに、巧みに織りあげられた真実と嘘を、どうして見分けられるはずがあるだろう？

それに、たとえ見分けられたとして、それでどうなる？ ポールはこれまで、真実を語るべきときに嘘をつき、嘘をつくべきときに真実を語ってきた。日記に書きこんだベスに関するあれこれを、書いたそのときには信じていた。真実だと思っていた。自分は結婚という罠にかけられたのであって、ほんとうは彼女のことなどどうも思っていないと考えていた。

いまポールは、恐怖のあまりデスクの前に茫然と立ちつくし、開いた原稿を見下ろしている。

日記は一枚一枚がバラバラの紙にタイプされ、目の前に広げられている。ベスがどこで読むのをやめたのかは、簡単に見てとることができた。ベビーシッターとのセックスを描写した箇所だ。

魅力的な十六歳の娘。地元に住んでいる娘で、子守り仕事が終わったあとは、夜遅くに車で家まで送っていくことがよくある。その娘が淫らな空想の対象にぴったりだと考えたのはほんとうだ。そして、彼女を誘惑する場面を日記に詳しく描写した。しかし、真実を語っていたわけではない。

あれはほんとにあったことじゃない！

ベビーシッターを誘惑したことなどないし、ベビーシッターにキスしたこともないし、ベビーシッターをきわどい言葉で口説いたこともない。ぜんぜん。まったく。一度たりとも。どんな形でも。そんなこと、するつもりさえなかった。

そのとき、日記の脇にあるものが目に入った。一枚の紙にインクでなにか走り書きされている。几帳面でかっちりしたベスの文字だ。ただし、いつもよりも文字が大きくて乱れがちだった。

その紙を手に取り、背筋が冷たくなるような短い文面を読んだ。

23

実家に帰ります。

なにもほしくありません。

あなたには二度と会いたくありません。

もし近づこうとしたら、兄たちがあなたを殺すでしょう。


宛名も署名もなかった。しかしもちろん、宛名も署名も必要ない。

震える手に紙を持ったまま、ポールはその場に立ちつくした。なにかしなければならない。彼を取り巻いていたすばらしい世界は廃墟と化した。新たに見つけた喜びは、地面に叩きつけられてこなごなに砕け散った。

ベスと話をしなければ。納得させなければ。真実を納得してもらう方法がきっとなにかあるはずだ。

日記に書かれた情事が作り話だと証明できれば、彼女への痛烈な罵詈雑言も本心ではないとわかってもらえるのではないか？　さも恥ずかしそうな顔をして、これはいま書いてる小説なんだとでもいえばいい。なんとかして言い逃れできるはずだ。重要なのは、ほかの女たちとの情事なんてなかったと証明することだ。さあ、証明しろ。チャンスはまだある。

それに、証明するのはたいしてむずかしくない。日記に出てくる浮気相手の誰かひとりに、ほんとなのかと質問させればいいだけだ。たとえば、あのベビーシッターでもいいし、日記で言及されているどの女性でもかまわない。ただ訊きさえすればいい……

訊く？　ベビーシッターでも、ほかの女でも、とにかく誰かのところへ行って、露骨な言葉とポルノじみた描写に満ちあふれたこの日記を見せる？　その女の名前がそのまま書かれているのに？　そりゃまずい。できっこない。彼らは警察を呼ぶだろう。たとえ呼ばないとしても、自分にはできない。恥辱的すぎる。そんなこと、とてもではないが実行に移せない。

ほかになにか方法があるはずだ。「ベス、考えてもみろ。ぼくにこんなことできるはずないじゃないか。こんなに情事を重ねて、全員とやりまくったっていうのか？　ヘラクレスじゃなきゃムリだって。わかるだろ？　肉体的に不可能だよ。きみはいつだってぼくのそばにいたはずだぞ。ぼくが何度も家を空けてるのに、きみがそれに気づかず、疑いもいだかず、なんにも感づかなかったなんて、ありえると思うかい？　考えてもみろ、作り話に決まってるじゃないか！」

でも、ベスが耳を貸すだろうか？　ポールは彼女に電話しようかと考えた。実家に帰ったとなれば、ニューヨーク州北郊に住んでいる両親の家以外にない。ポールは実際に回れ右をして電話のあるリビングルームに行きかけ、そいつはよくないと思いなおした。電話に出るのは両親だ。ベスは彼と話すことを拒否するだろう。

25

手紙を書くとか？

ベスは読まないだろう。

直接両親の家に行く？

ふたりの兄に殺されるだろう。あのふたりが妹の話を信じたとすればだが、もちろん信じるにちがいない。

ぼくはどうしたらいいんだ？　と彼は思った。

ぼくはどうしたらいい？

2

ポール・トレプレスは酔っ払い、怒り、セックスし、感傷的になってめそめそする。以上を五千語でまとめる。

きみが書いてくれ、ぼくには無理だ。ポールは家のなかをぶらつき、部屋のなかを眺め、自己憐憫にひたり、苛立ち、酒を飲みはじめる。それからニューヨークまで車を飛ばしてタイムズスクエアへ行き、黒人の娼婦を拾い、二十ドル払ってすごく不満足なファックをする。娼婦はポールを嘲笑うような表情をずっと浮かべつづけ、彼がそれに気づこうが気にしないうえに、ブラジャーをはずそうともしない。その後、われらが主人公は酔っぱらったまま車を運転してロングアイランドの自宅まで帰り、深い自己憐憫に浸って、泣いたまま眠ってしまう。

目を覚ますと、月曜日になっている。クソも同然のクズ小説を木曜日までに書かなければならない。

だけどぼくはついに第一章を書き終えたぞ。どんなもんだ。いまや手元に第一章がある。こいつをぼくから奪うことは誰にもできない。あと、土曜日に書いたゴミもあるけど、たぶんあれはなんの役にも立たないだろう。

ほかの原稿に関しては、金曜日にすべて焼き捨てた。いや、使えるかもしれないと判断した数ページ分はとってある。ドウェイン・トッピルとリズが出てくる章の冒頭部分とかだ。あれの一部はポールの回想場面に使った。

それにしても、ようやく一章仕上げることができたわけだ。これでまたポルノ小説創作セミナーをつづけることができる。指示棒《ポインター》を用意するまで待ってくれ。棒がないと大切なところをチョンチョン突けないからな。おっと、表現が下品だった。申し訳ない。

ああ、あったぞ。

さてと。きみたちも気づいているかもしれないが、二十五ページという分量制限がある場合、一章のあいだにとんでもなくたくさんのことが起こるわけじゃない。今回の場合なら、主人公が電車で家路につき、彼がやってもいないことが原因で妻が家を去ったことを知るだけだ。それと、主人公の回想部分にセックス場面。ぜんぶ合わせてもそれほど多くない。どうすればそれを二十五ページ分に引き伸ばせるか。

まあ、方法はいくつかある。そのうちのひとつは、おなじことを二回いうことだ。たとえば、いまぼくがやってるみたいに。ぼくがいまなにをやっているかといえば、おなじことを二度くりかえしているわけだ。これは回想場面があるくらいで物語の実質的な展開がほとんどないときにページを稼ぐ方法のひとつだ。

そして、もうひとつの方法がこれ。

一段落に一文だけ。

ワンフレーズで一段落。

ページがすぐに埋まる。

なにか美しいものでページを埋める。

ぼくはある男を知っている。

そいつはポルノ小説を書いている。

やつの書いてるポルノ小説は、つぎのようなセックス場面に満ちている。

「もっと深く！」と、彼女は叫んだ。

「もっと深く！」

「もっと深く！」

彼は突いた。

もう一度。

さらにもう一度。

こうしていけば、あっというまにページの最終行まで行ける。

ページは埋まる。努力は必要ない。

あと、段落の最後の文章が行のいちばん下あたりで終わってしまいそうなときは、単語をもういくつかつけ足すことで一行ふやす。つけ足すのはどんな単語であってもぜんぜんかまわない。

ほら、これで余分に一行稼げただろう?

こうしたテクニックはいまや企業秘密になっているから、しっかり頭に叩きこんでほしい。クソみたいな雑誌に載ってる「小説を書いて大儲けしよう」式の広告に応募するよりも、こっちのほうがずっといい。

「フェーマスじゃない作家スクール」とか銘打って、通信教育講座をはじめてもいいかもしれない。楽しさゼロ&低収入でソフトコア・ポルノをいかに書くか。

受講生が殺到してガッポリ稼げるかもしれない。ぼくの講座の卒業生は一年間に一万ドル稼ぎ、自分が幽霊《ゴースト》みたいな透明の存在になっていくような感覚を味わうことになる。

プロットがないに等しい状況で二十五ページ稼ぐもうひとつの方法に内的独白がある。いわゆる「なんだよこいつまたなんか考えてるよ方式」ってやつだ。ポルノ小説の登場人物は四六時中ひたすらものを考えている。ぼんやりと突っ立って鼻をいじりながら、何ページもずっと考えつづける。つぎになにをすべきか考えるときもあれば、自分がやってしまったことについて考えるときもあるし、誰か他人がやったことについて考えるときもあるし、なにを考えているのかはっきりとはよくわからないときもある。

　金曜日に目を覚ましたとき、ベッツィーとエルフリーダはいなくなっていた。ぼくには他人の考えていることなんかわからない。現実の生活ではそういうもんだろ？　ぼくは通勤電車に乗ってどこかから帰ってきたわけじゃない。ピートとぼくは感謝祭の日――先週の木曜日――にすっかり飲んだくれ、ディナーのあとで完全に泥酔してしまった。ベッツィーは理解を示してくれたけど、アンはムッとしていた。どうやらぼくに失望したらしい。彼女もわかってくれると思ってたんだけどだめだった。でも、ベッツィーはわかってくれた。根をつめて仕事をしてたから、とアンにいってるのが聞こえた。ちょっと休みが必要なの。息抜きがね。たぶんピートもそうなのよ。アンは同意しなかったが、ピートもぼくも意にも介さなかった。

　ピートとアンが――アンの運転で――帰ったときには、真夜中をとっくにすぎていた。ぼくはベッツィーに運ばれてベッドに押しこまれたらしいが、ぼんやりとしか覚えていない。喧嘩が終わって仲直りをしてからというもの、ベッツィーはずっと機嫌がよく、キスをしたりオスカーをもてあそんだりしてぼくをその気にさせようとした。だけどこっちは完全に酔っぱらってたもんだから、半分しか勃起しなくて、明かりがついたままの部屋でだんだんと眠りに引きこまれていった。

オスカーっていうのはぼくとベッツィーだけのジョークなんだけど、もうなにも包み隠さずにすべてぶちまけてるわけだから、隠す必要もないだろう。オスカーがふたりだけのジョークになったのは、深い仲になってすぐの頃だった。あるときぼくが、北アメリカ大陸で最高のセックス相手であることを表彰してきみに賞をあげるよ、といったのだ。そのときはほんとに最高だと思ってたんだよ。で、賞となればもちろんオスカーだ。そこで、そのとき以来、ふたりともぼくのあれをオスカーって呼ぶようになった。バカらしいのは認めよう。でも、人生を生きるに値するものにしているのは、そういうバカげた喜びなんじゃないか？　深刻なクソなんてもんはどれもこれも、人生から生きる価値を奪うだけだ。

ああ、そうとも、ぼくらはベッツィーのちっちゃなあそこにも名前をつけた。でも、それをここで明かすわけにはいかない。っていうのも、それが実在の映画女優の名前だからだ。アイディアはわかるだろ？　さて、オスカーを手にするのは……

ま、こんなとこにしておこう。

木曜日の夜、ぼくはベッツィーにオスカーをやさしく握られたまま眠りに落ちた。金曜日の朝に目を覚ますと、彼女の姿はなかった。金曜の正午。やはり彼女の姿はなかった。

ぼくは家のなかを延々と歩きまわり、ようやくのことで、なにかがおかしいと気がついた。

まず、二日酔いだった。とんでもなく美しい二日酔いだった。冷たい石を連想するような頭痛だった。知ってのとおり、この世にはべつの種類の頭痛もある。

茶色い蠟の頭痛は、たいていの場合、鼻腔が炎症を起こしたりつまったりといった症状を併発する。細いワイヤーみたいな頭痛もあって、これは眼精疲労が原因だ。便秘のときには緑のコットンの頭痛。冷たい石の頭痛っていうのは、頭蓋骨のなかで脳みそがガタガタ揺れ、骨とこすれて軋る状態を指す。これは最悪の頭痛で、金曜日の朝にぼくを襲ったのがまさにこれだった。ベッツィーがいない理由をあまり深く考えなかったのは、それも理由のひとつだった。自分でインスタントコーヒーをいれてオレンジジュースを注がなきゃならないことに――ぼくに考えつく朝食はそれが限度だった――すっかりうんざりしていたという理由をのぞけば。

もうひとつの理由は、ベッツィーとぼくがそれぞれ違うタイムスケジュールに沿って生活していたことだ。ベッツィーはフレッドの寝起きに合わせて生活しているが、ぼくはいちばん仕事がはかどるのが夜中なので、それに合わせて生活している。いまの起床時間は午後の早い時刻、一時頃だ。ただし、今月は締め切りの件で焦ってるから事情がちょっと違う。ぼくがいま話してるのはたいていの場合のことだ。たいていの場合、ベッツィーは十二時か一時にベッドに入り、ぼくは三時か四時に入る。起きるのはベッツィーが八時か九時、ぼくが十一時か十二時。だから、ぼくが目を覚ます頃には、ベッツィーは買い物に行ってしまっていることが多い。

ぼくは自分でコーヒーをいれ、彼女が帰ってきて朝食をつくってくれるのを待つ。

金曜日もそうだった。ただし、朝食を待っていたわけじゃない。鼻の頭から頭頂部にかけて頭蓋骨がパカッと割れ、首の後ろまで裂けるかどうか待っていたのだ。ぼくは三対二で裂けるほうに賭けていた。そのせいで、引き出しが半分あいていたり、あちこちのものがなくなっていたりといった異変に気づくまでに、一時間かそこらかかってしまった。

意味がわからなかった。ポールとおなじくらい困惑していた。なにか悪いことが起こったことを把握できずにいた。ベッツィーはもうずいぶんまえからぼくの小説を読まなくなっていたから、彼女が仕事部屋に入ってきて書きかけの原稿を読むなんてことは、思いつくどころか、頭をかすめさえしなかった。

しかし、それが読んだのだ。木曜の夜にぼくが寝てから読んだのか、金曜の朝に起きてから読んだのか、それはわからない。どちらにしろ、なぜ読んだかはわかっている。状況は考えていた以上に悪い。

第一章のなかで――っていうのは、最後まできちんと書き終えた本物の第一章ってことだけど――ぼくはポールの妻への気持ちが新たに生まれ変わった大いなる瞬間を描いた。これは現実の人生で起こったこととそっくりおなじだったわけじゃない。ぼくにとってはいまが――ベッツィーが出ていってからが――その再生の瞬間だ。それ以前のぼくの気持ちに、とりたてて特別なところはなかった。喧嘩が終わって嬉しかったけれど、ただそれだけの話だった。

先に再生したのはベッツィーのほうだった。いまになってみるとそれがわかる。だからこそ木曜の夜には積極的になり、ぼくの原稿をまた読むことにしたのだ。執筆がうまくいっていないことをぼくがそれとなく話してたうえに、ここ五回ほど締め切りに遅れたことも教えてあったので、ちょっと読んで好意的な感想を伝え、励まそうというつもりだったんだろう。

そこでベッツィーは読んでみた。

彼女が残したメモの内容は、まえの章に引用したとおりだ。

かくして金曜日は最悪の日となった。ベッツィーの両親の家に電話を入れてみたが、彼女はまだ着いておらず、両親は彼女がくるのかこないのかも知らず、いったいなんの話なのかもわかっていなかった。ベッツィーは車を残していった。駅まではたぶんタクシーで行ったのだろう。車に飛び乗って追いかけようかとも思ったけれど、単純にそれは無理だった。バージとジョニーが怖かったこともあるが、同時に自分自身が怖かった。車に乗るのが怖かった。五十マイルも行かないうちに事故死しているにちがいないと思ったのだ。ぼくの神経はボロボロで、注意力もボロボロで、やる気もボロボロで、とにかくなにもかもがボロボロだった。

だから、ただ部屋を歩きまわることしかできず、ときどき誰かに電話をかけては、ベッツィーが出ていったことを話した。ただし理由は話さなかった。どうしたんだとみんな質問してきたけれど、そのたびにわからないと答えた。ぼくはロッドに電話をかけ、ピートにかけ、ディックにかけた。ディックは不在で、電話口にはケイが出た。ぼくが事情を話すと、ケイはわたしたちにできることはあるかと訊いた。ぼくはノーと答えた。町まで出てきてわたしたちといっしょにいたいかとも訊かれた。ぼくはノーと答えた。わたしが出ていってしばらく話を聞いてあげましょうかとも訊かれた。要するに、もっと詳しく話を聞きだしたいのだ。誰かが悲劇に見舞われるとチキンスープをつくって持っていく女性がいるけど、あれみたいなものだ。ぼくはノーと答えた。ノーと答えた理由はふたつある。ひとつは、ケイにいてほしくなかったからだ。ケイ自身も、ケイが暗示するものも、ケイみたいに感情的に複雑な人間も、ケイに似ている女性も、とにかくベッツィー以外の人間には誰にもいてほしくなかった。第二に、ケイを拒否するという聖人的行為を実践すれば、ベッツィーを取り戻せるかもしれない、というバカげた思いもあった。

　ほかの人たちにも電話をした。オールバニーの母さんにかけると、ハンナが出たので事情を話した。ハンナはすごく同情的に接してくれたが、声の冷たさは隠しようがなかった。ハンナの同情は、たいして気にかけていない末期患者に対する冷たい看護婦の同情に近いものがあった。母さんはいるか訊いてみたものの、リマージズ・レストランに働きにいっていた。仕事中の母さんに電話したいならレストランの番号を教えるけどといわれたが、ぼくはノーと答えた。

今回の件はたしかに大惨事だ。でも、緊急事態というわけじゃない。母さんと話をするのはたこんどでもいい。ぼくはハンナに、最近ヘスターから連絡はあったか訊いてみた。ヘスターは引っ越して、いまはサンフランシスコのどこかに住んでいるということだった。ハンナは住所を教えてくれた。ぼくは「ブレンチ様方」と聞いて、これはすごく重要なことだぞと思ったが、なぜそう思ったかは自分でもわからなかった。

しばらくしてから、ヘスターの電話番号を調べようと、サンフランシスコの電話案内に電話してみた。しかしその住所には、ヘスター・ハーシュでもブレンチという名前でも登録はなかった。そもそも、ヘスターは電話を引こうなんて思いつきもしなかったのかもしれない。放浪度の高いやつなのだ。テントでも手に入れようものなら、あいつにとってはもうそれだけで画期的な大事件だろう。

金曜の夜、ぼくは最後にもう一度だけモネコイのベッツィーに電話した。出たのはバージだった。ベッツィーはすでに家に着き、家族に事情を話したらしかった。というのも、ぼくが名乗ってベッツィーと話したいというと、バージがいったからだ。「なんでここへきて、直接話をしないんだ?」バージにあんな声で誘われて応じるのは、自殺衝動に駆られたマゾヒストくらいのものだろう。ぼくはいった。「ベッツィーはそんなこと望んでないはずですよ。神に誓ってね」バージはいった。「こっちへきて説明しろ、エド」ぼくはいった。「もうぼくのことがわかってもいい頃でしょう？　あの原稿に書いてあることは、なにひとつ真実じゃない」こっちにこいとバージがくりかえすので、ぼくはさらに説明をしたが、彼はしつこく誘ってくる。しばらくしてぼくは、バージがこっちの話をまったく聞いていないことに気づいた。ただぼくにしゃべらせているだけで、話が途切れるたびに、こっちへきて顔を合わせて話をしようと誘ってくる。こっちがほかのことをいっても、レンガの壁に当たったテニスボールみたいに言葉がただ跳ね返ってくるだけだ。やがてまた、こっちにこいとくりかえす。最後にぼくは電話を切った。

金曜日の夜、ぼくは酒を飲みはじめた。それと並行して、これまでに自分が書いたもの——今回の問題の元凶である使えない章の数々——を、すべてやぶって投げ捨てた。そのあとで、やぶった紙の山をひっかきまわして使えそうな断片をいくつか探しだし、それをデスクの上によけてから、残りの紙クズをゴミ箱に投げ入れ、さらにしばらく飲みつづけた。

夜中の一時頃、ビュイックを運転してニューヨーク市内へ行き、西四十七番街の六丁目と七丁目のあいだに車を駐め、歩いて娼婦を探しまわった。アメリカン・ホテル前の通りの向かいでひとり見つけた。やせっぽちの黒豹で、でっかい風船みたいな形の髪を頭のてっぺんにのせていた。髪はヘアスプレーをガンガンにかけて固めてあった。彼女の目には、世間の人間全般とぼくに対するあからさまな軽蔑の表情がありありと浮かんでいたので、ぼくはその場で引き返し、サーガスの自宅に帰ってオーブンに頭を突っこみそうになった。ただし、うちのオーブンは電気式だ。それに、ぼくは彼女の目に浮かんだ意見に同感だった。

　ほんとはまだかなり若いんだろうが、タフな娼婦ならではの、若いくせに老けた顔をしていた。すごくソフトで誘惑的な声はラジオの天気予報番組の若い女性アナウンサーを思わせ、顔には秘密めかしたかすかな笑みをずっと浮かべていた。その笑みがぼくとはまったく無関係であることに気づいたのは、しばらくしてからだった。それはたんに、彼女が身にまとっている表情にすぎなかった。いや、いいまちがいじゃない。セーターや帽子みたいに、身にまとってるんだ。彼女はその笑みを身にまとっていた。それは彼女のほんとうの顔とも、ほんとうの感情とも、ほかのどんなものともまったく無関係だった。外に出かけるときに身につけるだけのもの。使わないときは冷蔵庫に入れて保存してあるんだろう。

　ぼくらはいくらか訊き、娼婦は二十と答えた。ここは交渉が必要な場面だと判断したぼくは、速攻で一発やるだけにしちゃ高いなといった。すると彼女は、目と唇を閉じてチュッとキスする仕草をし、「バイバイ」といった。

　ぼくは「ちょっと待ってくれ」といった。というのも、娼婦はもうぼくに目の焦点を合わせていなかったからだ。まるで目の前には誰も立ってないみたいに、通りのずっと先を見ていた。

「ちょっと待てって」とぼくはいった。「まだ断わったわけじゃない」

目の焦点がふたたびぼくに合わされた。顔に浮かんだ笑みはまったく変わっていなかった。娼婦が着ているのは痩せた――じゃなくて細い――黒いコートで、灰色のファーのカラーがついていた。黒いスラックス、ストレッチパンツ、いちばん上にストラップがついたシルバーのハイヒール。ストレッチパンツの下には黒いストッキングをはいていた。ストッキングベルトで留めるタイプじゃなく、ウエストまであるパンティストッキングで、くるぶしの部分だけがほんのちょっと見えている。それと、爪をすごく長くしてシルバーのマニキュアを塗っていた。たぶんつけ爪だったんだと思う。まつげが本物じゃなかったことはたしかだ。

娼婦ってやつは、ぬいぐるみの人形みたいに、だらしがなくてみすぼらしい服を着てるものと相場が決まっている。でもこの女はライフルみたいに細くて硬く、自制心があった。ただしそれは男のシンボルだ。そうだろ？　ぼくの頭にどんどん浮かんでくるイメージはすべてネコ科のものだった――猫、豹、チータ。「子猫《プッシー》に嚙みつかれた」というありふれたジョーク。いちばんぴったりなのは黒豹だとぼくは思う。まずはもちろん色だ。それに、豹はほかのネコ科の動物よりもよりほっそりしていて、本質的なもの以外はそぎ落とされている。それに、豹はどんなときもほとんど音をたてない。優雅にひっそりと動く。しかも危険だ。表情はシニカル。たとえば、トラとはちがう。トラはいつもシラミに苛立っているように見えるし、自分がトラであることにどことなく驚いているように見える。豹は苛立っているが、〝どことなく〟という曖昧さはいっさいないし、どんなことにも驚くことがない。
いまのニューヨークでは娼婦《ホア》って言葉はあまり使われず、売春婦《フッカー》って言葉に取って代わられてるけど、ぼくにはその理由がわかる気がする。ウェストサイドの四十番街あたりを行ったりきたりしてる黒人の機械人間たちは、娼婦と呼ぶには冷たすぎるし、危険すぎるし、いい身体をしすぎてる。あいつらは売春婦《フッカー》だ。鉤爪《フック》で客を引っかけ、ぐっとねじる。客が売春婦に鉤爪を刺すんじゃない。売春婦たちのほうが刺すのだ。背中の上のほうの、肩甲骨のあいだを。鉤爪はズブズブと深く刺さっていき、首を通って頭蓋骨まで達する。彼女たちは鉤爪の刺さった客を、軽蔑のクロゼットのなかの釘に吊るす。フェルトで内張りをしたこの特製の箱のなかで、客は灰色の精液をすこしだけほとばしらせる。客はズボンのジッパーを上げて家に帰る。しかし同時に、まだクロゼットのなかで鉤爪からぶら下がっている。両腕をだらんと垂らし、両脚をすこしだけ曲げ、がっくりとうなだれ、サーカスの道化師の顔を突きだしている。真っ白に塗られた顔、頬には大きな赤い丸、でっかい笑みを浮かべた赤い口は、本物の唇が逆向きのカーブを描いていることを隠しきれていない。

　値段交渉はしないということで話が決まると、彼女はぼくを八丁目へ連れていった。ホテルと自称している薄汚い共同住宅についたところで、部屋代の七ドル五十セントを払わされた。七ドル五十セント。二十ドルに加えて、さらに七ドル五十セントだ。売春婦はすでに鉤爪を深く食いこませていた。ぼくは自分が罠にかけられたのがわかっていたが、二十ドルだけじゃないのかと文句をいったりはしなかった。支払いをすませ、彼女のあとについて緑の壁の階段をのぼっていき、三階の部屋に行った。彼女はすでに鍵を持っていた。部屋代はぼくが払ったのに、彼女はそもそも鍵を持っている。受付の男がぼくに鍵を渡すという見せかけの演技さえしない。ぼくは三十七・五パーセントの税を払っただけ、それだけだ。

部屋の天井からは二十五ワットの裸電球がぶらさがっていた。いや、もしかしたら十五ワットだったかもしれない。どっちにしろ、ひどく薄暗い電球だった。部屋には細長いドレッサーが置かれていて、天板に敷かれた小さなマットの上には、ヘアピンの入ったプラスティックのトレイやなんかが載っていた。床には粗末なラグ、窓はひとつでブラインドが閉まっている。片隅にはシンク。その下には白いエナメルの洗面器――縁が欠けているといっておいたほうがいいだろうか？――があった。とっくの昔に塗装が剝げてしまったキッチン・チェアは、背もたれの横木が一本しか残っておらず、まんなかに一本線が走っている額縁のように見えた。

ベッドもあった。ダブルのハリウッドベッドだ。すっかり色のあせたピンクの薄い毛布がかかっていて、裾がすべてしっかりたくしこまれている。さらに、黄色っぽい枕カバーに入った枕がふたつ。

ぼくがその場に突っ立っていると、娼婦が背後でドアを閉め、ボルト式のロックをかけた。

新聞で読んだ道化師のことが頭をよぎった。自分が買った娼婦が部屋に引き入れた男に殴り殺された例の道化師だ。売春婦。ぼくはここで殴り殺されるんだろうか？　実際にはベビーシッターとセックスなんかしておらず、すべてただの作り話なのに、なんだってぼくは罪悪感を覚えたりしてるんだ？　なぜ罰されたいなんて感じる？　ベッツィーに対する自分の気持ちを正直に話したから？　こういう気持ちをいだいたから？　それとも実際にはなにかほかのことが原因で、このみじめな茶番やベッツィーの件は、たんにその一部にすぎないのか？

売春婦はぼくのベルトを指さし、「さあ、さっさとズボンを下ろして」といった。さっきとおなじソフトで誘惑的な声、おなじ笑み、軽蔑のこもったおなじ目。両目は黒っぽい色つきガラスの破片を思わせた。ぼくが子供だった頃の大理石のように、黒と茶色と琥珀色のトラ縞が入っている。

ぼくは靴を脱ぎ、ズボンを脱ぎ、シャツを脱ぎ、パンツを脱いだ。そのあいだに娼婦はシンクに行き、洗面器にぬるま湯を張ると、石鹼と洗面用タオルを入れた。タオルはライトブルーだった。こっちがTシャツにソックスという格好で突っ立っていると、彼女が近づいてきて、洗面器の縁をぼくの両腿に押し当ててペニスを洗いはじめた。ぼくは不快になった。そのときからぼくは彼女を憎みはじめた。いっしょにベッドに入るまえにこっちの人格を否定し、ぼくの自暴自棄な欲望を、不衛生なスラムでのたんなる除菌作業に変えてしまったからだ。しかもこのとき、それまでぐったりしていたペニスが、彼女の手につつまれ、温かい湯をかけられ、ブルーのタオルでやさしくこすられて、勃起しはじめたのだ。ぼくはそれも気にくわなかった。自分のペニスが憎かった。脳みそをふたつ持った太古の恐竜にでもなった気がした。ただしぼくの場合、脳のひとつは頭にあり、もうひとつは亀頭についている。そして、ここぞという重大な決断——人生を変えたり、人生をめちゃくちゃにしたり、人生を複雑にこみいらせたりする決断——は、すべて下の脳が判断を下している。

ぼくのペニスを洗っているとき、娼婦はまだ服を着たままだった。彼女はコートを脱ぎ、ドアのフックにかけた(椅子にはすでにぼくの服が広げてかけてあった)。コートの下には鮮やかなピンクのセーターを着ていた。すごくけばだった生地で、前にジッパーがついている。乳房はすごく貧弱で、硬くとがっていた。ぎゅっと握りしめた固い拳みたいに邪険に見えたが、どういうわけかぼくはその乳房がほしくてたまらなくなった。実際にこの目で見て、触れて、くすんだ色の乾いた乳首を噛んでみたかった。そう考えたとたん、ビンビンに勃起して気持ちがはやった。

「きみもだ」ぼくはぼそぼそとした声でいい、手振りで漠然と服を指し示した。

「ええ、もちろん」娼婦は笑みを浮かべたまま、まつげごしにぼくを見上げた。それからこちらに背を向けてシンクに石鹸水を捨て、洗面器と石鹸とタオルを片づけ、手をすすぎ、乾かし、セーターのジッパーをおろした。

娼婦はぼくを見もせずに服を脱いだ。急ぎもしなければ、ぐずぐずもしない。まるで、部屋にいるのは自分だけで、これからシャワーを浴びるために――さもなければベッドに入るために――服を脱いでいるみたいだった。セーターの下には黄色いブラジャーをしていた。セーターをたたんでドレッサーの上におくと、靴を慎重に片方ずつ脱ぎ、ドレッサーの下に揃えてしまった。つぎに黒いストレッチパンツを脱ぐ。黒いパンティーストッキングから白いパンティーがのぞいていた。ストレッチパンツをたたんでドレッサーの上におき、パンティーとパンティーストッキングをいっしょに脱いだ。そしてブラジャーだけをつけたままそこに立ち、パンティーストッキングの脚の部分をまっすぐに伸ばし、ストレッチパンツの上にパンティーをおき、パンティーストッキングをドレッサーの前に垂らした。だらんと垂れたパンティーストッキングは、道化師の下半身がドレッサーにすわってこちらを見張っているように見えた。

娼婦の身体は見るからに固そうだった。ぼくが最初に目を向けたのは尻だった。まるくてすべすべしているが、同時にフットボール選手の肩くらい固そうだった。まんなかに深い割れ目があるせいで、歯を食いしばった顔のように見える。でも、いくら歯を食いしばっても、筋肉はピクとも震えない。

脚は優美だが、ちょっと細すぎで、足首に向かってさらに細くなっていく。マラソン選手の脚のように余分な肉がついておらず、優美で、機能的だ。腹はたんに平らなだけではない。すこしへこんでいる。その両側は骨が盛りあがっていて、月面クレーターを囲む山脈のように、脚のてっぺん近くまでにつづいている。

陰毛は濃く、黒く、もつれていた。驚いたのは、ストレッチパンツをたたむときに彼女が両腕を上げたときだった。腋毛を剃っていたのだ。最近では〝腋の下〟ではなく〝脇〟という言葉を使う人が多い。たぶん、腋の下だと汚い印象があるんだろう。でも、腋の下を見てみれば、実際に汚いもんだってことがわかる。人間の身体には、どんなに手入れをしても――例外なしに――見た目がよくならない場所がひとつだけある。それが腋の下だ。見ればわかるが、あれはまさに〝腋の下〟であって、誰がなんと呼ぼうと関係がない。で、彼女は腋毛を剃っていた。顧客にいい印象を残したいとかいうんじゃなく、セルフイメージに関係しているんだろう。彼女は客のことなど気にかけちゃいない。客なんてものは、ただたんに彼女のために存在しているにすぎない。

ここでもぼくは、ほとんど存在していなかった。なかば透明の存在。もしかしたら完全に透明なのかもしれなかった。いわば、重要性のかけらさえない存在だ。

重要性がないっていうのは、この世で最悪のことだ。

娼婦は意味のない笑みをこちらに投げながら、脱いだ服をたたみ終え、ぼくの手をとってべッドへと導いた。ぼくは彼女のブラジャーに向かってあごをしゃくった。

「それはどうするんだい？」

「どうでもいいでしょ」彼女はベッドに片膝をついて体重をかけ、身体を乗りだしてベッドの上で前かがみになった。ぼくはそのままの姿勢でファックしたかったが、恥ずかしくていいだせなかった。

それに、彼女はまだブラジャーをつけていたんで、ぼくはそっちの話を優先し、「見たいんだけど」といって、自分も笑みを浮かべてみた。

「ただのおっぱいじゃない」

そういえば、ひとつ説明し忘れていたことがある。部屋に入ってすぐに、娼婦は手を差しだして金を要求した。ぼくは十ドル札を二枚渡した。彼女はそれをドレッサーのいちばん上の引き出しにしまった。そのあとのことは、ここに書いたとおりだ。

ぼくはなぜそのことだけ説明しなかったのか？

それはともかく、彼女は「ただのおっぱいじゃない」というと、こっちにきてわたしに乗ってというように手招きした。

ぼくはそれに従った。彼女は両脚でぼくをはさんだ。右手で黄色いブラジャーの生地をまさぐりながら、ぼくはいった。

「なめたいんだ」

「それはダメ」と、彼女はいった。顔に浮かんだ笑みもソフトな声も、それまでとまったく変わらなかった。しかしその目は、押し問答はしたくないと告げていた。

目だけではなく、手もだ。彼女は自分の両脚のあいだに手を伸ばし、その上にぶらさがっていたぼくのペニスをつかむと、驚くほど力をこめてぐっと引っぱった。痛かったが、変な意味で気持ちよく、ぼくは心の底からびっくりした。

「さあ、これをぐっと突っこんで」

そこでぼくは突っこんだ。彼女のマンコはベッツィーのマンコとはぜんぜんちがっていた。これにも驚いた。ベッツィーのマンコは柔らかくて温かくて湿っている。しかし、売春婦のマンコは内壁がボツボツしていた。硬くて小さな突起でぎっしり覆われているかのようなのだ。これがペニスをマジで刺激した。オスカーがこれまでに経験したなかでもっとも甘美な感覚だった。

ステキすぎた。娼婦は秒給五ドルで金を稼ぐつもりらしかった。そこでぼくは、数回突いたあとで唇を噛み、動きをとめた。根元まですっぽりと挿入したままで。

ぼくは娼婦の上に突っ伏し、彼女の頭の横に顔を埋め、目をぎゅっとつぶった。ぼくが動きをとめると、彼女はいった。

「どうしたの？」

ぼくらがとっている姿勢のせいで、その声は背後から響いてきたかのように聞こえた。自分の下に彼女の身体があるのに、声は背後から聞こえてくるのは、なんだか妙な感じだった。

ぼくは肘をついて上半身を起こすと、笑みを浮かべて彼女を見下ろし、共感と人間的なふれあいと思いやりと理解をすこしでも感じようとした。

「そんなにすぐにイキたくないんだ」と、ぼくはいった。唇のいま嚙んだところが痛かった。

「あなたがここにいるのは、愉しむためでしょ」

彼女は目を閉じ、歯を食いしばり、ものすごく集中した表情を浮かべた。今回ばかりは笑みを消し、下半身のありったけの筋肉を、速く、激しく、複雑に動かしはじめた。ぼくの豆鉄砲はすぐに発射した。ぼくはうめき声を上げ、「クソッ！」と毒づくと、全体重をかけて彼女の上にのしかかった。

なんとなく、彼女が百まで数えてから「もう起きて」と声をかける気がした。そこで、彼女が八十五まで数えたあたりで起きあがった。彼女はまたぼくのペニスを洗い、自分も洗面器の上にしゃがんであそこを洗った。なんだかアフリカの村の雑種犬みたいだな、とぼくは思った。膨らんだヘアスタイルも哀れでアホくさい。ぼくはまんまと恥をかかされたのだ。もしかすると、そもそも自分が出かけてきたのはそれが目的だったのではないか？　そう考えると、ものすごく怖くなった。

そのうえ、すっかり酔いが冷めていた。

かくして、ぼくのはじめての不貞行為は終わりを告げた。聞いてるかい、ベッツィー？　神にかけて誓うが、ぼくがきみを裏切ったのは今回がはじめてだ。ほかの浮気は、ぼくの想像世界の薄いマットレスの上に存在してるだけだ。もしかしたら、オスカーの想像のなかかもしれないけど。

ぼくは殴り殺されることなく部屋を出て、車を運転して家に帰った。股間がかゆくてしかたなかったけれど、理由はわからない。酒をしこたま飲んで寝た。こうして金曜日は終わった。

土曜日は頭がぼんやりしていた。だいぶ遅くなってから起きだしてブラブラ歩きまわり、ベッツィーに手紙を書こうとしたけれど、ほんとは書きたくなかったんで、結局、ケイとキスしたことやディックの文学理論や感謝祭の件なんかに関する章を書き、なにが起こったかは――ほんとうはなにがあったかは――いっさい書かなかった。なぜなのかは自分でもよくわからない。土曜日はショックと現実との狭間の日だったんだと思う。たとえていうなら、台風の目のようなものだ。あのときのぼくは自分に自信があったらしい。ガッツがあって、きびきびとしていて、浅瀬でも安全に船の舵を取ることができた。というか、そんなふうに思えた。そんなはずがないことは自分でもわかってたはずだが、とにかくそう思えたのだ。

これでまた二十五ページ分書いたことになる。もちろん、またもや使いものにならない二十五ページだ。

いや、それは違うな。完全に使いものにならないわけじゃない。今夜、ぼくはほんとの第二章を書く。その本物の第二章で、ポール・トレプレスは酔っ払い、怒り、セックスし、感傷的になってめそめそする。セックス場面には、いま書いたこの章の描写がたくさん使えるはずだ。主人公の人称は一人称から三人称に変え、ハードコアすぎる部分や〝マンコ〟とかいった単語を削除すればいい。

ポールは娼婦をイカせるだろう。

2

ポールはかなり酔っぱらっていたが、泥酔はしていなかった。自分が酔っぱらっていると認識できるくらいにはしらふだった。だからこそ死なずにすんだのだ。ポールは酔っぱらっていただけではなく、車を運転してもいたので、運転するには酔っぱらいすぎていると認識できるくらいしらふでなかったら、たぶん事故を起こしていたにちがいない。

実際には、無事ニューヨークに着いた。ミッドタウン・トンネルから格子状の通りを抜けて街を横切り、西四十七番街に車を駐めた。車を降りてドアをロックし、娼婦を探しに出かけた。

すでに真夜中をとうに過ぎており、ベスが消えたと知ったときの最初のショックはおさまっていた。最初は半狂乱になって、なんとか連絡をとろうとしたが、すべては無駄なあがきだった（ニューヨーク北郊にあるベスの実家に電話をかけてみたものの、彼女はまだ着いていなかったし、いまから実家に帰るという連絡さえ入れていなかった）。ポールは神経が麻痺するくらい酒を飲み、自分は怒っているのだと考えることに決めた。

だってそうだろう？　人はプライバシーを尊重されてしかるべきだ。ちがうか？　偽りの情事や偽りの誘惑に満ちた偽りの日記をつけていたからといって、なんの問題がある？　ある意味、あれがすべて作り話であることにベスは感謝すべきなのだ。一夫多妻的衝動へのはけ口として何年も書いてきたあの日記は、結婚生活に役立っていたとさえいえる。実際、あの日記のおかげでふたりの結婚生活は助けられてきたといっていい。浮気したいという衝動をすべて日記に注ぎこむことで、世の既婚男性ならときとして誰でも持つはずのこうした自然な感情に、安全で罪のないはけ口をあたえたのだから。

なのにベスは、日記の内容をすぐさま信じこんだ。〝疑わしき点は被告に有利に解釈する〟という法の精神を無視し、説明をもとめることさえしなかった。いっさいなにもしないまま、夜中に家を出ていき、面目を失って立ちつくすポールを置き去りにした。

どうしたらあんなものを信じられるんだ？　ポールという人間を知らないのか？　結婚して六年にもなるのだから、あの日記の中身が真実ではないことなど、考えるまでもなくわかったはずでは？

そこでポールは——酒をしこたま飲んでから——腹を立てることに決めた。ポールにとって最悪のことをなんの疑問もなく信じ、実際には結婚生活の役に立っていた日記を理由に彼を罰したベスに腹を立てた。このふたつの非難が正当かどうかは問題ではない。ポールにはそのふたつのことしか考えられなかった。酒にまみれ、義憤に駆られ、不義を働いてやると神に誓っていた。どうせ悪い評判を立てられるのなら、実際に背徳的な行為に走ってやるつもりだった。そしていま、ポールはここニューヨークにいて、タイムズスクエアの近くを歩きまわっている。酔っぱらっている気配はほとんど見せずに。七丁目を北に向かうと、そこに女たちがいた。

七丁目のこのあたりは、明るくもなければ暗くもない。明かりは通りを照らしつつ、歩道をなかば影に沈ませている。店の入り口や劇場の暗いマーキーの下に娼婦たちが立っていた。通りと並行にゆっくり歩いている者もいるが、ほかの者たちはただその場に立っている。背後のビルにほとんど溶けこむように。暗い色の服を着て、目には冷たい光が宿っている。

ポールは娼婦たちのあいだをすり抜けるように三ブロック歩いた。そこここで男たちが娼婦に話しかけている。しかし、勇気をふりしぼるのにしばらくかかった。意味ありげな視線を投げてくる娼婦たちを何人か通りすぎてから、ポールはペンキの缶と刷毛をとりだし、自分の尻に大きな丸い標的を描いた。おかしな赤い鼻、やたらと大きな黄色いボウタイ、バタバタと音をたてる巨大な靴、床屋のストライプが入ったトップハットのてっぺんから噴きだす煙。ポールは中央のリングにいるいちばんキュートな道化師だった。

いや、こんな展開はだめだ。この段落は最初から書き直すしかない。いますぐもう一度とりかかることにして、このページはまた調子が戻ったときにタイプしなおそう。ってことで――

ポールは娼婦たちのあいだをすり抜けるように三ブロック歩いた。そこここに透明なビニールのボールを持った男たちがいた。ボールのなかには青や赤のギアが組みこまれているが、歯が嚙み合っていない。

ポールは娼婦たちのあいだをすり抜けるように三ブロック歩いた。そこここで男たちが娼婦に話しかけている。男たちはシャツを開き、皮膚を開き、ひきずりだした臓器を切り刻み、手に持って差しだす。臓器からは血がしたたり、湯気があがり、栗色の粘液がにじみだしてくる。うけとった売春婦たちはそれを黒いショッピングバッグにドサッと投げこむ。あすの朝早く、美容院に配達するのだ。

だめだ。だめだめだめ。ポールは三ブロック歩き、家に帰って裏庭でマスをかいたほうがいい。さもなければ、誰か他人の家の裏庭でもいい。さあ、ポールちゃん、ここでこの本をオカズにマスをかくんだ。著者はダーク・スマッフ。最高のポルノ作家ってわけじゃないが、最低でもない。無限につづくグレーゾーンのどこかにいる冴えないやつのひとりだ。スマッフに著者名を伏せてポルノ小説を一冊読ませろ。やつはその本が自分の書いた作品かどうか絶対にわからないだろう。「もしかしたら初期の作品かもしれない」といい、じっくり考え、何度も考え、思い出そうとするだろう。自分はこの文章を書いただろうか？

ポールポールポールポールはクソったれな三ブロックを歩いた。

またあのときのことを思い返すのはいやだ。また描写なんかしたくない。たとえ三人称だろうと、視点人物がポールだろうと。

それに、もしポールを勝たせたらもっとひどいことになる。そんなふうに話を変えたら、もう二度と自分を尊敬できなくなるだろう。売春婦を本人とは違うタイプに変えるって手もあるが、それだとうまくいかない。彼女は仮面を剝ぎとり、自分は黒檀の短剣なんだと正体を明かそうとするはずだ。

ベッツィーが恋しい。ああ、ベッツィーが恋しくてたまらない。

もしいまベッツィーがここにいたら？　もし今回の件が起こったりせず、彼女が去っておらず、タイプ原稿も読んでいなかったら？　いまぼくはなにをしていただろう？

おなじことだ。たぶんおなじことだ。いまごろはもっと全力を傾けてポルノ小説を書いていたかもしれない。しかし、やっぱりここにいて、ベッツィーはどこかべつの部屋にいたはずだ。いまは夜の九時ちょっと過ぎ。ベッツィーは皿洗いを終えてテレビでも見ているだろう。とにかくなにかしているはずだ。それがなにかなんて、どうしてぼくにわかるはずがある？　重要なのは、おなじ部屋にいたりはしないってことだ。ぼくらは一日に五、六回しか言葉を交わさない。実際におなじ部屋にいることなど、一日に一時間もないだろう。なら、なんで彼女がいなくて淋しいんだ？

いったい、いつもとなにが違う？　ぼくが違いに気づいてるだけ、ただそれだけのことだ。ひとりでディナーを食べるのは妙な気分だった。冷凍パイやなんかを温め、キッチンにひとりすわって食べた。なぜか明かりがいつもより薄暗く感じられた。なぜかはわからない。きのうはニューヨーク・タイムズの日曜版を読まなかったので、今夜、ディナーを食べながら読んだ。気をまぎらわすためだったが、気なんてまぎれないのはわかっていた。

まずはパズルをやってみたが、これがいけなかった。出てくるキーワードが「災難は私」とか「ただのデザート」とか「それには不適格」とか「可能性はほぼゼロ」とか「いますぐはじめろ」とかいったものばかりなのだ。なかでもいちばん気に入ったのは「でも、それって芸術？」ってやつだ。しかも、パズルのタイトルが「楽しい宴が終わったあとで」ときた。

パズルについてはそれくらいにしておこう。今週はジャズ・レコードの特集があった。ジャズは芸術であり、真剣に論ずべき対象だ、という最近の風潮に染まりまくった記事だった。ぼくはそれを読んでひどく落ちつかない気分になった。なんらかの技術を身につけ、「だから自分は芸術家なんだ」と考える人たちの記事を読むと、ぼくはいつだって落ちつかない気分になる。というのも、自分もおんなじようなことをいってると思われてるんだろうか、と考えてしまうからだ。結局のところ、ぼくの書いたさまざまなポルノ小説には、注目すべき点なんかないのだろうか？

たぶんないんだろう。

ニュース記事を読むのはさらに奇妙だった。ぼくがいってるのは、例の〝硬派の記事〟ってやつだ。キプロス危機、ポンド切り下げ、ヴェトナム、人種闘争――こうしたニュースはどれも、ぼくにとってはナイロビでゲロをしてる犬とおなじくらいどうでもいい問題だった。きのうのタイムズの三十七面にはこんな見出しがあった。冗談じゃなく、ほんとの話だ。

暴動における銃の使用は遺憾

これだ。これが現実の世界で起こっていることなのか？　きみの生きている現実世界で？自分の身体をつねってくれ。この見出しには、きみが自分をつねったときとおなじレベルのリアリティがあるか？　もちろんない。

別冊版のブックレビュー。ぼくがほんとに読みたかったのはこれだ。ブックレビューの第二面には、タイプライターに向かってる中年男のマンガが載っていた。ミニスカートにブーツをはいた詩神《ミューズ》が現われ、竪琴を奏でようとしている。中年男はいう。「相手はわたしで間違っていないかね、お嬢さん？　わたしの作品はかなり硬い内容なんだがね」マンガにはインタランディとサインが入ってた。いったいぼくがインタランディになにをしたっていうんだ？

さもなきゃ、第四面はどうだ。ここには『仕事場の作家たち』という本の書評が載っている。ノーマン・メイラーとかアレン・ギンズバーグとかいった有名作家へのインタビュー集で、書評の大部分は、二十世紀の作家の特徴に割かれている。ぼくはそこに自分を探しつづけた。四列目の左から三番目にいるのはぼくじゃないか？　鼻のとこに印刷の染みがついてるけど、ぼくに似てないか？

ぼくは自分との架空インタビューをつづけた。ささやき声で質問に答え、人生と愛と芸術と創作法について弁じたてた。

しかし、いちばんの驚きは最後にやってきた。ブックレビューの終わりのほう、七十六面で見つけた『アフリカン・イメージ』というアフリカの写真集の書評だ。書評には写真集のなかからいくつかの写真が転載されていたんだけど、ほとんど全体の三分の一くらいの面積を占めてるメインの写真っていうのが、なんだったと思う？　おっぱいを丸出しにした黒人女性の一団の写真だったんだ。そのとおり。一九六七年十一月二十六日のニューヨーク・タイムズ日曜版のブックレビューに女性の裸だ。一八六七年の間違いでもなければ、ナショナル・ジオグラフィックでもない。

そこでぼくは、自分が生きているのはやっぱりこんな世界なんだと考えた。一面の硬派な記事がなんだろうと、今週ぼくたちがどんなセルフイメージを作りあげようと、ブックレビューの最後のほうのページを見ればこれだ。人間が昔から持っている品性の卑しさはいまも生きている。こそこそと他人を嘲笑う糞便趣味的な意地悪さや、〝ガキが自分のおちんちんをひっぱる〟的な不潔さは、きみたちの頭のなかにもぼくの頭のなかにもニューヨーク・タイムズの頭のなかにもいまだに残っているし、これからも残りつづけるだろう。なぜなら、もしこれが白人女性の写真だったら、ニューヨーク・タイムズは掲載なんかしなかったはずだからだ。

いまになってみると、なぜあの売春婦がブラジャーをとろうとしなかったかがわかる。

あのとき浅黒いおっぱいの上でめそめそ泣いたりくすくす笑ったりしていたのが自分だと、なぜぼくはわざわざ告白するのか？　なぜならその自分の姿が、思春期のガキがふけるようなロクでもない妄想から生みだされたもので、ぼくはそれを使ってほぼ三年にわたって生計を立ててきたからだ。ぼくの頭のなかのガキくさい妄想が、読者の頭のなかのガキくさい妄想に食べものをあたえている。これぞ精神の邂逅であり、本物の交流だ。つまるところ、ぼくがこれまでやってきたことは、ジャズ特集の寄稿者たちが全人生をかけても到達できないくらい、芸術というものの定義に近い。

クソッ。バカいってんじゃない。素材を超えていない点で、ぼくは自分の小説の読者と五十歩百歩だ。素材を超えられないなら芸術家じゃない。並大抵のことじゃ流砂の上には立てないのだ。

ただしいまは、流砂に飲みこまれるのもむずかしい。ポールを視点にしたこの章を書かないのなら、ぼくはなにをすればいいんだろう？

いつものように、二十五ページにわたってさまよい歩く。ベッツィーが去るまえとおなじように。そうすれば、彼女が去った件はなんの変化ももたらさなかったことになる。

ぼくがなにを考えてるかはわかるだろ？　ベッツィーとの結婚式の前日、ぼくは彼女の親父さんにガソリンスタンドへ連れていかれた。まえにその話は書いたはずだ。すでに原稿は廃棄したけど、例の「このクソったれな店を、どうすりゃ全焼にできる？」ってやつ。覚えてるかい？

あれをギャグだと思った人もいるだろう。しかし神に誓っていうけど、百パーセント真実なんだ。ジョークめかして書いたことは認める。しかも、あの場面を章のいちばん最後に持っていったのは、ちょっとわざとらしかったかもしれない。でもあれは、あそこがちょうど二十五ページ目だったからにすぎない。予定では、結婚式でなにがあったか説明してからすべてを打ち明けるつもりだったんだ。ただしぼくは、ジョークのオチも重視しているし、できることならオチのあとに一拍おきたいと思ってる。それは認めなきゃならない。しかも、「このクソったれな店を、どうすりゃ全焼にできる？」ってセリフに強烈なインパクトがあることもわかっていた。ぼくの人生において、あれほどの決めゼリフはほかに例がない。それを口にしたのがぼくじゃなくて他人だという点が、じつに意味深いところだ。

それはともかく、ガソリンスタンドを全焼させる方法なんて知らないことをようやっとわかってもらえたときには、親父さんはもうぼくと顔も合わせたくなくなり、実際の話、結婚式にさえ出席しなかった。親父さんは胃潰瘍に襲われたふりをし、ベッツィーはそれを信じたけど、ぼくは真実を知っていた。親父さんはぼくに心底ムカついていて、高学歴と底知れぬ無知を合わせ持った息子ができたことに、なんの利益も見いだすことができなかったのだ。

だから、花婿に花嫁を引き渡す役はベッツィーの兄のジョニーがうけもった。それにしてもあの〝引き渡す〟ってやつは、なんともおかしなフレーズだ。ベッツィーの家族は彼女を引き渡したわけじゃない。逃げ去るにまかせたようなものだ。ベッツィーは彼らにとってまったくの異端者で、木から落ちた花みたいに、家族からはすでに遠く離れた存在だった。ベッツィーに目をやってから、彼女の家族に目をやっても、そのあいだにつながりを見出すことはぜんぜんできない。実際、じつは養子じゃないかと思ったこともある。でも、彼女の家族がどれだけケチかを考えると、それはありそうになかった。もちろん、ほんとうの家族のもとからさらわれてきたのかもしれない。それならちょっとは意味がわかる。教養のある裕福な夫婦のあいだに生まれたものの、薄っぺらな黒いスーツによれよれの帽子といった格好で手巻きタバコを吸っている捨て鉢な男たちに誘拐されてしまったのだ。男たちは赤ん坊の世話をブレイク一家に頼んだ。しかし、その後なにかまずいことになり、身代金は支払われず、誘拐犯たちは逃げてしまい、ブレイク一家は小さなガキをもてあますことになった。赤ん坊を返せば、自分たちが共犯なのがバレてしまう。しかも彼らは低能すぎて、ほかの解決策を——たとえば教会に置いてくるとかいった方法を——考えつかなかった。状況は八方ふさがり。やがてベッツィーは成長する。こやしの山で色鮮やかに輝く一輪の花。彼女は力をふりしぼってより高みをめざし、ブレイク家の人間の反対を押しきって大学に進学して……

ぼくと結婚する？

はたしてどうなんだろう？——いまはじめて思いついたんだけど——ベッツィーもぼくとおなじように、結婚したとき自分が罠にかかったように感じたんだろうか？　ベッツィーがぼくに電話してきたのは、電話したかったからではなく、ほかにどうしようもなかったからでは？　ぼくと結婚したのはそれを望んだからではなく、ほかにどうしようもなかったからでは？

もしかしたら、ベッツィーにとってもすべては終わったことだったのかもしれない。あの一九六四年の夏、大学を卒業したぼくが故郷のオールバニーに帰ることを、彼女もぼくとおなじくらい喜んでいたのかもしれない。

もしかしたら、ぼくだけでなく彼女も、釣り糸の先で身をくねらせる哀れな魚だったのでは？

そう考えると、なんだかもの悲しかった。ぼくはこの結婚生活において、身も心もすべてベッツィーに捧げてきたわけじゃない。いつもなにかしら秘密をかかえていた。いつだって心のなかではひとりだった。しかし、ベッツィーもそうだったかもしれないとは、これまで一度も考えたことがなかった。もしそうだったとしたら、なんと悲しいことか。冷たい風に吹かれて、どんなに寒かったことだろう。どんなに震えていたことだろう？　ずっとそれに耐えていたのか？　三年ものあいだ、薄い粥だけを食べて生きてきたのか？　それとも、あの原稿を読むまではまったくなにも知らなかったのか？

ああ、悪かったよ、ベッツィー。心から謝る。こんなことになるまえに立場を逆にして考え、事情を理解していたら、すべてが違っていたことだろう。

それとも、違わなかっただろうか？

そもそもぼくらは結婚なんかすべきじゃなかったのだ。ぼくらはギリシア悲劇の登場人物たちのように、形式どおりに儀式の手順を踏んでいたにすぎない。意味のないことをゆっくりと、整然と、不吉な予感を覚えながらやっていただけだ。なぜなら、台本がそれを要求していたからだ。妊娠したとわかったとき、ベッツィーはぼくに電話をかけるべきじゃなかった。できることもすべきこともほかにあった。電話をうけたとき、ぼくは結婚を申し出るべきじゃなかった。ぼくがすべきことやできることはほかあった（ヘスターにはそれがわかっていた。可能性の多様性を理解しているのは、いつだってヘスターだ）。モネコイで再会したとき、ベッツィーとぼくはどちらも、結婚は破滅への道をたどる運命にあると知っているべきだったのだ。

　ぼくが町に着いてからふたりで教会に行くまでの五日間、ベッツィーとぼくは、バスに乗り合わせた他人同士のように言葉を交わさず、ひややかで、よそよそしかった。もし牧師があんなアホでなければ、あの冷たい関係のままハネムーンに出かけていただろう。しかし、牧師のおかげでぼくたちは命拾いをした。救われたのはたんなる偶然にすぎないし、よい関係が永久につづくはずもなかった。ちょっとしゃれをいわせてもらえれば、「まあ、永遠じゃなくてもええんじゃね？」といったところだ。

　それはともかく、ドクター・R・ユージン・プランケット師というその牧師は、白髪で、丸顔で、銀縁の眼鏡をかけ、温和で、優しく、田舎の牧師にありがちな悪気のないマヌケだった。ぼくが彼に会ったのは結婚式の当日も当日、式がはじまってからだった。ぼくらはぞろぞろと教会に入っていった。ベッツィー、彼女の母親、バージとジョニー、それにぼく。牧師は全員と握手をし、微笑み、うなずき、誰もがハッピーなのを見て満足すると、ほかの者たちを外で待たせておき、ベッツィーとぼくだけを執務室に呼び入れた。

（もうお気づきとは思うが、ぼくの家族は誰も列席していなかった。母さんはレストランの仕事を休めなかったし、ハンナはすでに病院で働きはじめていた。ヘスターは欠席の理由を説明

しなかったが、説明する必要はなかった。三人が誰も列席しなくて、ぼくは反対にありがたかったからだ)

　プランケット牧師の執務室は神経質なくらいきちんと片づいていて、ロールトップ式のデスクとキーキーいう回転椅子が置かれていた。そのほかに背もたれつきのベンチがあり、ぼくらはそこにすわった。プランケット牧師は回転椅子に腰をおろすと、キーキー音をたてて椅子をまわし、ぼくらのほうに向き直った。

　あのときの会話を一語一語までですべて思い出せればいいのだが、思い出せない。ぼくの頭はそういうふうに機能しない。たいていはすぐれた働きを見せるんだけど、あのときのことは記憶が失われている。そもそも、式の段取りを打ち合わせただけだったからだ。暑すぎる執務室で牧師の眠くなるような話を聞き、やたらと熱のこもったわけのわからない説明に耳を傾けているうちに、ぼくは眠りに落ちそうになった。それから、牧師の話はいったいどこに行きつくんだろうと不思議に思い、ふたたび目を覚ました。話はどこかに行きつくはずだ。しかし、説明にやたらと時間がかかっていて、牧師は「未来に向かって船出する」とか「手をとりあって勇敢に人生に立ち向かう」とか「夫婦間ストレスの問題を解決する」とか「自分たちだけでなく、子どものことも考えて備えを」とかいった話を、これでもかというくらい延々とつづけていた。牧師がかつて行なったすべての説教のすべての訓話が、あの十五分間のとりとめのない話にぎっしりつめこまれていたんじゃないだろうか。しばらくして、ようやく牧師の意図がわかってきた。どうやらこいつは、謝礼の件に話を持っていこうとしてるらしい。ぼくは小さくたたんだ五ドル札をシャツのポケットにつっこんであった。そこならすぐに取りだせると思ったからだ。謝礼を渡すときは気まずいだろうなと思って、こっちも落ちつかない気分になっていた。もし牧師も気まずいのだとしたら、にっちもさっちも行かなくなってしまう。

ところが、そういうことではなかった。牧師はいつまでもいつまでも話しつづけた。その穏やかで明るい外面とは裏腹に、内面はとてもとても神経質で、とてもとても恥ずかしがり屋で、とてもとても緊張していた。牧師のいいたいことがようやくのことでわかったとき、最初ぼくは信じることができなかった。

しかし、あの牧師はぼくたちのことを知っていたわけじゃない。当然、どういう事情で結婚するかも知らなかったわけだ。

R・ユージン・プランケット師はぼくらふたりに、避妊について話していたのだ！

ぼくはベッツィーを見た。彼女はまだ話の趣旨がわかっていなかった。ただそこにすわり、生気のない目でプランケット牧師を見ていた。たぶんなにも耳に入っていないのだろう。目はあいているものの、催眠術にかかったように朦朧とし、なかば眠っているのだ

突然、ぼくはベッツィーに親近感を覚えた。自分たちがチームのように感じられた。彼女と

ひとつに結びついたような気分だった。結婚して以来、ベッツィーとふたりきりで全世界を相手に戦っていると感じられたのは、あのときを含めて数回しかない。

ぼくは自分の気持ちをベッツィーと共有したかった。目を合わせ、ふたりの理解を溶け合わせたかった。そこでぼくは、手を伸ばして彼女の手に触れた。

ベッツィーははっとして身体を震わせた。突然、目の焦点が合った。その変化があまりに大きかったので、だらだらと話をつづけていたプランケット牧師が口ごもり、鈍重な驚きの目をぼくらに向けた。ぼくは問題ありませんという笑みを牧師に向けた。たぶん、ベッツィーもおなじことをしたんだと思う。牧師は笑みを返して話をつづけた。

当惑している牧師に気づかれないように、ぼくは首をめぐらせてもう一度ベッツィーを見た。こんどはベッツィーもぼくを見ていた。ぼくはまだ彼女の手を握っていた。彼女の目に、ぼくは質問を読みとった。どうして起こしたのよ？　ぼくはプランケット牧師には死角になっているほうの目でウィンクしてから、ふたたび牧師のほうに顔を向けた。牧師の話を聞けという意味だ。なかなか興味深い話をしてるからさ。

ぼくの意図が伝わったかどうかはわからない。しかし、ベッツィーは話を聞いていた。話の核心にどんどん近づいてきたプランケット牧師が、「家族の人数の大切さ」といったとき、まだぼくの手のなかにあったベッツィーの手がいきなりビクッとした。彼女はぼくのほうを向き、わかったというようにぎゅっと手に力をこめた。

ぼくはまたベッツィーを見た。唇の端だけで笑っているのがわかった。目がいたずらっぽくきらめいている。しかし、彼女をよく知らない人間には見てとれなかっただろう。

そう、あのときのぼくたちはチームだった。妊娠二カ月の若い娘と、その責任をとって結婚する若者に向かって、避妊と計画出産の大切さを説く者のバカらしさによって結ばれたチームだった。この一件があたえてくれた喜びが、結婚式とハネムーンのぎりぎり直前に、ふたりの絆を強めてくれた。

ハネムーン？　そう、ぼくらはハネムーンに行った。バージとジョニーがカナダ国境の近くに朽ちかけた丸太小屋を持っていて、ベッツィーの家族はここに酒や缶詰や毛布を用意してある。式が終わってから自宅でケーキとコーヒーをふるまったあとで、ジョニーがそこへ車で送ってくれた。ぼくらはふたりきりで三日間過ごした。それから、ジョニーがまた車で迎えにきて、下品なジョークを連発し、オールバニー行きのバスに間に合うようにモネコイまで送ってくれた。

牧師が無意識にあたえてくれた〝ぼくらはひとつなんだ〟という熱い気持ちは――結婚式自体は退屈だったけど――ずっと持続し、ベッツィーの実家の裏庭で苦いコーヒーとドライケーキをふるまい、黄昏から夜にかけて車に揺られて丸太小屋に向かい、ぼくとベッツィーが（ようやくのことで?)ふたりきりになった最初の瞬間の沈黙と静寂までつづいた。

丸太小屋は大きな四角い部屋がひとつあるだけだった。水道は引いてあったがトイレはなく、用を足したいときにはドアに半月形のスリットの入った裏の屋外便所に行かなければならない。屋外便所を使ったのは人生であのときだけだ。トイレットペーパーはなく、寝台の下に散らばっていた古いトゥルー・ディテクティヴ誌を使った。

シンクは小屋の片隅にあり、ひとつしかない蛇口からは氷のように冷たい水が出た。近くにはガスコンロ、その向こうにはガス冷蔵庫があり、両方とも小屋の外に立てかけてある巨大なガスボンベからガスを引いていた。電気は引かれていなかったので、明かりは灯油ランプと暖炉の火が頼りだった。ずっと火を絶やさないようにしたのは、たぶんあのときくらいだろう。

小屋は側面が長いので、外からはログキャビンのように見えた。しかし、なかはごく普通の木造小屋だった。向かい合った壁にダブルサイズの寝台がひとつずつ。これは木製で、作りつけになっている。あとは古いドレッサーがふたつ、部屋のまんなかに古い大型の書きものテーブルとキッチンチェアが四脚、ドアの反対側の壁に石造りの暖炉。すべてがとても田舎風で、森を思わせる。ボードビル芸人用の舞台と甘ったるいメロドラマのセットを合わせたような感じといったらいいだろうか。

ぼくらはボードビル・メロドラマの登場人物だった。ただし、どちらもそれにまったく気づいていなかった。

なぜぼくにベッツィーの頭のなかがわかるんだ？　彼女がなにを疑い、なにを考え、なにを知っていてなにを知らなかったかなんて、なぜぼくにわかる？　ぼくに彼女の気持ちは代弁できない。できるふりをする意味なんかどこにもない。

いいなおそう。ぼく自身は、自分がボードビル・メロドラマの登場人物だなんて気づいていなかったし、そんなこと思いつきもしなかった。ぼくは車から荷物を運んだ。その間、ジョニーは灯油ランプに火をつけてまわり、それがすむと、田舎風のジョークをひとつふたつ飛ばし、いやらしい目つきでこっちを見てから去っていった。ベッツィーとぼくはドア口に立ち、赤いテールランプが木立のなかをちらちらと遠ざかっていくのを見つめた。車は草の生えた土の道をガタガタと二マイル進んで高速道路に戻り、ぼくらはたったふたり取り残された。あたりには夜のとばりが降り、どこもかしこも漆黒の闇だった。唯一の明かりは、背後の部屋を照らす灯油ランプの薄暗い黄色い光だけだ。ぼくらはおたがいの腰に腕をまわし、ドア口に立ったまま闇を見つめた。いまやたったふたりきり、おたがいに結びつけられ、これからは束縛された人生を送るのだという思いが、暗闇からぼくらに向かって這い寄ってきた――いや、暗闇からぼくに向かって這い寄ってきた。正気は暗闇から生まれる（正気が存在するのは暗闇のなかだけだ。だからこそ道に迷った者や狂った者や混乱した者はたくさんの光が必要なのだ）。ぼくは自分が濃度を増していくのを感じた。缶の蓋をあけっぱなしにしたペンキのように。

そのとき、ベッツィーが明るすぎるくらい明るい声で口調でいった。「さてと！　荷物をほどきましょ！」

それがはじまりだった。忙しく働いていること。なにかしていること。ドア口に立って暗闇を見つめ、人生の真理に行きつくまで考えごとにふけるのではなく、暗闇に背を向け、ドアを閉め、身体を動かし、なにかをする。スーツケースから荷物を出す。冷蔵庫のなかを調べる。火を起こす。灯油ランプの明かりでおたがいを見る。棒で火をつつく（薪がまだ生乾きでパチパチはぜるときには、いくらつついてもつつきすぎということはない）。キャビネットの食材を見る。軽食を準備する。軽食を調理する。軽食を食べる。セックスする。計画を立てる。とにかくひたすら忙しくしていること――大切なのはそれだ。

どれだけ多くの人がそれを実践しているんだろう？　道のどこかで曲がる場所を間違えてしまい、森のなかで迷子になってしまったら、とにかくひたすらひたすらひたすら忙しくして、迷子になったことに気づかないようにする。気づいたってなんのいいこともないからだ。気づいても気分が悪くなるだけ。すべきことなどなにもない。すべきことなんてなにもないのだ。

それに、しばらくすると人は間違った道に慣れてしまい、やがては好きになり、それが自分にとって唯一の道になってしまう。だから、もしなにかがまずい方向に進んでしまい、その間違った道を見失ってしまったら、こんどはその道が恋しくなる。いまのぼくがベッツィーを恋しがっているように。ぼくは彼女と結婚すべきじゃなかったし、彼女はぼくと結婚すべきじゃなかった。ぼくらがおたがいに対して愛情をいだいていたとしても、それはたんなる熱病のようなもので、すごく壊れやすく、その上になにかを築くことはできなかった。しかしぼくは間違った道に慣れ、ベッツィーとの生活に慣れ、それが自分にとって唯一の人生になってしまった。たいていの場合、それは楽しく、気ままで、ものすごくすばらしいわけではないにしてもひどくはなかった。いまぼくの世界には、大きな穴がぽっかりとあいている。未来に向かってつづいているその巨大な黒い穴に、ぼくは身ひとつで入っていこうとしている。道連れもなしに。たったひとりで。

小屋ではすごくいいことがひとつあった。未来のことよりもそのことを考えたい。そうすれば、それがこれからぼくの考えることになるからだ。

小屋には窓がなかった。夜は涼しかったけれど、すでに説明したとおり八月だったので、昼間はかなり暑かった。真っ昼間には、木々のあいだから太陽が激しく照りつけ、小屋のなかはとんでもなく暑くなった。最終的な解決策は、暖炉の通風調節弁を開いたままにし、ドアをあけておくことだった。これで部屋に空気の流れができ、なんとか耐えられるようになった。

玄関に誰かきた。といっても、小屋でのことじゃない。いま、現在の話だ。誰かがついさっきベルを鳴らし、いままた鳴らした。

ベッツィーのはずはない。ドアはロックしていない。ベッツィーならベルを押したりせずにそのまま入ってくるはずだし、ベッツィーじゃないなら誰だろうとどうでもいい。

この部屋の窓は家の裏に面している。しかも、窓の近くに明かりはついていない。だから、彼らはぼくが家にいるかどうかわからないはずだ。彼らっていうのがいったい誰だとしても。もしかしてケイだろうか？　ケイがぼくを慰めにきてくれたのか？　そうでないことを神に祈った。マヌケで孤独なぼくは、彼女を受け入れてしまうだろう。

ベルに応えるつもりはなかった。もう真夜中をとっくに過ぎている。十一月二十七日月曜日はとっくに終わっている。ぼくは残された三日間であと九章書かなきゃならない。いま書いてる退屈なエピソードはもうすぐ終わりだ。ベルに応えて玄関に行ったりして、それを中断するつもりはない。誰がきたかなんて、知りたくもない。

そもそも、彼らはもう帰ってしまったようだ。

小屋ですごくいいことがあった話をしてたんだったな。あそこで過ごした時間のほとんどは単調で退屈だった。ただしぼくらはどちらも、これはすごくロマンティックなんだと自分にいいきかせていた――というのは、〝ぼくは自分にいいきかせてた〟って意味だ。森のなかにたったふたりきり、ぼくたちと心地よい暖炉の火と大きな心地よいベッドしかない。ぼくたちは何度も交わった。それ以外の時間は、おたがいに口をきかなくてもすむことだけを選び、忙しく働いて過ごした。ぼくは木を二本切り倒し、ノコギリで適当な長さに切り、腕っぷしの強いところを見せつけた。おかげで筋肉が痛くなったけれど、若かったのでベッツィーにいったりはしなかった。

一方のベッツィーは、七百年前のガスコンロを使ってグルメ料理を用意するといいはった。まともに食べられる料理はなにひとつ出てこなかった。ぼくは恍惚とした表情を浮かべてそれをすべて食べた。その間、ベッツィーのほうはぼくの胃が心配でそばをうろうろしていた。

セックスに関しては、おたがいの身体の開拓がすでにすっかりすんでおり、どんな体位が好きで、どんな前戯が好きで、なにをされるとよくて、なにをされるといやか、どちらよくもわかっていた。あとは三日間でレパートリーのすべてをこなすだけのことだった。実際のところレパートリーはそれほど多くなかったから、それは簡単だった。

三日目、小屋で過ごす最後の日、ぼくたちは真っ昼間にセックスをした。ドアはあけっぱなしで、ふたつの灯油ランプは火をつけたままだった。というのも、窓のない小屋のなかはいつも暗かったし、ぼくらはどちらもすっかり情熱的になっていたからだ。そのときの体位は（これは重要だ。さもなければわざわざ描写しない）、ぼくが仰向けに寝て、ベッツィーがそこにまたがるというものだった。彼女はぼくに顔を向け、膝をぼくの両脇に当てている。要するに、ひざまずいてペニスの上に腰を落としていたわけだ。ぼくはペニスを突き上げる。ベッツィーは腰をグラインドさせる。動きのほとんどを請け負うのは彼女のほうだ。ぼくたちはこれを〝エドのお休み体位〟と呼び、セックスをしたくなったときにはかならずやっていたけれど、ぼくはすこしばかり飽きていた。

それはともかく、ぼくらがやっていると、突然ベッツィーが動きをとめた。ぼくは彼女を見上げた。ベッツィーはぎょっとした表情を浮かべてドアを見つめていた。ああ、なんてこった、とぼくは思った。どこぞのハンターかなんかがのぞきこんだのだ。ぼくはぐっと首をひねってドア口を見た。そこに立っていたのは鹿だった。思いがけないくらい背が高く、がっしりした身体で、大きくて悲しそうな茶色の目でぼくらを見ていた。

そのときの状況を、想像してみてほしい。

ぼくはなにか冗談でもいおうとした。

鹿はいきなり飛び跳ねて去っていった。ぼくはベッツィーに目を戻した。いまだに、なにか冗談をいおうと考えながら。ベッツィーはぼくにうっとりと夢見るような笑みを向けていった。

「わたしたちが結婚したことを、神様が喜んでらっしゃるんだわ」

ああ、なんてこった《クライスト》。

ドアベルがまた鳴った。まさかほんとにきみなのか、ケイ？

2

車でニューヨーク市を出て北へと向かいながら、ベス・トレプレスはこぼれてくる涙をぐっとこらえた。泣くつもりはない。泣くのは拒否する。流れようとする涙が、悲しみの涙であると同時に怒りの涙でもあることなど関係ない。彼女は泣きたくないし、泣くつもりもない。ポールに満足感を覚えさせたりするものか。彼にわかるかどうかはべつにして。

わたしったら、なんてバカだったんだろう！　ベスはニューヨーク市を出て北へ向かい、高速自動車道の代わりにルート9に乗った。というのも、お金をいっさい持ってこなかったも同然なうえに、頭のなかをおなじ考えが何度も何度もぐるぐるまわっていたからだ。なんてバカなの、なんてバカなのなんてバカなの。

なんでこれまで気づかなかったんだろう？　あんなに長いこといっしょに暮らしていながら、あいつが二重生活を送ってることを疑いさえしなかったなんて。

きょうの午後、あの最低な日記を読みはじめたとき、最初は真実であるはずがないと思った。

たんに話をでっちあげただけだと思い、できるかぎり長いことそう考えつづけた。しかし、細かい事実がことごとく符合している。やがて、家をあけていた日の件など、ベスの記憶にもはっきり残っていることに言及がおよぶと、描写がすごく正確なことがわかり、ついには彼女もこれは事実だと認めないわけにはいかなくなった。自己満足と肉欲にまみれたこの不貞行為の記録は、すべて事実にもとづいているのだと。

いったい何度浮気をしたんだろう？　ポールの浮気にまったく気がつかなかったなんて、にわかには信じられない。あの人はこんなにも長いことわたしから自分の本性を隠してきたのか。で、これからどうする？　エドウィナは後部座席で眠っている。車はカナダとの国境にほど近い両親の家に向かっている。これから自分がどうするつもりなのか、ベスにはまったくわからなかった。彼女の結婚はこなごなに砕けて足もとに散らばっていた。結婚は彼女の人生そのものだった。いま足もとに散らばっているのは、彼女の人生なのだ。

自分は嘘を生きてきた。自分の嘘ではなく、ポールの嘘を。ベスはそれとは知らずに嘘を生きていたのだ。いま、嘘は暴かれた。もはやそれをかかえたまま生きてはいけない。しかも、空白を埋めるものはなにもない。代わりとなるものはなにもないのだ。

こんなこと、考えるのをやめられればいいのに、と思った。しかし、思考はただぐるぐると頭のなかを旋回し、絶望の周囲をくるくる回転し、ベスに降りかかった災厄の輪郭をくっきりと浮きあがらせる。

そのとき、男のヒッチハイカーが目に入った。車を止めてはいけないのはわかっていた。ひとりで車を運転している女――エドウィナはまだ幼くて人数のうちには入らない――は、ヒッチハイカーを拾ってはいけない。しかし、ベスはいっしょにいて話をしてくれる相手がほしくてたまらなかった。その日起こったひどい出来事から気をそらすのを手伝ってくれる相手がほしかった。だから、そのヒッチハイカーを目にしたとき、すぐに車を寄せたのだ。

いや、そうじゃない。あいつはセックスの相手がほしかったんだ。

だめだだめだ、ぼくにはできない。ベッツィーが誰かほかの男とファックする章なんて書きたくない。たとえ名前をベスに変えてあってもだ。

しかし、打開策はそれしかない。ポールと売春婦の話をもう一章書いたとしても、そこから一歩も先に進めなくなってしまう。第三章はない。となれば、ポールの視点の章とベスの視点の章が交互に出てくる小説にするか、『輪舞』形式の小説にするか、どちらかにしなければならない。どちらの場合でも、第二章はベスの視点でなければならない。

ぼくは『輪舞』形式のほうがよかった。第二章はベスとヒッチハイカー。つづく第三章はヒッチハイカーとほかの女。そうやってどんどんつづいていき、第九章でポールと売春婦の場面が売春婦の視点から語られる。そして、第十章でポールとベスがもとの鞘におさまる。

しかし、まずは第二章を書かなきゃならない。しかも、第二章でベスは誰かとセックスしなきゃならない。そして、ぼくはそれを書きたくない。考えたくもないっていうのに、どうやって書けというのか？

こいつはバカげてる。いつまでもこんなことをつづけていくわけにはいかない。ぼくの周囲は完全に地獄と化している。ぼくはいまこうしてロッドのデスクに向かい、ロッドのタイプライターを使っている。しかも、もはや第一章さえ手もとにない。そしてぼくには第二章が書けない。なぜなら、ベスの不倫を書いたらそれが現実になってしまうような気がするからだ。

きょうはほんとにとんでもない日だ。まだ朝の十時だというのに、もうすでにいっぱいいっぱいで、いまからもう、自分が脱線して使えない章を書いてしまうのが見える。使いものにならない章をいったいいくつ書いただろう？　数えきれないほどだ。使える章はたったのひとつ。あとは使えそうな章の出だしがいくつかあるだけだ。

いまのぼくは、仕事をするには動揺しすぎている。要はそういうことだ。バージとジョニーが帰ったあとで――

きのうの夜、玄関にやってきたのはあのふたりだった。あのなんと呼ぶべきかわからないしろものを二十五ページ書きあげたぼくは、仕事部屋を出ると、廊下を通ってリビングルームに行き、明かりをつけた。リビングルームのはめ殺しの大きな窓から、ドライブウェイにトラックが駐まっているのが見えた。

部屋の明かりがついたことに、ふたりも気がついたらしい。というのも、ふたりはドアベルを鳴らすのをやめ、拳でドアをガンガン叩きはじめたからだ。ふたりのうちのどちらかが——おそらくはジョニーが——ノブをまわしてみようとするのは、もはや時間の問題だ。そうなれば、ふたりはドアがロックされていないことに気づき、家のなかに入ってきてぼくを挽肉にし、コロッケをつくってトマトソースをぶちかけるだろう。

だからぼくは逃げた。キッチンを抜け、裏口から外に出て裏庭を突っ切り、うちの裏にある家の裏庭を突っ切り、その家の脇をぐるっとまわって表の通りに出た。そして、右に向かって三ブロック走り、それから一ブロック歩き、それからさらに一ブロック走り、それからこんどは、追っ手を逃れて自分の家から逃げだすなんてバカげていると考えた。そもそも、あのふたりはたぶんもう立ち去っているはずだ。そこでぼくは回れ右をし、いまきた道を引き返しはじめた。家の一ブロック手前まできたところで、玄関前にトラックが駐まっているのが目に入った。なら、あいつらはまだいるのだ。家のなかでぼくが帰ってくるのを待っているのだ。

なかに入るわけにはいかない。さすがのあいつらもぼくを殺しはしないだろう。バージとジョニーに襲われても、たぶん生き延びられるはずだ。でも、しばらくの入院生活は絶対に避けられない。

たったそれだけの理由のために、ぼくは戻ろうとしかけた。そうすればすべてが解決する。入院ということになれば、締め切りを守れとは誰もいってこないだろう。それに、もしバージとジョニーに手ひどく殴りつけられて入院したら、ベッツィーが同情して見舞いにきてくれるはずだ。そしたら、ベビーシッターの件の真相を打ち明けることができる。

しかし、ぼくにはできなかった。自分の意志であの家にわざわざ戻るということは、骨を折られ、歯を折られ、目に黒い痣をつくり、身体じゅう傷だらけになるということだ。そう考えると気持ちがひるんだ。理性的に考えればそれが生き残るための唯一の方法だとしても、本能的には死に急いでいるとしか感じられない。理性にこれをやれといわれ、本能にあれをやれといわれた場合、ぼくがどうするか——ぼくもきみも、もうその答えを知っているわけだ。

ご推察のとおり、ぼくは回れ右をしてその場を去った。五ブロック歩いて終夜営業の食料雑貨店に行き、そこでタクシーを拾って鉄道の駅へ行き、駅からロッドに電話して今夜泊めてもらえるか訊いた。ロッドはいいよと答えた。始発が朝の四時だったので、それまではバージとジョニーが姿を現わすんじゃないかと気が気じゃなかったが、そうはならなかった。六時にロッドの家に着き、スコッチを飲みながら悲しい物語を打ち明けた。その間、ロッドがさもおかしそうな顔をしたのはたったの一、二度だった。

ロッドはいまや新しい家に住んでいた。九丁目の五番街と六番街のあいだだ。五部屋のアパートメントで、戦前の建物の四階、窓は通りに面している。すごく大きなリビングルーム、小さなキッチン、小さなダイニングルーム、そしてベッドルームがふたつ。いまぼくがいるほうのベッドルームはオフィスとして使われている。ただ、ソファーベッドがあるのでゲストルームとしても使える。窓からは九丁目が見渡せるうえに、大きなデスクもあり、すべての点でうちの仕事部屋よりもずっといい。しかし、正直にいうと自分の家にいるほうがずっとよかった。

いまロッドはぼくの家にいる。ぼくはロッドに時間の問題を打ち明けた。締め切りに間に合いそうにないって件だ。そこでロッドは電車でぼくの家まで行き、バージとジョニーがまだいるか偵察し、どうしても必要なものがあれば取ってこようと申し出てくれた。歯ブラシとか、洗濯した下着とか、使える第一章とか、ビュイックとか。いかにも友だち甲斐のある行為のように聞こえるだろう？ そんなふうにあそこへ行くなんて。たしかにぼくもそう思う。しかし同時に、ロッドはバージとジョニーに興味津々なんだと思う。現実世界の本物の悪党ふたり組、人を叩きのめすことなど屁でもないやつら――あいつらはまえにも人を叩きのめしたことがあるし、病院送りにしたこともある。ぼくは理由もなく怯えるような人間じゃない――あいつらふたりは盗品を買ってクリスマスツリーといっしょにニューヨークまで運ぶような人間だ。法の枠外にいるタフで卑劣で粗暴なやつら、シルバー・ストライプ社からロッドが出しているスパイ・シリーズに出てくるようなやつらだ。たぶんロッドは、自分の目で彼らを見て、自分が創造したキャラクターと本物を較べたかったんだろう。

せっかくの申し出にケチをつけようってわけじゃない。ロッドのしようとしてることは、友だちでなけりゃできないことだ。ぼくを自宅に泊めてくれて、代わりにロングアイランドまで行ってくれるというんだから。しかし、わざわざそこまでしてくれるのは、友情とはべつの理由もあるんじゃないかってことだ。

きょうのぼくはすごくシニカルになってる。ただそれだけのことだ。もしロッドを貶めてるように聞こえたとしたら、素直に謝りたい。そういうつもりはないんだ。気をつけるようにするよ。

それはともかく、ぼくはここで四時間ほど睡眠をとり、正午すこしまえに起き、ロッドといっしょに六番街の店に行って朝食をとった。それからロッドはペンシルヴェニア駅に行き、電車に乗ってロングアイランドに向かい、ぼくのほうはここに戻ってきて仕事をはじめ、ベスについて二ページちょっと書き、そのあとはまたグシャグシャになってしまった。

こんなゴミみたいな原稿、どうしたらロッドに見せられる？

やめてしまえるだろうか？　タイプライターから紙を引っこ抜いて、また二十八ページからはじめるか？　そうしたい。ほんとにそうしたい。でも、そんなことしてもどうにもならないことはわかってる。いいたいことをすべていってしまうまでとめられないのはわかってるんだ。

すべていってしまうって、なにを？　いったいぜんたい、ぼくはここでなにをいってるんだ？　なにもいってない、ぜんぜんなにもだ。これまでのページを自分がどう埋めてきたのかぼくにはわからない。なぜなら、ぼくのなかにはいいたいことなんてこれっぽっちもないからだ。外に出したいものなどなにもないし、そもそもなかにはなにもない。ぼくは空っぽの屋根裏部屋で、なかにはリスが住んでいる。

笑っちゃうような話だが、ぼくはこれまでずっと、内容のない本に魅入られてきた。たとえば電話帳だ。でっかくて厚いけど、中身はなにもない。ぼくのいってる意味、わかるだろ？　電話帳には思想がないし、なにも起こらない。

シアーズ・ローバックの通販カタログもいい例だ。でかさと厚さは怪物級。ありとあらゆるものが載っている。なんだって載っている。でも、中身は空っぽだ。

たとえば、このデスクの左側にある本棚を見てみればいい。そういった本がずらっと並んでいる。マンハッタンの電話帳。マンハッタンのイエローページ。シアーズ・ローバックの通販カタログ。ロジェの分類語彙辞典。ニューヨーク万国博覧会オフィシャル・ガイド1964～1965。辞書。英仏伊独露五カ国語辞典。ニューヨークの全市街地図。ワシントンDCのイエローページ。オックスフォード引用句辞典。バートレット有名引用句辞典。メンケン引用句辞典。これらはすべて、本物の本からの断片を集めたものだ。死んだ人間の指を切って箱にためていき、箱がいっぱいになったらふたを閉め、その上に帽子をおいて、これはジョージ・スペルヴィン［アメリカの演劇界で、本名を出したくない俳優やスタッフが伝統的に使う偽名］であり、ひとりの人間だ、というようなものだ。

もちろん、ロッドはこれをすべて使いこなす。ロッドが書いているのは本じゃない。カーニヴァルだ。明るく照らされた夜のエンターテインメント。綿モスリンと塗料とロジェの分類語彙辞典と五カ国語辞典とシアーズ・ローバックのカタログで建設されたアトラクション。ブラックライトに照らされた屋内型ローラーコースター。そこでは、マンハッタンとワシントンのイエローページから探してきた住所の前で、スパイ同士がシアーズ・ローバックのカタログから借りてきたライフルで撃ち合っている。驚くべきことは――ああ、クソックソックソッ――ぼくがいらだたしさのあまり舌を噛み切るほどうらやんでいる友人にして師匠のロッドは、作家だってことだ。作家だ作家だ作家なのだ。作家だからこそ、ロッドの本は面白くて、楽しくて、あいつが盛りこんだ以上の活力に満ちている。たんに材料を組み合わせただけではなく、そこにプラスアルファが生まれるのだ。

たとえていうなら、二色製版のカラー写真のようなものだ。実際には黄色と青しか使っていないのに、人間の目には赤や緑やさまざまな色が見える。そんな色はそこにない、しかしある。

これこそ本のあるべき姿だ！　本とは、そこに盛りこまれているもの以上のものでなければならない。そうでなくて、なんの意味がある？　ここに並んだ大きくて分厚い本、場所ふさぎになっているこうした本には、たんにつめこまれたものが入っているだけだ。しかし、ロッドの本は違う。シルバー・ストライプ社から刊行されているスパイ・シリーズはすぐれた本だ。ロッドはこうした作品を、カーニヴァルの見世物小屋を建てるように組み立てている。松材の板と釘でできた安普請にすぎない。急いで組み立てられただけだ。しかし、いざできあがってみると魔法がかかる。ロッドが書いたカボチャは馬車になり、読者はその馬車に乗って、著者のロッドさえもが行ったことのない、誰も知らない世界へと誘《いざな》われる。

たぶんぼくが作家として成功できないのは、ぼくの本がロッドの作品を真似ようとしていながら、じつはイエローページにすぎないからだと思う。ぼくが仕事を成し遂げたときに手にするものは、自分が書いたものでしかない。それ以上ではないのだ。ときには、書いたもの以下のときさえある。

たとえば、いまのように。

ご承知のとおり、ぼくは本気でポルノ小説を書かなきゃならない。ぼくの人生の半分は、突然、海のなかへと崩れ落ちてしまった。もう半分も崩れ落ちてしまったら、なにが残る？　ぼくが持っているものは、家族と職業がそれぞれひとつだけ。なのに、いまや家族は去り、職業も風前のともしびと化している。だから、仕事に戻らないといけない。ぼくがいってるのは本物の仕事、ポルノ小説のことだ。

問題はただひとつ、第二章をどうすりゃいいかだ。おお、神よ助けたまえ、ぼくはあの第一章を使いたいんです。自分はなにかを成し遂げたんだって感覚が必要なんです。怒り狂ったキツツキみたいに一週間タイプを叩きつづけたことで、自分はなにかを成し遂げたんだ――そう信じたいんです。

しかし、ぼくにはベスの章が書けない。ただもうとにかく書けない。ベッツィーが誰かほかの男とベッドにいるところなんか金輪際書けっこない。

ベッツィーはほんとにそんなことをするだろうか？　しないんじゃないか？　高校時代につきあってた地元の男がひとりいたけど、もう何年も会っていないはずだ。すくなくとも、ぼくとつきあうようになってからは。ベッツィーはあいつに会いに行ったりはしない。そうじゃないか？　ベッツィーはモネコイに帰郷する。彼女はぼくに腹を立てている。ぼくが不倫をしたと考え、復讐がしたいと思っている。彼女はあの男に会いにいく。あの男は彼女をデートに連れだし、バージとジョニーのトラックの後部座席でたちまちセックスということになり、クリスマスツリーの匂いがふたりを包みこみ……

いまちょっと行って、ベッツィーに連絡を入れてみた。電話をかけたのだ。ということで、いまやこのぼくも、他人の家に招かれたときにこっそり長距離電話をかける人種の仲間入りってわけだ。

ベッツィーは電話に出てくれなかった。電話口に出たのは母親で、娘はいないといいはった。その声はかぼそく、きまり悪そうで、消え入りそうだった。いつもそうなのだが、きょうはいつも以上だった。状況は厳しく、母親はテレビで見た話さえしなかった。

ぼくはしゃべりつづけた。「あれはほんとじゃないって、彼女に伝えてくれませんか？　ぼくが書いたことは真実じゃないし、証明だってできるって」ぼくはこれとおなじことを、フレーズを替えて十回以上いった。

で、母親はなんといったか？

「もしバージとジョニーに会ったら、あたしに電話するようにいってくださる？　あの子たちがニューヨークにいるあいだに、買ってきてほしいものがいくつかあるの」

ぼくはいった。「あのふたりなら、ぼくを叩きのめしにきましたよ、ミセス・ブレイク。すんでのとこで捕まらずにすみましたけど」

すると、穏やかでやさしい声が返ってきた。「息子たちは昔からすごく妹想いなんですよ、ふたりとも」

「ぼくもです」と、ぼくはいった。「お願いですから彼女に伝えてくれま――」

などなどなど。

ま、これはあまりうまくいかなかった。ぼくはベッドルームに戻り、自分がタイプした最後の文章を読んで、いかにもありそうな話だと思った。ベッツィーと誰かべつの男。

しかし、もちろんのことながら、トラックには乗りこまない。トラックはロングアイランドにあるからだ。ベッツィーの昔の恋人はたぶん自分の車を持っているだろう。自分のアパートメントだって持ってるかもしれない。もしかしたら、いまは歯科医になっているかも。で、ふたりは待合室のソファーの上でやるのだ。

そういう想像に、ぼくは耐えられない。

電話が鳴っている。ロッドは電話応答サービスと契約しており、ベルが四回鳴っても誰も出ないと、オペレーターが出ることになっている。しかし、今回はいつまでもしつこく鳴りつづけている。これまでにも電話は何度か鳴ったが、いつも四回鳴ると電話応答サービスが対応していた。すくなくとも、ベルが四回以上鳴ることはなかった。しかし、今回はいつまでたっても鳴りやまない。すごくうっとうしい。どうしてもベルの回数をかぞえてしまう。十八。十九。二十。

このベルの回数を段落として使うべきだ。そうすればページがそれだけ早く埋まる。たとえば――

二十三。

二十四。

いったいいつになったらとまるんだ？

ぼくはラジオをつけ、ＷＮＣＮに局を合わせた。クラシック音楽なので曲が長く、途切れることがあまりない。いま流れているのはヴィヴァルディで、電話のベルの音はかき消されている。

その間に、いま執筆が行きづまっているポルノ小説について考えよう。とにかくはっきりしているのは、夫と妻の視点から交互に書いていく作品や、『輪舞』形式の作品は書けないということだ。なぜか？　どちらの場合も第二章をベスの視点から書く必要があり、それは不可能だからだ。なにがあろうと絶対に無理。事実、ぼくはそのことを考えるつもりさえない。

なら、ポールと売春婦の章なら書けるか？　そうは思えない。絶対に書けっこない。

となると、なにかほかのものが必要だ。ポールが友人に電話する。すると、友人の奥さんが電話口に出る。彼女はポールを慰めにやってくる。ふたりはセックスする。

それじゃケイだ。その手も使えない。

クソ、なにかぼく自身とは無関係なものが必要だ。ポールにぼくの人生をあまり連想させないことをさせる必要がある。

銃で頭を撃ち抜くとか。

ベビーシッターだ！

なんでもっと早く思いつかなかったんだろう？　第二章はベビーシッターの視点から書けばいい。彼女はドライブインでどこかの男とペッティングしている。やがて、彼女は本物の色情狂だとわかる。そして、ひそかにポールに情欲を刺激されている。彼女はドライブインで男とセックスする。男は彼女を自宅に送っていく。そこにポールがいる。つづく第三章は、ふたたびポールの視点から語られる。ポールがそこにいるのは、すべては誤解だと妻に説明してくれとベビーシッターに頼むためだ。ポールは言葉につかえながら、説明に説明を重ねる。そして、ベビーシッターは徐々にポールを誘惑しはじめる。

これだ！　救われたぞ、ぼくは救われた！　これなら書ける！　第四章の視点人物はベビーシッターだ。ベビーシッターはベスに電話し、ポールに頼まれた説明をする代わりに、自分とポールは永遠に関係をつづけていくと宣言する。ベビーシッターは電話をしながらオナニーする。セックス場面なんて、どうとでもひねりだせるのだ。

なら、第五章は？

それについては……実際に第五章までたどりついたときに考えよう。重要なのは、ぼくにはまだまだ書けるってことだ。ぼくには第二章が書ける。ちょろいもんだ。それに第三章も書ける。さらに第四章も。そのころには、第五章の内容も思いついているだろう。

きょうのうちに第二章と第三章が書けない理由はない。まだ三時にもなっていない。これからちょっと休憩をとって、コーヒーをいれ、三時半には戻ってきて仕事をはじめよう。夜の八時までに第二章を仕上げられない理由など、この世になにひとつない。そこでまた休憩を入れ、ロッドと夕食をとりにいくかなにかして、十時からふたたび仕事を開始し、朝の二時に第三章を書きあげる。ベッドに入り、正午前に起床し、あすは第四章と五章と六章を仕上げる。それから――

ぼくにはできる。締め切りは木曜の午後。ということは、あさってだ。いくらがんばってみたところで、あすの夜には六章まで行くのがせいいっぱいだろう。ということは、木曜日に四章仕上げなければならない。それも昼までに。

不可能だ。

ロッドに事情を話したらどうだろう？　ロッドからサミュエルに話してもらったら？　ぼくはいま、自分には落ち度のない問題をかかえていて、妻が出ていってしまったうえに、自宅から締めだされている。どうも神経衰弱に陥っているらしい――ほら、実際に陥ってる気がするし――だから今回の本はちょっとだけ遅れそうだ。一日だけ。

おや、誰かが玄関にきている。それに電話もまた鳴っている。ヴィヴァルディ越しにベルの音が聞こえる。

電話に出なきゃならない。

なんてこった。かけてきたのはロッドだった。ぼくの家からかけてきたのだ。声が動顚していた。ロッドが動顚した声を出すのを聞いたのはこれがはじめてだ。ロッドは決して動顚したりしない。なのに電話越しに聞こえてくる声は動顚していた。ロッドはバージとジョニーと話をした。ふたりはぼくがロッドの家にいるんじゃないかと疑っている。いまふたりはそっちに向かっている。いまごろもう着いていておかしくない頃だ。玄関のベルが鳴っても応えちゃいけない。玄関のベルならいま鳴ってるよとぼくはいった。出るんじゃないぞ、警察を呼ぶんだ、とロッドはいった。そんなことどうしたらできるんだ？　あいつらはまだなにもやっちゃいないんだぜとぼくはいった。ロッドはさっきよりもさらに動顚し、警察を呼べ、おれがそっちに着いたときにあのふたりにはいてほしくないと怒鳴り、最後には自分で警察に連絡するといいだした。いいよといってぼくは電話を切り、コーヒーを一杯いれた。

ベルの音はもうやんでいた。それから、ふたたび電話が鳴りだした。ぼくはもうすこしで出そうになった。またロッドだろうと思ったのだ。でも、バージとジョニーにちがいないと考え直した。

あのロッドが動顚しているのだ。どうしてぼくにものなんか考えることができる？　どうしたら原稿なんか書ける？　自分の周囲でこんな騒ぎが起こっているというのに、どうしてゲスなベビーシッターに関するゲスな章なんか書いていられる？　バージとジョニー。ベッツィー。しかもロッドはぼくに腹を立ててる。まるで、すべての落ち度はぼくにあるみたいに。ぼくの家に行ってこようと申し出たのはあいつのほうだ。ぼくのアイディアじゃない。ライオンを近くで見たがったのはロッドだ。本物の木の蔓につかまって森をスウィングしていくエドガー・ライス・バローズ「小説ターザン・シリーズの原作者」になりたかったのだ。オーケー、坊や、やればいいじゃないか。でもな、ケツから地面に落ちたときに、ぼくを責めないでくれよな。

　いったいあそこでなにがあったんだろう？　ロッドは話さなかった。いまぼくの車に乗っていることや、日常生活に必要なあれこれを取ってきたことは話してくれた。バージとジョニーがぼくの家で夜を明かし、勝手に食事をしたものの、なにも壊したりはしていないことも教えてくれた。しかし、あのふたりと自分のあいだになにがあったかは話してくれなかった。

　どうやらあのふたりは、ぼくを捕まえるまでここを離れるつもりはないらしい。クリスマスシーズンだろうとなかろうと関係ない。感謝祭がつつがなく過ぎたいま、ほんとうなら彼らはクリスマスツリーと盗品のギフトを未開の北国からせっせと運んでいるはずだった。しかし、いまの彼らにはそれより優先すべきことがある。そして、ここでいう優先すべきこととは、もちろんぼくを捕まえることだ。

　そんなに戦いたいなら、なぜヴェトナムに行かない？　もちろんやつらはタカ派だ。いうま

45

でもない。ハワイより向こう側にあるものはすべて爆撃したがっている。

　いいや、それは誤解だ。ぼくはヴェトナム戦争に対する自分の態度を表明するつもりじゃない。ぼくはいくらだって脱線するが、そっちにだけは絶対に脱線しない。ぼくは事なかれ主義を信奉するハト派だ。だけどそれは、バージとジョニーがタカ派だってこととおなじくらい明白なんじゃないかと思う。

　クソいまいましいベビーシッターが登場する章を、なぜぼくは書かないのか？　そんなの簡単じゃないか。ドライブイン・シアターでのセックス場面なんて、すでに十回か十五回くらい書いたことがある。最後にベビーシッターの家に戻る。すると、ポールがやってくる。簡単だ。目をつぶっていても書ける。

　もし、書くことができたなら。

　なぜ書けない？　おいおい、頼むよ。この展開は現実に起こったこととはいっさい関係がない、だろ？　ベビーシッターを現実のアンジーに似せる気はさらさらない。共通点はいっさいなしだ。

　もしかしたら、本筋から脱線するのがすっかりクセになってしまったのか？　いったいこれまでに、何回くらい脱線しただろう？

　思い出せない。十回かそこらじゃないかと思う。もう原稿は残っていない。

もしあれがすべてまともなポルノ小説になっていたら！　わかるだろうか？　もしこれまでに書いた章がポルノ小説になっていたら、締め切りに間に合ったはずなのだ。ぼくは締め切りに打ち勝っていたはずだ。あす、予定よりもまる一日早く、原稿を送り届けていたはずなのだ。いまから間に合わせる方法が、なにかあるだろうか？　ペンで赤入れをして名前を変え、マンコとかファックとかいった言葉を削って――

最初に書いたいくつかの章は手元にない。どちらにしろあれは使えないだろうし、たとえ使えたとしても、もうぼくの手元にはない。

処分したりするんじゃなかった。

ぼくには自殺願望があるんだろうか？　すべてを台なしにしたがっているんだろうか？　耐えられない状況を破壊したいのか？　ここでいう〝耐えられない状況〟とは、たぶん締め切りのことだと思う。しかし、もしかしたらポルノ小説を書くことかもしれない。さもなきゃ、もっと広く、すべてのこと――人生全般かもしれない。

だとしたら、心の底では戦争を――とてつもなくどでかい戦争を――望んでいる人たちのようなものだ。なぜなら、戦争のとてつもなくどでかい破壊は、彼らの人生を変えるかもしれないからだ。民兵に登録して週末には実戦訓練に参加し、ゲリラとしてなら自分はもっと成功できたし幸せだっただろうと信じている食料雑貨店の店員や組み立てラインの労働者たち。彼ら

47

はあらゆる都市やすべてのものを吹っ飛ばす巨大な戦争をほんとうに心から積極的に望んでいる。なぜならそれが、森のなかの洞窟に住んで人間を撃ち殺す唯一の方法だからだ。しかし、自分たちは洞窟に住んで人間を撃ち殺すような暮らしをしたいんだと一般の人たちに正面切って説明しても大いなる共感は得られないとわかるくらいの頭は彼らにもある。そこで彼らは錠剤を赤と白と青の愛国心でコーティングし、自分たちは愛国者なんだとあちこちで力説する。

そうとも。もしかしたら、ぼくがやってることもおなじかもしれない。「いやー、ぼくはいまポルノ小説を書かなきゃならないんだ」といいつつ、タイプライターの前にすわると、なにをするか？

ぼくはベッツィーにこの原稿を読んでもらいたいんだろうか？　原稿を置きっぱなしにしたのは、そうすれば彼女が読んで家を出ていくと思ったからなのか？

おいおいおい。そこでやめとけ、もうじゅうぶんだ、そりゃタワゴトにすぎない。ベッツィーはぼくの書いたものを一年以上一字たりとも読んでいなかった。ぼくがいま書いているものを彼女が読むだろうなんて考える根拠はぜんぜんどこにもなかった。だから、二流の精神分析はやめておけ。ぼくは神経症的かもしれないが、狂っちゃいない。

すくなくとも、自分では狂ってるとは思わない。
実際のところ、ぼくは自分がどうなったと思っているか？　たぶん、退行してるんだと思う。

226

ぼくはまたここでロッドと相部屋生活をしている。大学生活の再現だ。ぼくは十九歳、大学二年生で、ベッツィーには会ったこともなく、ロッドとはルームメイト、お金はまったくないけれどキャンパスライフは楽しいし、誰も作家じゃない。ロッドさえも。ロッドはタイプを打つけど、作家ではない。

ロッドは父親が空軍の大佐だった関係で、さまざまなところで育った。父親はいまワシントンにいるが、ぼくがロッドにはじめて会った頃はドイツに駐留していた。しかし、公式な居住地はニューヨーク州シラキュースだったので、ロッドは州立大学に入学すれば学費を優遇してもらえた。だから彼はあの大学に入ったのだ。

ロッドは当時とまったく違う人間になっている。あの頃はとてもおとなしくて、内にこもっていた。いまでも人と打ち解けない雰囲気は残っているし、自分の感情を表に出さない。でも、いまはもっと社交的で堂々としている。以前、ぼくはロッドを見ると、ぎゅっと縮んだスプリングを思い出したものだ。もしくは、細長い箱に無理やりつめこまれたなにかを。いまはもう、その圧迫された感じはなくなっている。

たぶん、いまのロッドが自分にもっと自信を持っているからだろう。もしくは、まえより安定しているといったほうがいいだろうか。要するに、あっちの空軍基地、こっちの空軍基地と、さまざまなところで育ち、一、二年ごとに新しい学校で――ときには新しい国で――新しい子どもたちに囲まれていると、友だちを何人かつくったとしてももう二度と会えないわけだから、たぶん孤独だったんだと思う。ただし、それを表に出すようなタイプじゃなかった。ロッドはいつだって誇り高く、クールで、自信を持ってふるまっていた。

大学の一年目が終わったときに、ルームメイトになろうといいだしたのがどっちだったかは記憶にない。たぶんぼくだろう。

なぜぼくはいま、たぶんぼくだろうといったのか？　ロッドのアイディアだった可能性だってあるじゃないか。ぼくはいつも自分のことを二番手と考える。いつだって、誰かほかの人間を支配者と見なすのだ。

それがほんとだってことは、きみも知ってるだろ？　ぼくは誰かに会うたびに、自分を序列の下に置いてしまう。そんな必要はないのにだ。ぼくはたしかに道化師かもしれないが、そこまで道化師じゃない。だって、もしそこまで道化師なら、まったく機能しないはずだろ？

考えてみると、いまのぼくはあまりうまく機能していない。

大学時代、ぼくがとんでもなくだらけきっていたときのこと、ロッドがこういったことがある。「エド、もしきみが発作を起こすとしたら、緊張病だろうな」と。でも、それっていいんじゃないか？　自分はただその場にすわっていればいいんだから。誰かが食事をたべさせてくれる。誰かがよだれもぬぐってくれる。誰かが拭いてくれる。誰かが世話をしてくれる。

しかし、そんなことは許されない。いまのぼくがふさぎこんでいるのは、たんにすごくたくさんのことが起こったからだ。突然、すべてがいっせいに収拾のつかない事態になってしまった。いまのぼくは、もう自分の家にさえいない。

そして、またしても二十五ページにわたるごった煮スープ。誰だってこれを読めば、緊張病がうららかな緑の牧場みたいに思えてくるはずだ。

ロッドはもうすぐここに戻ってくる。ぼくはポールの章を読んで聞かせる。ロッドは激励してくれる。ぼくはロッドに、あしたサミュエルに電話して処刑の執行を停止してくれるように頼んでくれと頭を下げる。そのあとでここに戻ってきて、本気を出して第二章を書く。まだ夜は長い。第二章を完成させるのは楽勝だろう。たしかにすこし疲れてはいる。昨夜は四時間しか寝ていない。しかし、あと二十五ページ書くくらいの時間なら起きていられる。

おかしいのは、こういう文章ならポルノ小説よりもずっと速く書けるってことだ。これまでに書いた章のいくつかは、三時間しかかかっていない。これはマジで速い。もちろん、プロットやコンティニュイティやセックス場面なんかに頭を悩ます必要がないからだろう。ぼくがすべきは、頭をかち割って、タイプ用紙に自分の脳みそをぶちまけることだけだ。

えっ、このぼくに脳みそなんてあるのか？

3

ブロック・スチュワートはスーツケースを持ちあげ、女が乗った車の赤いテールランプが道路の向こうに消えていくのを眺め、山々のそびえる北をめざした。寒々しい荒涼とした山を。

「行っちまうがいいさ」ブロックは小声でいった。「このあたりはおれには寒すぎる。おまえにだって寒すぎるはずだ。保証するよ。このあたりの寒い夜にはおまえもきっとうんざりするはずさ、おれが保証する」

あの女と会えて楽しかった。旅の予期せぬボーナスみたいなものだった。しかしいま、亭主から逃げてきたあの女は、視界から消えると同時に、ブロックの心からあっというまに忘れ去られた。ブロックは自分がどこにいるか確認するためにあたりを見まわし、つぎにどうすべきか考えた。

ぼくも、つぎにどうすべきか考えている。

ああ、よしてくれ。いまはブロック・スチュワートの時間なんだ。ぼくはほんとにこれがたまらなく嫌いなんだよ。こうして毎度邪魔するのは勘弁してほしい。ここから出てってくれないか、エド。いまはヒッチハイカーの章の時間なんだ。

もうおわかりのとおり、ぼくはベスがヒッチハイカーを拾う第二章を飛ばしてそのまま第三章に進むべきだと判断した。まずはヒッチハイカーを視点人物にした部分を書き、その男を誰かべつの女に出会わせて、セックスをさせる。つぎにその女を第四章に登場させ、その後もおなじ要領でつづけていく。で、最後まで書き終わったら、もとに戻って第二章を書く。そのころには、ベスのことを書いてもあまり感情的にならずにすむだろう。すくなくとも、ぼくはそう判断したのだ。

第二章にベビーシッターを登場させるアイディアも、すぐに捨てたわけではない。ここにすわって、しばらく章の出だしを考えてみた。彼女には名前までつけた。ドナ・ウォーレンだ。しかし、うまくいくはずがないことがだんだんはっきりしてきた。ベビーシッターの章を書いたりしたら、自分を窮地に追いこむことになる。なぜなら、ポールとベビーシッターは深い関係にあってはならないのに、このふたりを絡ませないと作品を完成させることができないからだ。

第二章に関するアイディアは何百万とあるのに、どれも書くことができない。第二章を飛ばして第三章に進むことに決めたのはそれが理由だった。第二章は最後に残しておいて、とにかくその先をすべて書きあげてしまうのだ。

なのに、こんどはその第三章も書けない。だけど書かなきゃならない。もしぼくに最後のチャンスがあるとすれば、これがそれだ。ロッドはあすサミュエルに電話するといってくれた。もう一日くらいなら待ってもらえるだろうという。締め切りが木曜日ではなく金曜日になるのだ。しかしそれも、たったいまヒッチハイカーの章を書かないかぎりすべて水の泡だ。

いいだろう。ここはただ書くべし、それしかない。この段落を最後まで書き終えたら物語に戻るぞ。さっき書いたまともな小説部分の最後の段落をもう一度タイプし直し、そこからブロック・スチュワートの話を最後まで書き終える。またよろよろ脱線してしまったら、また戻ってくる。この章を書きあげるために百ページ分の文章を書くことになってもかまわない。そのうちの二十五ページくらいはブロック・スチュワートに関するものになるだろう。そして、そこまで行ったら、あとはタイプし直せばいい。

クソったれめが、どっちにしろぼくはこの部屋を離れられない。すくなくともあと数時間は無理だ。それっていうのもロッドが――

いや、だめだ。さっきブロックの話に戻るといったじゃないか。ちゃんと戻るぞ。

あの女と会えて楽しかった。旅の予期せぬボーナスみたいなものだった。しかしいま、亭主から逃げてきたあの女は、視界から消えると同時に、ブロックの心からあっというまに忘れ去られた。ブロックは自分がどこにいるか確認するためにあたりを見まわし、つぎにどうすべきか考えた。

　車を降りたのはひどく辺鄙な十字路だった。急速に夜のとばりが降りようとしている。ほんとうに寂れた場所で、どこを見ても人影がまったくない。角のひとつにはガソリンスタンドがあり、その対面にダイナーがある。しかし、残るふたつの角はただの草っ原だ。四方にはだだっ広い平原が地平線の果てまでつづいている。そこここに小さな木立が見えるだけだ。

　いま、道路に車の影はない。ブロックはスーツケースを持ちあげ、考えをめぐらし、まずはハンバーガーを食べようと決めると、のんびりと道路を横切ってダイナーに向かった。外からのぞくと、ダイナーは暖かくて居心地がよさそうに見えた。蒸気に窓ガラスが曇り、店内の明かりをやわらげている。しばらくすると、ぼくはこうした描写がいやでいやでたまらなくなってきた。

　ぼくがやってることはそれがすべてだ。毎月毎月、あらゆるものを描写している。男女の交接を描いていないときは、窓ガラスの曇ったダイナーを描写したりもする。さもなければベッドルームを。オフィスを。通りを。車を。描写して描写して描写しまくる。そんなもん、誰が興味を持つ？

　わかるだろ？　ブロックはそのダイナーに入っていく。店内に客はひとりもいない。カウンターの向こうに若い娘がいるだけ。

そんなこと、ぼくは話したくさえない。

この部屋の外では現実の出来事が進行中だ。あそこにあるドアの向こう側では。だからぼくはここにいなければならないのだ。もし彼女が泊まるといったら、あすまでここに閉じこもっている羽目になる。泊まることはないだろうとロッドはいったけれど、ぼくは悲観的な気分だった。

正直にいうと、ロッドが事情を話してくれたとき、ぼくはそりゃよかったと考えた。

「おまえは泊まってもかまわない」と、ロッドはいった。「本を仕上げなきゃならないんだろ？でもな、おれはあの若い娘を一カ月かけて口説いてきて、今夜がクライマックスなんだ」

ぼくらはテストをしてみて、オフィスのドアを閉めておけば、ぼくがタイプしていてもアパートメントのほかの場所では音が聞こえないことを確認した。だからぼくはここにいる。ロッドはどこかほかの部屋にいて、自分で用意したディナーをどこかの娘にふるまっている。そして、ディナーが終わったらベッドに誘うつもりなのだ。自分が彼女をベッドに誘うつもりであることをロッドは事前に知っており、ぼくもそれを知っており、その娘もたぶん知っている。こんなことが自分の身に起こったのははじめてだし、これからも起こることはないだろう。そんなやつがポルノ小説を書いてるときた。

そうとも。で、ポルノ小説を書く必要のないやつはなにしてる？ ぼくから毎月入る二百ドルは、いまやロッドには無に等しい。それはわかるだろ？ ぼくがいってるのは、ぼくから毎月入るペンネームの使用料のことだ。一年でたった二千四百ドルにしかならない。ここからエージェントのコミッション料が引かれるから、実際には年に二千百六十ドル。ほぼ二千ドルだ。ロッドなら年に四万ドルか、それ以上稼いでるにちがいない。ぼくからの二千ドルなんて屁でもないはずだ。

きょうの午後、ロングアイランドでいったいなにが起こったのだろう？ ロッドはその件については話そうとしなかったし、ジョークを飛ばしさえしなかった。ロッドがジョークを飛ばさなかったとなれば、相手がバージとジョニーであることを考えると、心穏やかではいられない。

たぶんあのふたりはロッドを少々痛めつけたんじゃないかと思う。ロッドの顔の左側には、頬骨のあたりにかすかな痣のようなものがあった。あたかも、平手でひっぱたかれたかのように。

そのことが、なぜぼくは嬉しいんだろう？ いや、ほんとに嬉しいのだ。心が狭い卑劣なやつだってことは自分でもわかってる。でも、嬉しいのだ。

同時に、ロッドがぼくの原稿を読んだかと思うと、とんでもない苦痛を感じる。ポールの章だけでなく、すべての章を読んだのだ。ぼくの家からここにいるぼくに何度も電話を入れては、その合間に読んだらしい。

たぶんロッドは、ぼくがイカレちまったと思っているだろう。そうにちがいない。ロッドはいまふたつに引き裂かれ、同時に正反対の方向へ進みたがっている。一方では、いまだにぼくのことを友だちだと思い、気の毒に感じ（これにはちょっと虫酸が走る）、手を貸したいと思っている（こいつはありがたい）。しかしもう一方では、ぼくのことを負け犬だと思い、あいつは人生につまずいた人間だから、あまり関わり合いになるべきではないと考えている。

ロッド自身は勝ち組だ。いまやそれははっきりしてる。そして、勝ち組の人間ってやつは、成功をおさめるまえに仲よくつきあってたいろんなタイプの人間と集まる機会があったりすると、勝ち組だけでひとつにかたまって、ぼくたち落伍者を寒空に置き去りにする傾向がある。なにもそのことでロッドを責めてるわけじゃない。それはちがう。憎らしいとは思うけれど、責めたりはしない。

ぼくはまた十九歳のときに戻りたい。もう一度大学時代に戻りたい。ロッドはまだ勝ち組になっていないし、ぼくも負け犬になっていないし、ベッツィーはまだ存在しておらず、ポルノ小説なんてものは誰も知りさえしない――そんな時代に戻りたい。それがぼくの願いだ。

話は変わるけど、塔のなかの姫君みたいにぼくがここに閉じこもったとき、ぼくたちは――

ロッドとぼくは――たったひとつ計算に入れるのを忘れていたことがある。便所だ。ちょっとまえ、ぼくは窓から小便をした。でも、クソがしたくなったら?

今夜は九丁目を歩くな――いまのぼくにいえるのはそれだけだ。

ブロック・スチュワートに戻ろう。脱線はもうじゅうぶんだ。

外からのぞくと、ダイナーは暖かくて居心地がよさそうに見えた。蒸気に窓ガラスが曇り、店内の明かりをやわらげている。店の正面の砂利敷きには一台も車が駐まっていない。しかし、道路際に立てられた背の高いネオンサインはすでに点滅していた。

フォー
コーナーズ
ダイナー
営業中

ブロックはドアを押し開け、なかに入った。店内の空気はむっとするほど湿度が高く、ほとんど泳げそうなほどだった。にやっと笑みを浮かべて首を振り、ドアを閉めると、カウンターまで歩いていって腰をおろした。なかに入ってみると、高速道路を横切りながら曇った窓越しに見たときよりも、店内の明かりはずっと明るく、ぎらぎらしていて、まぶしく感じられた。

最初、店には誰もおらず、ぼくの心のように空っぽなのかと思った。マッシュドポテトのつまった袋を押しながら丘をのぼっていくように、ぼくは自分自身を押してみる。頭は集中することを拒否している。ブロック・スチュワートとかダイナーとかいったクソみたいなあれこれを自分自身に無理やり考えさせることはできない。そんなのてんで無理だ。

ただし、ダイナーのネオンサインで四行稼ぐことができた。気づいてたかい？　ぼくらポルノ小説家ってやつは、簡単に行が稼げる看板やネオンサインを小説に挿入しないことには満足できないんだ。

ぼくの通ってた大学がいまはもうあそこにないってことは知ってたかな？　ぼくは存在しない大学の卒業生のひとりなんだ。それって、どう思う？　モネコイ大学は連邦政府の所有地に建つ公立校だった。第一次大戦当時、そこには陸軍のトレーニングキャンプがあった。現在は世界の状況が状況なので、わが国は一般教養よりも軍事教練に関心がある。そこで連邦政府は土地の返却を要求してきた。すべてがはじまったのは、ぼくが大学を卒業した翌年だ。大学を救おうとするさまざまな団体や廃校に抗議するさまざまな団体が、うちにも郵便物をがんがん送りつけてきて、ワシントンで開催するデモ行進に参加しろとか、金を送れとか、およそできっこないようなことを要求してきた。しかしこっちは――毎度のことながら――自分自身の問題に巻きこまれていたので、なにもしなかった。大学をどこかに移転しようという話もあった。だけど、そういう運びにもならなかった。たしか政治的な理由からだったと思う。というわけで、一九六六年の六月、モネコイ大学は最後の卒業生を送りだした。もしベッツィーがヘマをしでかしていなければ――もしくは、ぼくがヘマをしでかしていなければ――彼女もこのときに卒業していただろう。学校は永遠に閉鎖され、いまはノーボムコムダクとかいう陸軍基地になっている。陸軍はここを訓練学校として使用し、聞くところによると、ゲリラ隊員たちに一般市民をどうなだめるかを教えているらしい。

どうしてか自分でもわからないけれど、ぼくはいつしかヘスターのことを考えていた。こんな状況に陥ったら、ヘスターならどうするだろうと思ったのだ。と同時に、自分はヘスターを過大評価しているんじゃないかという気もした。結局、あいつはいまサンフランシスコにいる。ぼくにいわせれば、あそこは〝終点の街〟だ。溺死者たちが海に飛びこむまえに最後に行く街。いつかは死すべき運命にあるぼくたち普通の人間とおなじで、ヘスターも自分自身から逃げているんだろうか？

いや、ヘスターはそういうタイプじゃない。自分自身であるために逃げるタイプだ。なぜなら、家族といっしょでは自分自身でいることができないからだ。ヘスターはだいじょうぶ。いつ姿を消すべきかも、いつまた姿を現わすべきかも、あいつにはいつだってわかっている。

ヘスターが高校を卒業したときのことはいまでも覚えている。あれはぼくがモネコイ大学を卒業した二週間後だった。ヘスターはぼくの卒業式に出席しなかったが、ぼくはあいつの卒業式に出席した。それに、もちろんハンナの卒業式にも。ふたりはいっしょに卒業したのだ。卒業式のときのハンナは、ディズニーランドのリンカーン大統領のロボットみたいだった。正確でリアルに動いているのだが、どこか不気味なのだ。一方のヘスターは、すべてを巨大なパロディのように見なしていた。ぼくはヘスターがよろよろと歩くのを生まれてはじめて見た。あいつは卒業証書をうけとるために舞台にのぼり、卑屈な黒人の召使いを完璧に演じてみせた。たぶんふたりは、どちらも首尾一貫して自分自身を演じてるってことなんだろう。ハンナは賞賛に目を向け、ヘスターは人間をパロディ化することに目を向けたのだ。

ぼくはどちらかというとヘスターみたいになりたい。

問題は、ぼくはなにがほしいかってことだ。いまこの時点で持っているものはほしくない。それは絶対に間違いない。いまのぼくは他人の部屋に閉じこめられ、窓から小便をし、締め切りに間に合うように原稿を書く代わりにゴミをタイプしてる。そんな自分はごめんだ。なら、いったいなにがほしいのか？　ぼくのゴールは？　人生の目標はなんなんだ？

世界をよりよい場所にしたい。

そうそうそう、人はみんなそういう。でも、なにか具体的なことは？　具体的にはなにがほしい？　たとえば、どうやって生計を立てたい？

わからない。

オーケー。この世界のどこにいちばん住みたい？

わからない。

いいだろう。いまこの瞬間、なにがいちばんしたい？

いまリビングルームにいる娘とセックス。

アホ抜かすな、その娘には会ったこともないじゃないか。どんなルックスかも、どんな性格かも、なにひとつ知らないじゃないか。なのになぜ勃起してる？　知りもしない娘にどうして欲情できる？　それにな、ダチ公。わかってるだろうけど、おまえが勃起してるのは、その娘がリビングルームにいるっていう、ただそれだけの理由からなんだぞ。なぜだ？

なぜって、その娘がこれからセックスするからだよ。

いや、まったくすばらしい。何カ月ものあいだ、ぼくには自分の女がいた。くる夜もくる夜もベッドの横に寝ていた。いくらでも手を出し放題。手に入ることが絶対に確実な獲物だ。なのに、ここ何年も欲情すらしたことがなかった。もう何年もだ。ところがいまは、知りもしない娘に欲情してる。見たことさえないのに。

しかし、それがセックスってもんじゃないか？　未知のもの、まだ破られていないマンコに隠された秘密。ロッドは向こうの部屋にいて、ディナーに招いた娘とファックしようと懸命に手をつくしている。実際のところ、ロッドはぼくより彼女をずっとよく知ってるわけじゃない。名前と電話番号と、興味を引きそうな話題を二つか三つ——それくらいのものだ。ロッドが彼女について知っていることなど、ぼくが自分のポルノ小説の登場人物について知ってることとおなじ程度でしかない。で、それはどれくらいだと思う？　必要最低限。いかなる点においても、それ以上では絶対にない。

もし彼女が胸にしまった秘密の夢や、心にかかえている不安や、自分がどんな人間かを話しはじめたら、ロッドは混乱するだけだ。

あいつはもう指を入れたんだろうか？

ふたりがいる部屋は、ここから壁をほんのいくつか隔てているだけだ。このアパートメントのリビングルームは照明が調光できる。女をモノにするための工夫がそこらじゅうに凝らしてあるのだ。しかし、内装は落ちついていてクールだ。雑誌のプレイボーイに出てくるみたいな、下品であからさまな感じはない。当然のことながら、熊皮の絨毯なんかはないし、エロティックな連想をさせる絵がかかってたりもしない。このアパートメントはロッドが一日の大半を過ごすことを念頭に設計されているが、最大の優先事項は、ときどきゆったりと女を口説くのにうってつけの環境を整えることだった。

正直にいうと、ぼくがこんなことをしゃべってるのは、そんなこと重大な問題じゃないと思いこむためだ。もしかしたらまだご存じない人もいるかもしれないのでここで説明しておこう。どんなものでも、究極的にはその重要性を小さくすることができる。どんなものでも。完全にどんなものでも。たんにそのことについてしゃべればいいのだ。

ただし今回はべつだ。こいつは重要度が減っていかない。ぼくの知るかぎり、できることはたったひとつだけだ。

ポルノ小説を書いていて、ある章で時間が経過したことを示したいとき、ぼくら作家は行のまんなかに星印を打つ。こんなふうに——

＊

気分がよくなったといえればいいんだが、よくなっていない。じつのところ、さらに悪くなった。なんだか、ベッツィーとぼくはもう夫婦ではなく、今後も決して元の鞘におさまることはなく、すべて終わったのだと、たったいま認めたかのような気分だ。

これをどう感じればいいんだ？

ぼくにはほんとにわからない。

はっきりわかっているのは、さっきの星印を打ってから、一時間以上なにもしていないってことだ。もうすでに真夜中近い。ここに戻ってきて腰をおろしたとき、ぼくはブロック・スチュワートに戻ったか？『欲望の連鎖』——っていうのはぼくが今回の小説につけたタイトルなんだけどその話はもうしたっけ？——の第三章を書きはじめたか？どうなんだ、書きはじめたのか？

もうおわかりのとおり、書きはじめなかった。

ぼくがいまなにを考えているかわかるかな？はじめて女の子とセックスしたときのことだ。そいつはすてきで憂鬱な経験だった。星印を打つまえにそのことを考えておくべきだった。

その話、してほしいかい？いいだろう、ぜひにっていうんなら。

当時のぼくは高校生三年生の十七歳、童貞はもう捨てたと宣言してからすでに二年がたっていた。ある晩、まえから知ってるやつが、一晩でいっぺんに何人か相手にしてくれる女がいるんだけど興味あるかと訊いてきた。男は何人だと訊くと、たった三人だという。車を出すのはおれなんだから最初にやるのはおれだ、とそいつはいった。濡れぬれの二回戦を担当するのが誰で、貧乏クジの三番手が誰かは、もうひとりのやつとぼくとで決めろってことだった。ぼくはオーケーと答え、クールで平然としたふりを装っていたけれど、ほんとに童貞を捨てられるって思っただけで気が狂うほど興奮していた。そしてその夜の九時、そいつは父親の車に乗ってぼくを拾いにきた。あの車は、たしかランブラーだったと思う。もうひとりのやつはすでに車に乗っていた。そいつとぼくは車のなかでくじを引き、ぼくが勝って濡れぬれの二回戦をうけもつことになった。

わかるかな？　ぼくが勝って、濡れぬれの二回戦を手に入れたんだ。

ぼくらがそのとき拾いに向かってた女の子は、ぼくが通ってたオールバニー高校の生徒じゃなく、違う高校に通っていた。どこの高校かは伏せておこう。噂によると、その子はしばらく町から姿を消していたことが二度あったらしい。一度は赤ん坊を生むため、もう一度はしばらく矯正施設にいたってことだった。それがいままた戻ってきたのだ。以前とまったく変わらないままで。

それはともかく、噂では以前とまったく変わってないということだった。ほんとだったかどうかはわからない。ぼくはそれまでその子に一度も会ったことがなかったし、その夜以降、ふたたび会うことはなかったからだ。そもそも、彼女の名前がなんだったかさえ判然としない。ジョイス——だったと思うんだが、違うかもしれない。ジョイレス・ジョイス。だった気がする。ちがうかもしれないけど。

ぼくらは通りの角でその子を拾うことになっていた。そして、彼女はほんとにそこにいた。ぼくの人生において、つぎに足を踏みだすべきステップが実際にあるべきところにあった数少ない例のひとつだ。唯一の障害は、その女の子が幼い弟を連れていたことだった。彼女は十六歳、弟は七歳だった。その子は車に乗りこんでくると、弟を連れていかないかぎり外出は禁止だと両親にいわれたのだと説明した。これは明らかに、邪魔な弟がいっしょなら自由気ままにファックはできないはずだ、という理屈《セオリー》だろう。

すべての理論《セオリー》は間違っているというのが、ぼくの理論《セオリー》だ。

ぼくたちはだだっ広い空っぽの駐車場へ行った。ここではときどき野球の試合が行なわれ、夏にはカーニバルが開かれる。O・C・バック・ショーとか、そういったやつだ。ランブラーを駐車場のすごく暗いところに駐めると、ぼくたちは外に出て足を伸ばした。女の子はぼくらにささやき声で計画を話した。お姉ちゃんが車のなかでひとりとやっているあいだ、残りのふたりは弟の相手をしている。ああ、いいとも。

そこで、お姉ちゃんと車の持ち主が消えた。もうひとりとぼくは、幼い弟と明るく楽しいマヌケな会話をはじめた。すごく星のきれいな夜で、ぼくはさまざまな星座を指さしてみせた。あれが北斗七星であれがなんとかで、とかなんとか。ガキは興味を持ったように見えたものの、すぐにまた関心を失ってしまった。たぶん、ぼくがえらく過敏になっていたせいだと思うけど、弟はいまなにが起きているかを正確に知ってるような気がした。たしかにまだたったの七歳だった。でも、あいつはぼくらを哀れんでたんじゃないかと思う。ぼくらの考えてることはわかってるのに、こっちにバツの悪い思いをさせたくなくて、それを隠そうとしてたんじゃないか。だから首を後ろにそらして空を見上げ、調子を合わせたのだ。間違いかもしれないが、ぼくはそんな印象をうけた。

しばらくして車の持ち主が戻ってきて、ぼくにウィンクし、弟に向かって野球の話をはじめた。弟は野球のことなんか、オールバニー・セネターズのこと以外なにも知らなかった。弟はオールバニー・セネターズの試合を何回か父親と見にいった話をはじめた。これはほんとにほんとなんだけど、ぼくはその場に残って弟の話を聞いているほうがよかった。だけどお楽しみが呼んでいるので、こっそり――だと思う――その場をあとにし、車のところまでいった。車の窓はすべて熱気で曇っていた。

話をつくってるんじゃないかって？　窓はぜんぶ熱気で曇ってた。嘘じゃない。

ぼくは助手席側のドアを開けた。そこには誰もいなかった。窓が曇っているうえに、その夜はかなり暗かったんで――空には雲ひとつなかったけれど、月は出ていなかった――車のなかはよく見えなかった。ただし、彼女はそこにいなかった。

そのとき、後部座席から声がした。「こっちよ」

「ああ」とぼくはいい、助手席のドアを閉め、後部座席のドアを開け、なかに入った。

おかしな匂いがした。かびっぽくて、湿った匂いだ。どうしてかはわからないが、その匂いをかいでぼくはウサギを思い出した。見えるのは彼女の青白い肌だけだった。ドレスは腰までまくりあげられ、パンティは脱がされ、後部座席になかば横たわるようにすわっている。頭は窓よりも下にあった。腹は細く、平たく、青白い。恥毛は黒く、謎めいていた。

後部座席はひどく窮屈で、ズボンとパンツを脱ぐのにすこし手間取った。ズボンとパンツを足首のところまで押し下げ、右足だけ抜いて自由にし、シャツの裾を下に着ているTシャツのなかにたくしこんでから、ぎこちなく彼女の上に覆いかぶさった。女の子にペニスをさわられたのはそのときがはじめてだった。彼女はペニスに手を添え、あそこに導いた――思っていたよりもずっと下のほうだった記憶がある。もちろんすっかり濡れそぼっていたからスルッと入った。背骨が折れるくらいぼくが反り返ると、彼女はウウンとうなったりあえいだりしはじめた。それ以前も以降も、誰かがあんなに速く呼吸をするのを聞いたことは一度もない。ぼくが逃げだすんじゃないかと怖れてでもいるように、彼女はこっちの脇腹や背中を両手でしっかりとつかんだ。腰をすごく速く動かすもんだから、ぼくはついていけなかった。がんばってはみたんだけど、とても無理だった。ぼくは半分休んでいたようなものだ。彼女の完璧な腰の振りに合わせて突き、完璧な腰の振りに合わせて引く――それをくりかえしただけだった。

じつをいうと、ぼくはかなり早くイッてしまった。でも、彼女のほうもそうだった。そのときのぼくはなにが起きたのかよくわかっていなかったけれど、あれから積んできた経験からすると、ぼくがなかに入れていた短い時間に、彼女は四、五回イッたんじゃないかと思う。それからぼくもイッた。すると彼女は実務的になり（すべての女性はセックスのあとで実務的になる。結婚生活のガイドブックになんて書いてあろうとだ）、ティッシュをいくつも小さく丸めてあちこちを拭きはじめた。シートには汚れないように毛布が敷いてあった。

たしかに悲惨な思い出だけど、それももうこれでおしまいだ。三番目のやつが終わったあとで、ぼくらは彼女をまた車で送っていった。車内のおかしな匂いのことは、幼い弟も含めて、誰も口にしなかった。話はそれでぜんぶだ。幼い弟の件も含めて。

さて、ブロック・スチュワートに戻ろう。戻らないと思ったかな？　それが戻るんだな。

最初、店にはまったく誰もいないのかと思った。しかし、カウンターの向こう側に若い娘が立っているのが目に入った。店の奥だ。白い服と金髪が背後の室内装飾になじんでいた。

娘はゆっくりとこちらに歩いてきた。ブロックは腰をおろし、穏やかな笑みを浮かべた。彼女の歩き方には官能的なにかがあった。唇にはかすかにすねたような表情が浮かんでいる。まぶたを半分閉じてブロックを見る青い瞳は、心になにかわだかまりを持っていることを思わせた。娘はどことなく誘惑するような口調で訊いた。「なにがお望みなのかしら？」

「この本を書き終えることだ」と、彼はいった。

娘は悪意のないけだるげな笑みを浮かべ、薄汚い濡れぞうきんでカウンターを拭いた。「絶対に無理ね。あなたには、この章を書きあげることだってできない」

「書き終えなきゃならないんだ」

「なぜ?」

「なぜなら……今週は悲惨だったんだよ。ここでなにかを成功させなければ、ぼくは自殺するかもしれない。なにもかもがぼくに向かって崩れかかってくる。ぼくは自分自身の努力で逆境を克服できることを証明する必要があるんだ」

「誰に向かって証明するの?」

「誰に対して、だ」

「いいわ」娘はいらだったりせずにいった。「誰に対して証明するの?」

「ぼくにだ」

「誰があなたを判断するの? いえ、〝誰がそれを判断するの〟ね」

「おいおい、なにをいってるんだ。とにかく証明しなきゃならないんだよ。ただ降参するってわけにはいかないだろう?」

「そんなことないわ」

「だけど、ぼくにそのつもりはない。あきらめたりしたら、ぼくは誰だ?」

「自分の居場所がなくなるってこと?」

「いいや、ちがう。ぼくは誰になるか？　ぼくは誰になるかってことだ」

「あなたはあなたでしょ」

「自分の足もとで地面が崩れてくのが感じられるんだ。怖いんだよ」

「あなたに起こりうる最悪のことってなに？」

「すべてがとまることだ」

「死ぬってこと？」

「いいや。ぼくが本を完成できなければベッツィーは戻ってこないし、ぼくはもうあの家に住むことができず、これまでぼくだったすべてのもの、ぼくが演じてきたすべての役割、引きうけてきたすべての人格が、すべて停止してしまう」

「で、あとに残ったもの――それがあなたよ」

「毛をすべて剃られて丸裸にされた子犬みたいなもんだ。無防備で、身体を震わせていて、絶望的だ。誰にもなれないんだとしたら、ぼくはいったい誰だ？」

「それって、意味をなさないわ」

「意味がほしいわけじゃない。ニューヨーク・タイムズの世界に意味は存在しない。さまざまな出来事の羅列があるだけだ。出来事がなにも起こらなくなったら万事が終わりを告げる。ぼくの人生もおなじだよ。一連の出来事がとまったら、ぼくはもう終わりだ」

73

「ナンセンスよ。一連の出来事がとまっても、なにかべつの出来事がはじまるはずでしょ」

「どんな?」

「わたしたちにはまだわからないけど」と、彼女はいった。「でも、かならずはじまる。ビールの卸売会社で働いていたときのことを思い出して。そこにロッドから手紙がきたわけでしょ? それって、ひとつの人生の流れが終わって、べつの流れがはじまったいい例じゃない」

「あの古い人生の流れには耐えられなかった。ぼくは結婚して、母の家に住んでいた。ビールの輸送トラックを運転して――」

「いまの人生の流れには耐えられるんでしょ?」

「もちろんさ! だけど、あのときのぼくにはロッドの手紙があったし、行くべきところがあった。今回はダストシュートしかない」

「ダストシュートがどこに通じているか確かめてみたら? 面白いと思わない?」

「冷たい黒い水のなかさ」

「わぁ、それってドラマチック。っていうか、メロドラマリーな感じ」

「メロドラマリーなんて言葉はない」

「へえ、絶対あるべきなのに」と、娘はいった。「とくにあなたのためにね。十一月の本が締め切りまでに書けなかったら、状況はどのくらい悪くなるの?」

「彼らはぼくをお払い箱にする」

「そうなったら？」

「きみは気楽でいいよな、このダイナーがあるんだから。ぼくになにがある？」

「聖書によれば、約四十五年の人生」と、娘はいった。「奥さんはあなたを捨てて出ていった。そのせいで、あなたの選択肢はすでに増えてる。あなたは奥さんのあとを追っていってもいいし——」

「そんなことしたら、バージとジョニーに殺される」

「もしあなたがベッツィーを求め、ほしいと思っているなら、バージとジョニーにはとめられない。問題は、あなたが彼女を求めているかどうかよ」

「わからない。そこが最悪の部分なんだ。今回の件が起こるまえは、なにも決断を下す必要がなかった。すべては用意され、秩序だっていて、確固として揺らがなかった。いま、ぼくは判断を下さなきゃならない。なのに、自分がなにを望んでいるのかわからないんだ。自分でもわからないことを、どうしたらきみに話せる？」

「もし自分がそう望むなら、あなたはベッツィーを望むことができる。反対に、望まないことも選べる。ベッツィーはあなたに選択肢をあたえたんだわ。彼女は両親の住む実家に帰った。あなたにベッツィーとエルフリーダの面倒が見られないんなら、実家の両親が見てくれる。ってことは、あなたは自由だってこと」

「無防備だ」

「自由よ」

「無防備だって」

「それはおなじことだわ」

「こんなところにしよう」と、彼はいった。「もう二十五ページ分書いた」

「何ページかかってもいいから、ブロックの章を終わらせようってつもりはないの？」

「ぼくにはできない。これ以上、精力がつづかないよ。立つもんも立たないんだ。下品な表現で申し訳ないが」

「いまここでやめるんなら、負けを認めたってことね。あなたはこの本を決して書き終われない」

「どうだっていい。疲れすぎてて、心配する気にもならないね。それに、こんなことはいいたくないんだが、便所に行きたいんだ」

「おしっこなら窓からしたら？　さっきみたいに」

「したいのは小便じゃない」

「あら、かわいそうな人」と、娘はいった。

4

こんなのやりたくない。ここでまずはっきりさせておくけど、ぼくはこのゲームをいやいやプレーしてるんだ。

もうひとつのゲームよりはましだからこっちをやってるにすぎない。

ＹＭＣＡホステルの部屋へようこそ。なぜＹＭＣＡなのか？　なぜこの臭い部屋は幅四フィート長さ十フィートで、なぜ家具はカエデ材なのか？　どうしてカエデ材なんだ？　シングルベッドがひとつ、椅子がひとつ、幅の広いタンスがひとつ。ドアの裏側は鏡張りになっているが、いまのところぼくは見るのを拒否している。ベッドの脇には小型の絨毯。まだこれまでのところベッドでは寝ていない。窓、ブラインド、やたらと巨大なカーテン。外に見えるのは醜悪な黒い屋根。どこかここからは見えないところで照っている太陽が、午後遅くのＹＭＣＡホステルの死んだような影を、窓の向こうの黒い屋根に投げかけている。影は屋根の醜さをやわらげていたが、反対にその意味を際立たせていた。

77

どうしても知りたいならいうけど、ロッドはぼくを放りだした。けさのことだ。あいつはこっちが目を覚ますまえに部屋へ入ってきて、ぼくがきのうの夜書いたものを読むと、ぼくを起こして精神科医のところに行ったほうがいいといった。ほんのちょっと寝ただけなのに叩き起こされた坊やにはなんのことやらわからなかった。しかも、寝たといっても安眠できたわけじゃない。なんか夢を見たんです、ドクター。でも、内容まではっきり思い出せません。ただ、自分がいるところにとどまるために、全速力で必死に走ってた気がします。

というわけで、ぼくはいささか機嫌が悪く、いうべきではないことをひとつふたついってしまった。ついでにいうなら、ロッドのほうもだ。正直なところ、あいつはきのう例の娘とセックスできなかったんじゃないかと思う。だからけさはあんなに短気だったのだ。

ロッドが読んだ章のなかで、ぼくはあいつのことをどんなふうに書いただろう？　ベッツィーのときとおなじことをまたやらかしてしまったのか？

ベッツィーといえば、ぼくはバージとジョニーを見かけた。さっきも書いたとおり、ロッドはぼくを放りだした。ぼくはショッピングバッグふたつとタイプライターを抱えて通りに出た。ショッピングバッグには原稿と下着といろんな贅沢品が詰まっていて、通りの向こうにはトラックが停まっていた。

きのうの夜、窓から小便をしたとき、あのふたりにかかったことを願うばかりだ。

それはともかく、こっちがふたりを見たとき、向こうもぼくを見た。ふたりはトラックを降りようとした。

そのとき、小説ではとても使えないような、すばらしい偶然が起こった。偶然がパトロールカーの形をとって現われ、通りをゆっくりとこちらに向かってきたのだ。ぼくは声をあげて呼びとめた。パトロールカーは停まり、ぼくはそっちへ歩いていった。バージとジョニーはトラックのなかに戻り、走り去った。ぼくは警官にグランドセントラル駅はどこか訊いた。パトロールカーが行ってしまうと、こんどはタクシーがやってきた。ぼくは飛び乗り、運転手に「YMCAへやってくれ」といった。

「どのYだ?」

「どこだっていい」

で、いまここにいるってわけだ。いったいどこなのかは、いまもってどうだっていい。つぎにどうすべきか考えつくまで、ぼくはここにいる。ぼくはいま警察に指名手配されている。行動の自由はすごく狭まっている。

ああ、そうそう、それがさっきいった〝もうひとつのゲーム〟ってやつだ。ロッドがすごく早く起きた理由は、警察から電話がかかってきたからだった。やつらはぼくを探している。警察がロッドに——そしておそらくはほかの友人たちにも——電話を入れたのは、ぼくにとって最善の道は自首することだと伝えるためだった。未成年者に対する淫行はそれだけで重罪であり、司法当局からの逃亡の罪まで犯すべきではない、というのだ。おかげでニューヨーク界隈におけるぼくの信用（ってものがもしあったとして）は、すっかり地に堕ちてしまった。

未成年者に対する淫行。そうとも、ほんとなんだ。おそらくベッツィーがアンジーの父親に電話したんだろう。アンジーのことは覚えてるだろ？　例のベビーシッターだよ。思い出したかい？　それはともかく、どうやらベッツィーは相手の女も懲らしめられるべきだと考えたらしく、アンジーの父親に電話して、あんたの娘はうちの亭主とファックしてると——ただしおそらくはもっとべつのいい方で——ばらしたのだ。かくして、大騒動が勃発した。

アンジーは否定して当然だった。だって、まったくの事実無根なのだから。しかし彼女が否定しようが、そんなものはまったくの無価値だった。というのも、あの小娘は処女じゃなかったからだ。

おお、やったぜどんなもんだい！　やつらはアンジーをかかりつけの医者のとこに連れてって検査をうけさせた。するとあのすてきなルックスのチビは誰かれかまわずセックスしてたことが判明した。だったらどうせならぼくも——

とはいえ、たぶんぼくは相手にしてもらえなかっただろう。どっかの高校のフットボール選手ならＯＫだろうが、ぼくみたいに年食ったジジイじゃだめだ。

それはともかく、アンジーの父親は警察に電話し、司法当局はいま未成年者に対する淫行の容疑でぼくを指名手配してる。これが無罪ですむと思うかい？

もちろん、証拠はもうどこにもない。唯一あるのは、以前ぼくがその件について原稿を書いたっていう妻の証言だけ。アンジーは否定するだろうし、ぼくも否定する、ぼくが無罪ですんだら、そりゃ正義がなされたってだけの話だ。だって、ぼくはやってないんだから。マジで絶対やってない。

ほんとだって。

しかし、どういうわけか、ぼくはその勝負にも勝てる気がしない。

さて、これからどうすべきなのか？　もしバージとジョニーに捕まらなくても、警察に捕まってしまう。もし警察にも捕まらなくても、どうしていいかわからない。サーガスのあの家に帰るわけにはいかない。さりとて、オールバニーの実家にも帰れない。警察が絶対に待ちかまえているはずだ。

しばらくはここに泊まっていよう。いま、だいたい五十ドルくらい持っている。それにダイナースクラブ・カード。だから、しばらく金の心配はしなくていい。ロッドはぼくの家に行ったとき、小切手帳も持ってきてくれた。でも小切手を切ったりしたら、その場で警察に捕まってしまうだろう。

だからいま、ぼくはここに立っている。タイプライターを置く場所はタンスの上以外にない。だからいまはそこに置いてある。で、この文章をタイプするためにぼくはここに立っている。体重を片方の脚から反対の脚に移し替えながら、ここに立っている。タイプしてる。自分でも信じられない。

あすはポルノ小説の締め切り日だ。だけどたぶん、ロッドがもうサミュエルに電話して、原稿はあてにしないほうがいいと伝えたはずだ。老いぼれエドはもう使いものにならないと。おれたちには新しいゴーストライターが必要だ。ポストは空いている。メッセージを発信しろ。

ゴーストライター急募！

年収一万ドル。ちょろい仕事。毎月ちょっとタイプを打つだけ。でも忘れるなよ、こ、こんなクソを一生つづけられるやつはいない。

なぜぼくはロッドの忠告をしっかり聞いていなかったのか？　それはベッツィーがカバみたいにでっかくなっていて、ぼくは無一文で、サビーナ・デル・レックスの太ももがなめらかで白くてなめらかで白くてなめらかで白かったからだ。

ぼくは去勢されるべきだ。そうとも、去勢されるべきなんだ。重いおたふくかぜにでもかかれば、万事解決するにちがいない。

世界がどこもかしこも人でぎゅう詰めのデカいポンコツのワゴン車になったような気がする。

ぼくは自分の居どころが気に入らない。すごく低いところに押しつけられ、誰もがぼくを踏みつけていく。なので、もっと高いところへ行こうとするんだけど、っていうか、すくなくとももっと居心地のいい姿勢をとろうとして、あたりかまわず押したりするんだけど、なにをやってもワゴン車から転げ落ちそうになるだけだ。

ワゴン車には友人が何人か乗っている。ぼくなしで、彼らはどうやってやっていくんだろう？　彼らはぼくがいないことに気づいてるはずだ。ぼくになにかあったとわかってるはずだ。気にしてないのか？　誰も気にしていないのか？　この広い広い世界で、ぼくのことを気にかけてる人間は、このぼくひとりだけなのか？

とはいってもな、エド、おまえには誰か気にかけてる人間がいるか？　もちろん、自分以外にってことだが。

ヘスター。

フレッド。

もしかしたらベッツィーも。あくまで、もしかしたらだが。

ってことは、それがおまえを気にかけてる人間だよ、エド。ヘスター。フレッド。それに、もしかしたらベッツィー。あくまで、もしかしたらだが。

いいだろう。そいつはすばらしい。ぼくはいま道路に横たわっている。泥にまみれてここに横たわっている。ワゴン車が走り去っていく。車体を揺らし、ガタガタ音をたて、坂の向こうに消えてしまう。

もう音も聞こえない。

耳をすませてみろ。なんて静かなんだろう。このタイプライターがたてるカチッカチッという音しか聞こえない。

しかし、いまぼくは立ちあがった。いまぼくは立ちあがって背中の泥を払い落としてから帽子を拾いあげて頭に乗せるとやたらとでっかい水玉模様のボウタイを直し、赤くて丸い大きな鼻に手を触れて落ちたり傷ついていないか確認すると巨大な赤いハンカチをとりだして鼻をかんでからそれを使ってサイズが一メートルもある靴についた埃をぬぐい落とし、つづいて眼鏡のレンズを拭くためにそのハンカチを眼鏡のフレームにつっこんでそもそもレンズがないってことを明かしてから最後にズボンの後ろポケットにしまい、それから首をぐっと前に倒して襟に差してある幅三十センチの白と黄色のヒナギクの匂いを嗅ぐとそこから顔に向かって水が噴きだしてきたんで驚いて跳び下がってポケットの巨大な赤いハンカチをまたひっぱりだして顔をぬぐってから絞ると水がボタボタと地面に落ち、それをまたズボンの後ろポケットにつっこんでから幅広の黄色いサスペンダーに吊られたぶかぶかのチェックのズボンの深くて広いポケットのなかをのぞいてみるとそこには子犬とかハムサンドイッチとか指をパチンと挟むネズミ取りとか引き金をひくと「ファック！」と書かれた旗が飛びだす拳銃とかアメリカの国旗とか花の匂いをかごうとすると顔に水を噴きだす植木とか奇妙なものが入っていて、ぼくはそれをぜんぶ投げ捨てて巨大な赤いハンカチをまたひっぱりだして顔を拭いてから絞る仕草をするとこんどは羽根がひらひらと飛びだしてくるけどぼくは反応せずに巨大な赤いハンカチをまたポケットに戻して周囲を見まわすとぼくはたったひとりだ。

子犬さえ姿を消している。

なにも起こらない。

タイプの音がうるさいと誰かがフロントに苦情をいってくれればナイスじゃないか？　そしたら従業員がタイプをやめさせにくるだろう。でも、そうは問屋がおろさなかった。

なぜぼくがまた原稿をタイプしはじめたか理由を教えよう。ここにチェックインしたあとで、ぼくは外に出て昼食をとった。味もへったくれもないひどい料理で、それがなんなのかどうにか識別できるものは、つるつるすべってつかみにくいフライドポテトだけだった。ニューススタンドにも行き、おっぱいの写真が見たくてニューヨーク・タイムズを買った。ある意味で、写真は見られたといえなくもない。新聞を買った件をぼくが言及するのを避けてきたのは、たぶん道徳的にアンビバレントなものを感じていたからだろう。それに、そのことについて話しはじめたらひとりよがりになって、ニューヨーク・タイムズより偉そうな顔をしはじめるんじゃないかと不安だったのだ。ポルノ作家のなりそこないみたいなぼくに大きなことなんかいえるはずがない。

いいだろう、ニューヨーク・タイムズだ。用意はいいかい？

第一面の二番目に大きい見出しは「孤独なGIの妻たちにとって、冷たいのは風だけではない」だった。記事――海外派遣されている兵士の家族のために陸軍が用意したカンザスの住宅地域。そこは小さな町、もしくは郊外開発地区のようなところで、女性と子供しか住んでいない。

タイムズはごくまじめくさった表情をくずさず、「わたしたちはこの件に関して卑しい興味などまったく抱いてはおりません」という論調で、家に男を連れこむ女性がいるという「問題」について語っている。タイムズはこれを、あまり深刻な問題ではないと結論づけていた。理由のひとつは、妻たちが自分たちで「社会統制」――と陸軍の一部のソーシャルワーカーは呼んでいるらしい――を行なっているからだ。この住宅地区には女性と子供しか住んでいないはずなので、男がいればかならず噂が立ち、陸軍に通報されてしまうのだ。いいかえれば、女性たちのほとんどは「自分が手に入れられないものをほかの人が手に入れるのは許せない」と考えているということだ。

ソーシャルワーカーはまた、妻たちのなかには「酒に溺れる」者もいるといっている。ぼくにいわせるなら、彼女たちが生活している檻のことを考えれば、それが生き残るための最高の方法だと思う。

それはともかく、ぼくはこの記事を読んだ。けっこう長い記事で、妻たちの写真もいくつか載っていた。

もうおわかりだろうが、ぼくはまだ見出しを読んでる段階から、それを頭のなかでポルノ小説に仕立てあげようとしていた。記事を読み進め、頭の一部がプロットのディテールを忙しく考えているあいだ、頭のほかの部分はべつのことを考えていた。うまくすればこんどこそ自分のペンネームで本を出せるかもしれない。この本——タイトルは『セックスに飢えて』——を書きあげ、どこかほかの会社、ランスとつきあいがない出版社に売りこんでみよう。実際にオフィスへ行って直接契約ができるようにニューヨークの出版社がいい。そうすれば搾取されるのを避けることができる。そんなふうに考えているときに、ぼくはニューヨーク・タイムズが「問題」について語っている部分にさしかかった。ソーシャルワーカーが「社会統制」と呼んでいるってところだ。そして突然、ぼくは自分が恥ずかしくなった。いやほんと、マジで恥ずかしくなってしまったんだ。

なぜなら、相手は血の通った人間だからだ。記事に出てくる女性たちは、それぞれがみなひとりの人間だ。夫もいれば子供もいて、自分自身の人生がある。それぞれの人格と悩みがある。

それぞれの尊厳がある。彼女たちがいま陥っている苦境を利用し、それを頭の悪いどっかの変態がオナニーするためのでまかせの嘘に変えるなんて、いかに安っぽくて卑しいことか。

しかも、それこそまさにぼくがこれまでやってきたことなのだ。そうじゃないか？　これほど直接的ではないし、新聞記事で読んだ話をそのまま使ったわけではないにしろ、おなじくらい悪い。ぼくの小説に登場する人物はみな、深刻な苦痛をもとにした薄っぺらい嘘にすぎない。ぼくがそうした嘘を書けるのは、自分自身が薄っぺらい生き方をしているからだ。

おっと、またキレちまった。ぼくはいつだって過剰に攻撃してしまう。標的が自分のときはなおさらだ。

要するに、ぼくは新聞記事を読み、そいつをポルノ小説に仕立てようと考え、ひどく不快になったってことだ。でも、ぼくはこの部屋にいた。ここにはタイプライターがあり、真っ白なタイプ用紙があった。ぼくは部屋を出ていきたかったけれど、たったひとりでなにかやるのはいやだった。ディックやピートや誰かに電話をするのは怖かった。たぶん、警察は彼ら全員に事情を説明したはずだ。おそらく彼らは警察の話を鵜呑みにし、ぼくは病気なんだと考え、本人のためだと思って警察に引き渡すだろう。そんなことになるのはごめんだ。

無実の罪を着せられたヒーローが活躍するミステリ小説を、これまでにいったいどれくらい読んできただろう。彼らは警察に行く代わりに、自分自身の手で犯罪を解決する。窮地を切り抜けるにはそれしか道がないと信じているからだ。ということで、ぼくはここにいる。無実の罪を着せられ、自首することもなく。

もちろん、ぼくとミステリ小説の主人公には違いがいくつもある。まず、ぼくはヒーローじゃない。第二に、そもそも犯人がいないので、謎を解くことができない。

いや、これはそうともいいきれない。正確にいつなのかはわからないが、誰かがかわいいアンジーのレジをチンと鳴らしてあそこを開かせたことは間違いないのだ。しかし、ぼくは大勢の高校生を尋問してまわってその相手をつきとめる立場にない。たとえあったとしても、今回の件と殺人ミステリのあいだにはまだほかにも違いがある。まずアンジーは殺されていない。セックスをしただけだ。しかも、人間はたった一度しか殺されないが、セックスなら何百万回もできる。だから、顔を赤らめるフットボール選手を見つけてもたいして役には立たない。

というわけで、ぼくにはなにも解決できない。解決すべきことがなにもないからだ。もしぼくが逃げれば——っていうのは、ぼくがこのまま逃げつづければって意味だけど——それは逃げるために逃げてるんであって、それ以上の意味はない。

話がそれた。いまはニューヨーク・タイムズの記事について話してたんだった。ぼくはその記事を読み、自己嫌悪に陥った。やるべきこともなく、行くべきところもなく、なにを考えるでもなく、ただ時間をつぶしているだけだった。

89

そこで、タイプライターに用紙をセットしてみた。なにもタイプはしなかった。ただ用紙をセットしただけだ。

しばらくしてから、用紙をタイプライターにはさんだまま外出し、ペイパーバックを三冊買ってきて帰ってきた。ぼくはそれを読もうとした。三冊ぜんぶ読もうとした。どの本もまるで役に立たなかった。言葉が印刷されたページを見るのだが、ついあすのことを考えてしまうのだ。

あす、なにをしよう？　あすからどうやって生活費を稼げばいいのか？　ベッツィーを取り戻す努力をすべきか？　警察へ行くべきか？　ポルノ小説を書くべきか？　そもそも執筆をするのか？　『セックスに飢えて』を書くのか？

最後に、共用バスルームにシャワーを浴びに行った。そのためには、靴をはいてコートを着こみ、石鹸とタオルを持ってすごく長い廊下を歩いていかなきゃならない。シャワーのあとで身体を乾かすあいだ、ぼくは口説かれた。もし誰にもいわないと約束するならこっそり教えるけど、じつはちょっとだけその気になった。

アプローチしてきた哀れなホモに抗いがたい性的魅力があったわけじゃない。いやほんと、信じてくれ。男は三十歳くらいで、すごく背が低く、腐ったゆでだんごみたいに柔らかそうだった。彼はすごく悲しげで、哀れで、敗北主義的で、宿命論的で、ぼくはここ数日ではじめて、自分が勝利者で、やり手で、意思決定者で、人間のなかにまじった巨人であるかのように感じた。

まあ、ぼくは人間のなかにまじった巨人じゃない。しかし、あの男にとっては巨人だった。男は天気のことでなにかみじめなことをぼそぼそつぶやいてから、きみの部屋にテレビはあるかと訊き、ぼくの部屋にくれば見せてあげるよといった。テレビ。「見ながら身体を乾かせばいい」いいかえれば、いったん自分の部屋に戻って服を着る必要はないよ、ということだ。

ぼくはためらった。間髪入れずに「失せろ変態！」と怒鳴りつけはしなかった。一瞬ためらった理由は、個人的な孤独、もしくは孤独の初期症状、もしくは孤独に襲われる予感に関係があったものの、いちばんの理由はべつのものだったと思う。それはおそらく、なにかに帰属していたいという気持ちだ。

人間の持つ群居本能ってやつが、いまの自分から失われていることはわかっていた。でも、またすぐに戻ってくるだろう。なぜって、ぼくの胸のなかのなにかが、自分を定義するものを名前以外になにか望んでいるからだ。職業でもいい。なんらかのグループに帰属していることを示すものでもいい。

これまではいつだってグループに帰属していた。最初は大学。それからしばらくのあいだはビールの卸売会社。最後の二年半は作家だった。たしかに本物の作家ではなかったかもしれないが、「ペイパーバックのポルノ小説を書いてるんです」ということはできた。そう口にするのがどんなにきまり悪く、恥ずかしくても、同時にいい気分も味わえた。そこには帰属意識があり、アイデンティティを感じることができたからだ。

アイデンティティといえば、ぼくはときどき、自分のファーストネームは皮肉な疑問になっている思うことがある。だってほら、語尾を上げると「エド、勝つ《ウィン》？」だろ？　そして、ラストネームがそれへの答えだ。

しかしそれにしても、トップリスとは、いったいどういう名前なのか？　たったの一字違いで「頂点がない《トップレス》」だからな。こんな名前がついてて、人生でなにを成し遂げられるっていうんだ？

中学のときも高校のときもひどい目にあった。ぼくの名前に関するジョークときたら、脳がないとか、頭がないとか、そんなのばっかりだった。

しかもここ数年は、トップレスのウェイトレスが大流行になったもんで（おっぱい丸見えの女性に食事を運んできてほしがるなんて、アメリカ人の多くはいかに精神を病んでるか考えてみてほしい）、ぼくの名前に関するジョークはより猥褻になり、昔のジョークよりも笑えなくなった。

改名しようかと考えたこともある。それも一度や二度じゃない。ぼくが二歳のときに父親が死んだりしていなかったら、いまごろはとっくに改名していただろう。しかし、事情が事情なので、改名したりしたらなんてひどい息子なんだと思われてしまうし、父親をひどく侮辱することになる。バカバカしいのはわかってる。嘘じゃない、ちゃんとわかってる。でもそう感じてしまうのだ。

うちの母さんを捨てるまえに、義理の父親がぼくを養子にしてくれていたら、と思うこともある。エドウィン・ハーシュはけっこういい名前だ。エドウィン・ハーシュって名前なら、ぼくはいまごろウォーターフロントの土地を所有していただろう。でも、養子にはしてくれなかった。ハーシュに捨てられてからの母さんは、当然ながらその名前が好きでもなんでもなくなっていたし、その名前のついた娘がふたりいることに心底ハッピーってわけでもなかった。ぼくがハーシュに改名したいといいだしたりしたら、いまでも猛烈な反対をうけるんじゃないかと思う。母さん自身は、最近では旧姓を使っている。メイベル・スウィング。

なら、エドウィン・スウィングと改名したら？　いや、そいつはよろしくない。その名前からぼくがうけるイメージは、首を吊られて揺れてるところか、ホモになった自分だ。どっちもすごく魅力的とはいいがたい。きょうの午後、シャワー室でゆでだんごに誘惑されたにもかかわらず。

高校生のとき、ファーストネームとミドルネームだけを使ったらどうだろうと考えたこともある。ぼくの場合はエドウィン・ジョージだ。もしかしたら、ほんとにそう名乗るべきだったのかもしれない。エドウィン・ジョージ。悪い名前じゃない。すくなくとも、おっぱいネタのジョークを飛ばされる回数はぐっと減るだろう。

警察に追われてるとかいった状況を考えれば、いまこそ名前を変えるべきかもしれない。ここにチェックインするときにはダーク・スマッフと名乗った。ポルノ小説を書くときのぼくのペンネームだ。でも、自分がいつまでもダーク・スマッフって名前を使いつづけるとは思えない。そもそもあれは、ロッドの名前だ。

なら、どうするか？　まったく新しい名前？　エドウィン・トップリスとはまったく無関係で、ぼくをよりよい人格へと高めるのに役立つような名前。勝者の人格。負け犬のメンタリティを駆逐するもの。

ブロック・スチュワート。

ああ、ダメだ、それはいかん。ダーク・スマッフとおなじくらいインチキ臭い響きがある。

いや、それどころか、エド・トップリスくらいインチキ臭い。

なら、エド・スチュワートはどうだ？　エドウィン・スチュワート。マイルドだが弱々しくはない。エド・スチュワートはＧＩっぽい。ナイスガイっぽい名前だ。フレンドリーで頼りがいが感じられる。厚かましさのない静かなる勝者にふさわしい名前。エド・スチュワートに負け犬のメンタリティはない。

もしかしたら、エドガーのほうがいいかもしれない。エドガー・スチュワート。それだと、ちょっと力強さが出る。

ただし、これはあくまでぼくが使う名前だ。だったらエドセルのほうがいいかもしれない。ちょっと待て。もし旅に出るつもりなら偽名は使えない。ダイナースクラブ・カードを使う必要があるし、あれにはぼくの名前が——盛りあがった青いプラスティックの文字で——入っている。その上には、読みにくいぼくのサインがのたくっている。ということは、自分の名前で旅をする以外に手はない。

ぼくを探しだすために、警察はどれくらい労力をかけるだろう？　未成年者相手の淫行がとてつもない騒ぎになるとは思えない。警察はぼくの友人や親戚とコンタクトをとり、新聞になんらかの情報を載せ（まだニューズデイには目を通していないが、ニューヨーク・タイムズにはなにも載っていなかった）、ぼくの自宅を定期的にチェックするはずだ。しかし、それくらいのところではないか？　あと、指名手配のチラシをつくって配布くらいはするかもしれない。となると、どこかでなにかやらかして警官に捕まれば、指名手配されていることが発覚して身柄を拘束されてしまう。しかし、空港や鉄道の駅に網を張ったり、家を一軒一軒しらみつぶしに捜索するとは考えがたい。ぼくはモンゴルのウランバートルにも行けるし、メキシコのメリダにも、コンゴのブラザヴィルにも行ける。どこにだって行ける。

いや、だめだ。パスポートがない。

まあ、アメリカ国内とカナダだったらどこにでも行ける。実際の話、姿を消すのが目的なら、それだけの選択肢があればじゅうぶんだ。どこかに落ちつくまで、生活はダイナースクラブ・カードでやっていけるのであればなおさらだった。

ちなみに、ダイナースクラブ・カードをつくったのはほんの偶然にすぎない。あるとき、知り合いの作家たちと街へ食事に出かけると誰が伝票を処理するかでいつももめることに気がついた。みんなが勘定を自分で持ちたがるというわけではない。勘定を自分のクレジットカードで払い、ほかの参加者から金を徴収するのだ。ぼくにはこれがよくわからなかった。そこである晩、ピートに訊いてみた。するとピートはこう教えてくれた。自分のクレジットカードで伝票を処理したやつは、税金の申告のときにそれを経費で落とすことができるのだ。ほかの作家たちとのビジネス・ディナーだから、ビジネス控除の対象になる。完璧に合法だ。

うーん、なんてこった。ぼくだって税金は納めなきゃならない。しかも、政府から自分の金を守る方法についてはすごく興味がある。そこで、すぐさまダイナースクラブに申込書を送った。するとすぐにカードが送られてきて、ぼくはメンバーになった。

また話が本題からそれた。ぼくの一日について話してたんだったな。グループへの帰属を申し出られたものの、ぼくは不本意ながら拒否した。いま考えてみると、ホテルの代わりにキリスト教青年会が運営するＹＭＣＡホステルに泊まったのは、おなじ種類の象徴的意思表示なのかもしれない。たぶん、なんらかのグループに帰属したいというぼくの欲望を暗示しているんだろう。

　同時にそれは、ぼくがダイナースクラブ・カードの利用価値をめったに考えたことがないことを示している。当然のことながら、ダイナースクラブがあればこの街のどのホテルにだって宿泊できる。手持ちの現金しか使えないってわけじゃない。実際、いま考えてみると、隠れ家で現金を使うのは賢い行動ではない、もし急に姿をくらましたりすれば、警察の目からするとぼくは逃亡者だ。ダイナースクラブで支払いをしても問題はない。実際の話、ぼくは請求書をうけとることさえないだろう。

　なんだか気味が悪い。わかるかな？　ぼくはただ時間をつぶし、逃亡者になることを真剣に考えている。貨物列車。息を切らして森のなかを走る。終夜営業のダイナー、冷たい風を避けるために立てたコートの襟。髭を剃っていない頬。「誰に命じられておれを追ってきた？」「マックスだ」ラベルの貼られていないボトルを手渡される。中身はまだ半分残っている。「逃げろ、警察だ！」路地を駆け抜ける。ドアの下にステップのついた車。ネオンサインがついたり消えたりをくりかえしている安ホテル。「動くな、警察だ！」バキューン、バキューン！

97

おまえは死んだ。

ただし、そうはならない。実際にはハワード・ジョンソン・モーテルとホリデーインを利用し、有料高速道路と高速自動車道を使って——

で、どこへ行くんだ？

永遠にここにいるわけにはいかない。それだけは確かだ。あと二日もこんなことをしていたら、ぼくは自分が誰か他人だってふりをするだけのためにあのゆでだんごとシックスナインをしていることだろう。

ああ、クソッ、ぼくが一日なにをしたか話してるんだったな。ぼくがなにをしたかなんてクソくらえだ。いくら説明しても話が脱線してばかりじゃないか。自分がどんどん壊れていってる気がする。なにごとに関しても首尾一貫した思考が維持できない。まるで遠心機に乗ってるみたいだ。ものがビュンビュン飛び去っていくにつれ、残っているものを放さずにいるのがどんどんむずかしくなっていく。妻と娘は飛び去っていった。収入とキャリアと職業も飛んでいった。友人たちも去っていった。家も消えていった。いまのぼくに残っているのはタイプライターとタイプ用紙が少々（そのうちの何割かは汚れている）、着替え用の下着が何枚か、ビュイック、現金約四十ドルとダイナースクラブ・カード、それにおそらくはぼくの正気。ただしぼくの正気は、このところ筋道を把握していることができなくなってきている。

たとえば、いまのように。ぼくはいま、自分がきょう一日なにをしたかを話していたはずだろ?

実際のところ、ぼくには話すことなんかなにもない。

ただたんに、タイプライターに用紙がセットされていたんで、『セックスに飢えて』を書かないでいるためにはなにかしなければならなかったんだ。バカみたいに響くだろうか? ぼくは気にしない。ほんとにそうだからだ。まるでドラッグ映画のなかに迷いこんだかのようで、禁断症状を克服することができない。徐々にドラッグを減らしていくしか手はない。ぼくはいま、『セックスに飢えて』というヘロインをやめるための麻酔剤としてこれを書いている。二十五ページにわたる……

なんなんだ、これは?

ただし、ぼくにはなにも書くことがない。九日前、これを書きはじめたとき、ぼくにはいいたいことがたっぷりあった。ほんとにマジでたっぷりあったんだ。話さなきゃならないことがありすぎたおかげで、書くべき本がどこかに締めだされてしまった。いまではもう、書くべきだった本のことはすっかりあきらめた。そのうえ、いいたいこともなにも残っていない。

ぼくはずっとロッドのことを考えている。たぶん、電話してあいつに警告すべきなんだろう。でも正直いって、とてもじゃないが恥ずかしすぎる。

いまきみは、「いったいなんの話をしてるんだ?」って思ってるんじゃないか? 話題はなんに切り替わったのか? きのうの夜、ロッドのオフィスに閉じこめられてたとき、ぼくがトイレに行きたくなったことは覚えてるだろう? したかったのは小便じゃない。大のほうだ。とはいっても、窓からウンコをしたわけじゃない。実際、しようかとは思ったし、もし下にバージとジョニーがいることを知っていたらほんとにやっていただろう。しかし、実際にはしなかった。しなかった百パーセントほんとうの理由をいうと、窓から後ろ向きに落ちるのが怖かったからだ。と同時に、できることなら、どこをどう見ても滑稽でしかない姿勢は避けたかった。この〝どこをどう見ても滑稽な姿勢〟には、ぼく自身の見解では、グリニッジヴィレッジの西九番街に面した他人のアパートメントの四階の窓の下枠にしゃがんで十一月の寒空に裸のケツを突きだすことも含まれる。だからぼくは、窓からウンコをしなかった。

もしロッドがデスクの左側のファイル用引き出しをあけたら、さぞかしびっくりするはずだ。とりあえず、引き出しにはなにも入っていなかったし、ぼくとしては部屋じゅうに臭いが蔓延するのも避けたかった。となると、どこかふたをしておけるところにするしかない。しかも、便意はどんどん切迫してきており、ぼくは膨れあがるパニックをかかえて部屋のなかをぐるぐるぐるぐる歩きまわり、最後には捨て鉢な気分になって引き出しをつぎつぎにあけていき、空っぽなのをひとつ見つけた。そこでぼくは、それを満たした。

まあ、満たしたとはいっても、いっぱいにはならなかった。しかし、投入はした。

どっちにしろ、ロッドはなにも入っていない引き出しをあけたりはしないのでは？　臭いはしない。引き出しを閉めれば、臭いはぜんぜん漏れない。臭いさえしなければ、ロッドがあの引き出しをあける理由はほかに思いつかない。となれば、ぼくはたぶん安全だ。

　ロッドに電話して、おまえのデスクの引き出しにクソをしたよとは告白したくない。

　それどころか、ここで話をするのさえいやでたまらない。そもそもこの話を持ちだしたのは、二十五ページを埋めるための話題がほかにもうなにも思いつかず、完全に捨て鉢になってるって証拠だ。ぼくがこの話をしたことは忘れてくれ。

101

5

親愛なるヘスター

　便箋に打ってある数字は気にしないでくれ。これはたんにぼくの個人的な事情でついてるだけなんだ。じつはおまえに会いにいくかもしれない。っていうか、もしかしたらそっちのほうに行くかもしれないもんだから、そしたらおまえのところにちょっと寄って会いたいと思ってるんだけど、もしおまえのところに寄って直接会ったら事情をすべて話すよ。それはそうと、ぼくの言葉はそのまま額面通りうけとってくれ。101とか5とかいった数字に意味はない。ぜんぜん意味がないんだ。たんにここんとこ、ちょっと強迫神経症気味でね。

　昔からかかえてる強迫神経症もまだ消えちゃいないようだな。ほら、バカバカしい嘘をつくとかさ。もしぼくがサンフランシスコに行くとしたら理由はただひとつ、おまえに会って、話をして、自分のかかえてる問題をおまえに打ち明けることだ。だから、おまえのところに〝ちょっと寄る〟っていうのはあまり正確な表現じゃない。こいつもまた、ぼくが自分をごまかそうとしてる証拠だろう。助けの手を本気で差しのべてほしいわけじゃないってふりさえすれば、拒絶にさらされる危険がすくなくてすむってわけだ。

おまえに対するぼくの気持ちがどんなものか、おまえは知ってるんだろうか。知ったら動揺するんじゃないかと思う。ぼくはおまえを賞賛してて、妬ましく思ってて、尊敬している。おまえはぼくよりも四歳年下だっていうのにだ。でも、いつだっておまえは、ぼくが持っていないものをひとつ持っていた。最近ぼくはそれを〝可能性の多様性を認識する力〟と呼んでいる。要するに、おまえは自分をいかなるものにも拘束させないってことだ。おまえは自分がいたくない場所にとどまったりしない。おまえがそれを罰をうけずにすむかはわからない。でも、おまえやぼくくらいの年齢の人間にとって、それが飛ぶための唯一の方法なんだ。もっと早くそのことに気づけばよかったと思わずにはいられないよ。おまえはいつもすぐそばにいて、ぼくに見本を見せてくれてたっていうのに。でも、自分の落ち度で困った状況に陥ったいまのいまになって、ようやくものごとをあれこれ考えるのをやめ、その認識に到達することができたんだ。

じつはベッツィーが出ていってしまってね。おまえなら万歳三唱するだろう。それとも、「なんで兄さんが出ていかなかったの?」というかもしれない。おまえはベッツィーのことをぜんぜん認めてなかったもんな。まあ、それだとちょっと言葉が強すぎるか。たいして気にかけちゃいなかった、ってところかもしれない。ぼくが人生の選択をするにあたって、おまえは「それは賛成」とか「それは反対」とかいって自分の意見を押しつけたりはしなかった。おまえの意見を重視してたのはぼくだ。なんで重視してたのかは自分でもよくわからない。

おまえにこの手紙を書いている理由さえわからない。とにかくなにか書かなきゃならなかったってことだと思う。で、おまえのことが頭に浮かんだんだ。だからこうして書いている。でも、もしぼくがそっちへ行くんなら、こんな手紙を書く意味なんてない。なぜって、ここに書いてることはぜんぶ、会ったときに直接話せばいいからだ。そのほうがずっといい。それに、もしぼくがそっちへ出ていかなくても、この手紙に意味がないことに変わりはない。なぜなら、おまえから返事がくるとは期待していないし、こんなイカレた内容の手紙に返事なんか書けっこないからだ。

とすると、そもそもぼくはおまえに手紙を書いてるんじゃないのかもしれない。そう信じこもうとしてるだけだ。もしかしたらぼくは、おまえに状況を説明してるつもりになることで、それに対するおまえの態度を想像しようとしてるのかもしれない。たとえば、もしおまえがぼくだったらなにをする？　警察に行くか？　ベッツィーのところへ行く？　サンフランシスコのヘスターのところに行く？

そう、もちろん警察だ。ぼくは未成年者に対する淫行の濡れ衣を着せられて指名手配されている。考えてもみてくれ、獲物は手に入れずに罪だけ背負いこんだってわけだ。ああ、笑っちゃうような話だよな。でもたんにおかしいだけじゃない。すごく深刻でもある。ベッツィーはぼくを捨てて出ていき、警察はぼくを探してて、ぼくはもうポルノ小説を書いていない。

たったいまタイプライターを替えた。わかるかい？　この手紙の最初の三枚をタイプしたときに使ったのとおなじスミスコロナのタイプライターだけど、こっちはボディの色がベージュなんだ。メイシーズ百貨店にあったやつは青だった。

ぼくはいまギンベルズ百貨店にいる。なにがあったかっていうとさ、ＹＭＣＡにチェックインするときにうっかりダーク・スマッフってサインしちまったんだよ。これはポルノ小説を書くときのぼくのペンネームでね。警察はぼくの指名手配通知を送るとき、変名のひとつとしてダーク・スマッフを挙げたらしい——ってことは、やっぱりロッドかサミュエルか誰かがタレこんだんだ——で、信じられないことに、きのうの夜、ＹＭＣＡにいきなり警官がどっと踏みこんできたわけだ。文字どおり警官の群れが。

幸いなことに、ぼくは部屋にいなかった。廊下の向かいにあるゆでだんごの部屋にいたんだ。ゆでだんごっていうのは、シャワー室でぼくを誘惑してきたホモでね。おいおい、ちょっと待てって、誤解しないでくれ、ぼくがホモになったとかそういうわけじゃない。完全にひとりきりでいるのに慣れていなかったってだけの話。それだけだよ。夕食後、大量のケチャップと脂っこいハンバーガーでべとべとになった胃壁をかかえたぼくは、することもなく、四方の壁を見てるうちに、なんだかみじめな気分になってきた。ほんとに心底みじめな気分になってきたんだ。

手元にはタイプライターさえなかった。最近、ぼくはタイプライターが嫌いでたまらない。ちょっとした神経症的問題をかかえていてね（数字への強迫的な執着もそれが理由だ）。だから夕食に出るとき、ついでにあのタイプライターをＹＭＣＡに寄付したんだ。

まあ、あれのせいでぼくは頭がおかしくなりそうだった。古いおとぎ話に出てくる悪魔みたいでさ。ぼくに無理やり書いて書いて書かせるんだよ。一回につき二十五ページ、約五千語書くまでやめさせてくれない。ぼくをトラブルに巻きこみつづけ、こっちがなにより聞きたくないことをいわせる。そこでぼくはとうとう決心した。この呪いを誰かべつのやつに引き継いでもらおうってね。そこで、外出するときにあのタイプライターをデスクにおいていったんだ。こいつを寄付するよ。いいや、礼にはおよばない。匿名の寄付ってことで。ちょっとした敬意のしるしさ。きみたち若者の仕事ぶりに対するささやかな感謝の気持ちだよ。だから夕食から戻ってくると部屋は静かで、空っぽで、読書に集中もできなければ、することもなにもないうえに、ぼくを救ってくれるロクでもないタイプライターさえなかった。

そのときぼくは、ゆでだんごがテレビを持っていると話していたのを思い出した。自分ならきっちりケツを守れるはずだと考え——下品な表現で申し訳ない——しばらくテレビを見るためにゆでだんごの部屋に行った。トラブルなんかまったく起こらなかった。あいつは身体に触れてこようともしなかった。きっとあいつも、たんに孤独だったんだと思う。誰かと友だちになっていっしょにいるためなら、同性愛的な欲求のほうは我慢するしかないと考えたんだろう。

それはともかく、ぼくがゆでだんごとテレビを見ていると、廊下から騒ぎが聞こえてきた。テレビではUCLAからの中継でボブ・ホープのスペシャル番組をやっていた。それでおまえのことを思い出したんだ。画面ではちょうど、薄っぺらで身ぎれいな若者のグループが歌っているところだった。たしかキッズ・ネクスト・ドアって名前だったと思う。いやほんと、誓って嘘じゃない。そういうタイプの番組だったんだよ。でも、チャンネル2の深夜枠で『怒りを込めて振り返れ』を放送する予定になってて、ぼくはそれをちょっと楽しみにしていた。

ただし見ることはできなかった。廊下で騒ぎが起こったとき、ゆでだんごはいかにも知ったような表情を浮かべてみせた。おせっかいな表情とでもいったほうがいいかもしれない。で、廊下でみんながなにをやってるのか見に出ていった。数分ほどしてから戻ってきたときには、ひどく青い顔をしていた。あいつはドアを閉じてささやいた。「警察だ」

すぐに事情を悟ったぼくは、なにもいわず、質問もせず、ただゆでだんごを見つめた。

ゆでだんごはささやいた。「やつらは、きみの部屋にいる」

「ぼくがこの建物にいるのを知ってるんだ。フロント係が通報したんだろう」

ゆでだんごはでっかく目を見開いてささやいた。「どうするつもりだい？」

「話しても、信じないだろうよ」ぼくはうんざりして立ちあがった。ある意味、決断が自分の手を離れたことが嬉しかった。心を決め、部屋を出て敵と対峙するしかない。

すると、ゆでだんごがさっとぼくのほうに進みでて、両手でぼくの腕をつかんでささやいた。

「ぼくが匿《かくま》ってあげる！　ぼくにはわかってる。きみはすごく悪いことができるような人じゃない。ぼくが匿ってあげる！」

「やつらはここの部屋をしらみつぶしに捜索するはずだ。面倒に巻きこまれるだけだぞ」

ゆでだんごはあたりを見まわし、隠れる場所を探した。テレビの前でいっしょに時間を過ごしてくれたことに報いたかったんだろう。それにあいつは、登場人物が警察から人を匿う番組のファンだった（目を期待にきらめかせて、ボブ・ホープの番組のつぎは『ラン・フォー・ユア・ライフ』をやるんだと教えてくれた）。だから、現実にそれとおなじことができることが嬉しくてたまらなかったんだろう。

この哀れな男に対して自分が見下すかのような態度をとってるのはわかってる。でも、このぼくが優越感を感じられる相手なんて、ほかにどこにいる？

それはともかく、ゆでだんごはふと窓に目を向けて叫んだ。「非常階段だよ！」

ここは建物の正面側だし、下の歩道は人通りが絶えない。ぼくがそう指摘すると、いったん屋上に出て裏の非常階段を降りればいいという。

このいまいましい手紙は、いつしか小説の原稿に変わりつつある。アクションもあれば、セリフもありだ。いやほんと、精神的にまいってるんだよ。しかも、店員たちがうさんくさそうな目を向けはじめてる。このタイプライターは客が試しにタイプしてみるために陳列されてるものだ。ぼくはここで五ページ目をタイプしてて、店員たちは「もしかしてこいつぜんぜん買う気ないんじゃないか?」と思いはじめてる。メイシーズ百貨店では三ページ分しかタイプできなかった。あそこはここより店員がヒマにしてたんだ。

よし、いいだろう。てっとりばやく終わらせてしまおう。ぼくはゆでだんごのいうとおりにした。屋上に出てみたんだ。そして、アホみたいな気分になった。おまえも知ってのとおり、ぼくには高所恐怖症の気があるからとくにさ。ぼくがガキだったとき、ミセス・アームブライターのガレージの屋根から降りられなくなったときのこと、覚えてるだろ? おかげで消防車を呼んでもらわなきゃならなかった。屋上の暗闇のなかで、ぼくはあのときのことをずっと考えてた。いまのぼくはもうすっかり大人だ。なのに、真夜中に——正確にいうと十時二十分前に——YMCAの屋上を走りまわってる。階下には警官たちがいて、ぼくを探してる。妻は去った。生計の手段も失った。そしていまや、タイプライターもない。

ぼくはいまスターンズって店にいる。こうした小さなアイロニーがぼくの鼻をつねる。ぼくが「タイプライターもない」とタイプし終えたところに鼻持ちならない店員がやってきて、ご購入をお考えですかと質問したのだ。そこでぼくはギンベルズ百貨店を出て、六丁目を歩いて四十二番街へ行き、いまはこのスターンズにいる。この手紙はもう終わらせなきゃならない。このまま二十五ページも書きつづけるわけにはいなかい。そりゃ無理だ。

きのうの夜のことはもう話したくない。ぼくはYMCAを出て、四十二番街のオールナイト映画館で眠り、銃撃場面のたびに目を覚ました。きょうは、どうしたらいいかわからないまま、ただもうさまよい歩いている。もちろん、やつらはぼくの車を押さえてしまった。そのうえ、この十日間ぼくがひたすらタイプを打ってきた何ページにもわたる狂気に満ちた原稿も。さらに清潔な下着も。ぼくはいま汚れた下着のまま歩きまわっている。

なにもかもが剝ぎとられていく。なにもかもだ。気がついたときには丸裸にされていた。そしていま、百貨店から百貨店へとさまよい歩きながら、たぶん投函しないおまえへの手紙を書いている。おまえに会いに行くかどうかわからないという内容の。

ヘスター、やっぱりおまえに会いには行かないと思う。おまえのことを考えれば考えるほど、おまえはぼくの想像が生みだした虚構にすぎない気がしてくるんだ。現実のおまえは、浮かれ騒いでいるただの妙ちくりんな若い娘なんじゃないか。ほかの人間と同様、おまえには答えなんかわかってない。どこからともなくいきなり兄貴が現われて、厄介な問題がつぎつぎ勃発する安っぽいメロドラマを聞かされたら、困惑して混乱するだけだろう。

ぼくにはおまえの生活が想像できる。おまえはたぶんマリファナとＬＳＤをやっているだろう。最後に会ったときよりも、性生活はややこしいものになっているだろう。たぶん反ヴェトナム・デモに参加して、ヒッピー文化ってやつにどっぷり染まっているだろう。そういう文化にだって、実際には軍隊みたいな体制順応主義がはびこってるにちがいない。

それとも、そんなのはぼくの偏見だろうか？　おまえのことを自分の唯一の希望と考え、この世界でもっともすばらしいものとみなしておきながら、こんどはおまえの正体を暴露し、失望から自分自身を守ろうとしているだけなのか？

クソッ、ぼくはおまえが誰だか知らない。おまえもぼくが誰だか知らないし、気にもかけちゃいないだろう。ぼくはおまえに会いにいくかもしれない。でも、たぶん行かないと思う。もちろんこの手紙は絶対に投函しない。だから、こいつをこれ以上書きつづける意味はない。

それはともかく、ありがとう。

エド

今回は二十五ページぴったり書くまえに終わらせることができた！　ぼくは治ったんだ！

111

親愛なるベッツィー

数字は無視してくれ。意味はなにもない。

きみの気持ちはわかっていると伝えたい。つまるところ、ぼくがアンジーとセックスしたかしなかったかはたいして意味がないことも理解している。ぼくはしてない。神にかけてほんとうだ。でもそれはたいした問題じゃない。

問題はきみとぼくだ。そして、ぼくらがおたがいに対して誰であるかだ。ぼくとしては認めるしかない――ぼくらはおたがいに対して見知らぬ他人だったし、百パーセントではないにせよ、責任の大部分はぼくにあるってことを。

ぼくは生まれてからずっと、すごく底の浅い人生を送ってきた。ここ数日に起こった出来事が、いきなりぼくを目覚めさせた。ぼくは周囲を見まわし、自分がなにをしているかにはじめて気がついた。ぼくはいい夫じゃなかった。完全に心を開いて、「さあ、ぼくはここにいるよ。これが偽りのないありのままのぼくだ。長所も短所もふくめて、すべてきみのものだ」とは、一度としていわなかった。すまない。

きみが読んだきみに関する文章、きみに関する章にぼくが書いたあれこれは、当時のぼくが実際にそう信じていたことだ。きみがあれを読んだことだけでなく、自分があんなふうに信じていたことにも、心から申し訳なく思う。きみにとってはとんでもなく辛いことだっただろう。

でも、信じてほしい。自分がきみをまったく誤解していたことに気づいたとき、ぼくもすごく辛かった。ぼくは心のなかできみを矮小化し、あつかいやすい大きさにした。きみから個性や人格を削ぎ落とし、本物のきみに対応しなくてすむようにした。きみを口のきけないおもちゃに仕立てあげ、きみの感情や欲望について考えまいとした。ぼくがそんなことをしたのは、いくらがんばっても成功するとは思っていなかったからだ。はっきりと意識して考えたことではなく、あくまでも本能的な自己防御だった。ぼくにできることといえば、自分の感情や欲望からきみの気持ちを推しはかることだけだったけれど、そうした推測は正しいように感じられたし、すくなくとも真実に近いんじゃないかと思えたんだ。

問題は、いまはどうなのかってことだ。信じてほしいけど、きみが去ってからというもの、そのことが頭から離れたことは一瞬たりともない。きみが去ってしまったと最初に気づいたとき、ぼくはきみのことを死ぬほど取り戻したかった。だけどそれは、たんなる反射的な反応にすぎなかった。現状を維持したいというごく一般的な人間の欲望だった。変化や未知のものに対して人間が感じるごくあたりまえの恐怖だった。そのあとで、すこし気持ちが落ちついてから、本気で問題を分析しはじめた。そして、自分はほんとにきみとよりを戻したいのか判断しようとした。だけどわからなかった。実際、いまでもわからずにいる。きみに戻ってきてほしいと思うときもある。でもそれは現状を維持したいという気持ちにすぎず、個人的な感情とは無関係に思えるときもある。きみが誰で、ぼくが誰で、ぼくらがいっしょにいるとどんな人間になれるのかとは、無関係だと。できるなら、そのことをきみと話し合いたい。そうすれば、たぶん、ぼくら自身のことや、ぼくらの結婚のことが、おたがいにすこしは理解できるようになるんじゃないかと思うんだ。

もちろん、いまきみがすごく腹を立ててることはわかってる。もうぼくには会いたくないだろう。それは当然だ。

でも、このあいだぼくは自分にいいきかせたんだ。もし本気できみに理解してもらいたいのなら、やってできないはずはないってね。きみに耳を傾けさせ、こちらの言い分を聞いてもらうことが、まだ可能だと思うんだ。その点についてもぼくは間違ってるのかもしれない。でも、そう思えるんだよ。

ぼくはモネコイに行ってきみに会いたい。いや、会いたいと思ってる。まずはこの手紙を速達で出して、モネコイに着いたらきみに電話するよ。そしたらどこかで会って話ができるはずだ。もちろんきみの気持ち次第だけどね。さもなければ、ぼくにはとりあえず会うと答えておいて、その間に警察に電話し、どこに行けば逮捕できるか通報してもいい。きみにはそうすることもできる。もしそうしたいのなら。

自分がなにをしたいのか、ぼくにはいまだにはっきりわからない。ヒッチハイクでカリフォルニアへ行って妹に会うかもしれないし、飛行機で行くかもしれない。そっちのほうが速いからね。さもなければ、まったくべつのことをするかもしれない。自分でも考えさえしなかったようなことを。オールバニーに行って母さんに会うかもしれない。ま、そいつは疑わしいけど。正直、きみとまた元の鞘におさまりたいのかどうか、ぼくにはほんとによくわからない。きみと話がしたいのか、またきみと会いたいのか、それさえわからないんだ。

もしこの手紙を投函すれば、きみにはぼくが決心したことがわかる。こんなふうに話すのは思慮のあることじゃないのはわかってる。でも、ぼくが混乱した精神状態であることを、きみに理解してほしいんだ。そしてきみにそれを理解してほしい理由は、ぼくがきみにどんな苦痛をあたえたとしても、それは意図的なものではないし、きみを傷つけたいなんてこれっぽっちも思っていなかったと信じてほしいからだ。

それにこれも知っておいてもらいたい。ぼくはアンジーとセックスしてないだけじゃなく、結婚して以来きみ以外の誰ともセックスしていない。嘘偽りのないほんとのことを打ち明けると、ケイとは一度キスをした。パーティーのときでふたりともハイになってたんだ。彼女にキスしてそれでおしまい。あとで落ちつかない気分になった。きみと結婚してからってもの、すこしでも浮気に近いことをしたのはそのときだけだし、それにしたってキス以上のことはなにもしちゃいない。絶対に誓うよ。

115

　きみが読んだ原稿のなかでぼくはバカげたことを書いている。なかでもいちばんバカげてるのはアンジーとの一件だ。ぼくは気分が冴えなかった。目の前に締め切りが迫っていたからだ。

294

十一月締め切りの本がうまく書けずにいたんだ。それからしばらく、ぼくは頭に浮かんだことをなんでもタイプしていった。下品なこと、バカげたこと、嘘。なかにはアンジーとの件みたいに完全な嘘もあるし、きみに関することみたいに、自分では真実だと信じていた嘘もある。

　ぼくはきみを愛していたんだろうか？　愛してたと思う。確信はない。きみと結婚したときには愛していなかった。それは真実だ。でも、それ以前は愛してたと思うし、それ以降もときどきは愛していたと思う。ただし、じゅうぶんに愛していたとはいえない、それはわかってる。ちゃんとわかってるし、すまないと思う。

　すべてに対して申し訳なく思う。ぼくの人生だけでなく、きみの人生まで台なしにして。そっちに行くかどうかはわからない。もし行ったら、きみはどうするだろうか？　第一、もしぼくたちがまたいっしょにやり直すとしても、ぼくにはそれが間違いではないとはいいきれない。

　もしきみがこの手紙をうけとったら、すぐにぼくから電話があるはずだ。

ためらいつつも

エド

親愛なるロッド
　ぼくはいまスミスコロナ精神病とでも呼ぶべきものにかかってる。四六時中タイプを打たずにはいられないんだ。それも二十五ページ分書かないと気がすまない。いま書いてる原稿は、べつの人間には手紙のように見える。だからおまえにも一筆書いて、ぼくらが別れてからなにが起こったか知らせようと思ったんだ。
　話は変わるけど、ぼくはいまマディソン街のオフィスビルの九階にいる。テックス・チェムとかいうオフィス地区のビルだ。ぼくはベッツィーへの手紙をタイプし終わったところでブルーミングデイル百貨店を追いだされ、そのあとでふらふらとこのビルのなかに入りこんだ。というのも、タイプライター売り場がある手頃な百貨店がどこも思いつかなかったからだ。で、このビルの九階まで上がってきて、タイプしてる女性でいっぱいのでっかいオフィスを見つけた。
　ここでは女性タイピストが何列も何列もずらっと並んでタイプライターを打っている。しかも、あちこちに空席があって、使われてないタイプライターが置いてある。で、ぼくがどうしたかっていえば、自分はここの社員だって顔をしてオフィスに入っていき、空席をひとつ選んでタイプライターの前にすわり、いまこうしてこの手紙を書いているってわけだ。

残念なことに、このタイプライターは活字がパイカだ。ぼくがいつも使っているのはエリートだから、ワード数のカウントがややこしくなる。活字が途中からパイカになっても、二十五ページ分ぴったり書けばそれでいいんだろうか？　いまのぼくはその疑問と格闘してるんだよ、ロッド。

　このオフィスにくるまでは、大きなマニラ封筒に入った安っぽいタイプ用紙の束を持ってさまよい歩き、店から店へと渡り歩いて、展示品のタイプライターで陰気にタイプしていた。自分がなにをしてるのかも、なぜこんなことをしているのかも、じつはよくわかっていない。わかってるのは、こうして書いてる手紙の一通で幕を閉じることになるんだなってことだ。ついにぼくはこいつを終わらせてなにかができる。っていうのは、タイプ以外のなにかができるってことだ。

　これから自分がどうするか心を決めれば、このタイピング強迫症から自由になれると思う。そしたらこの手紙をぜんぶマニラ封筒につっこみ、すべてまとめておなじ受取人に送りつける。たぶんおまえにだ。だってほら、おまえはぼくがこれまでに書いてきたクズを、破棄した分をのぞいてすべて読んでるわけだろ？　とすれば、最後の部分も読んだっていいじゃないか。もちろんこれが最後の部分になればってことだけど、ぼくはそうなることを心から祈ってるよ。

　ぼくはおまえに知っておいてもらいたい——それがこの手紙を書いてる理由だ——おまえが

これまでに読んだ原稿のなかでぼくがなにを書いていようと、きのうの朝おまえに追いだされたときにぼくがなんといったとしても、ぼくは自分の身に最近降りかかった混乱の一部たりともおまえのせいにするつもりはない。

実際の話、責めるべきはほかならぬこのぼくだけだ。たとえ誰か他人に責任を押しつけたいと思ってるとしても、おまえはそのなかに入ってない。「こんなクソ、永遠につづけられるやつはいない」とおまえはいった。おまえはちゃんと事前に警告してくれてたってことさ。あの警告に耳を傾けなかったんだとしたら、たとえどんな理由からだったにしろ、それは誰のせいでもなくぼくの責任だ。

このオフィスのずっと奥に女がひとりいる。リトル・アニー・ルーニーを孤児院に入れたがってたガミガミ女に似た女だ。小さな孤児アニーじゃなくて、『夢見るお年頃』に出てくるリトル・アニー・ルーニーのほうだ。女は疑り深そうにぼくをにらみつけてる。いまにもこっちに歩いてきそうだ。

わかったよ、出ていくって。

ぼくの失敗は、そもそも大学を卒業したことなんだ。

ゴーゴー　レッツゴー　レッツゴー、ダチ公

エド

119

関係当局御中

もしぼくがこの手紙を投函するとして、宛先をどこにすればいいのかまったくわかりません。おそらくナッソー郡地方検事局なのでしょうが。

さて、宛先がどこであるにしろ、ぼくはいまこれを特定の相手に向けて書いているのではありません。この手紙はあらゆる場所のすべての当局者に向けてぼくはいまこれを書いています。なんだか文章がヘンですがお許しください。いまはすこし頭が朦朧としているのです。

もしあなたたちがこの手紙を受けとったとしたら、それはぼくがいちかばちか逃げることに決めたということです。しかし、もしぼくがいちかばちか逃げることに決めたとしてもそれはぼくが罪を犯したからではありませんし、法廷では公明正大な裁きを望めないと不安を感じているからでもありません。いまぼくの人生はすごくこんがらがった状態で、形式的な儀式につきあってる時間がないというだけの話です。逮捕され、裁判に立たされ、といったあれこれは、ぼくが結婚したときと事情がまったくおなじです。ぼくはその場をうろうろしているべきじゃなかった。ゆっくりと影のなかに消えていき、すべてが静まるまで待っているべきだったんです。あのときそうしなかったことを、ぼくはずっと後悔して生きてきました。実際の話、ぼくがいまこんな状況に陥っているのは、あのとき逃げなかったことが直接の原因なのだと思います。

しかし、たとえいまぼくが逃げているとしても、当局への敬意にしっかり縛られていることに変わりはありません。形式的な儀式を尊重し、なんとかして当局に譲歩したいとは思っているのです。そしてそれこそが、この手紙を書いている理由です。この手紙のなかで、ぼくは実際になにが起きたかを説明しようと思っています。そして、いまあなたたちの疑念を晴らしている時間はないと考える理由を理解してもらいたいのです。

まず、告発の件に関していえば、ぼくは無実です。もし有罪なら話はちがってくるでしょう。その場合には、たしかに出頭して裁判を受け、罰を受けるべきです。形式的な儀式をすべてくぐり抜け、みなさんの前にすわり、立ち、ひざまずき、足をひきずって退場すべきでしょう。でもぼくは有罪じゃない。どこからどう見ても完全に無実です。ゆえに、形式的な儀式による贖罪の必要は感じません。かくしてあなたたちはこの手紙を受けとり、ぼくは知られざる場所をめざして逃げているというわけです。

ぼくが結婚したときと現在の状況が違っている点のひとつがそれです。あのときのぼくは有罪で、逃げずに罰を受けました。正しいことをすべてやり、儀式に必要な手続きをすべて取りました。そこのところをぜひわかっていただきたい。自分に罪があったとき、ぼくは進んで罰をうけたのです。ぼくがいま逃げているということは、それだけですでにぼくが無実だという証しなんです。

いいでしょう。ここで事情をすべて説明します。これまでの二年半、ぼくはダーク・スマッフというペンネームでペイパーバックのポルノ小説を書いてきました。『女子学生セックスクラブ』とか『歪んだ欲情』とかいったタイトルの――これはどちらもぼくの本のタイトルですが――小説で、四十二番街で売っています。たぶんあなたたちは、ぼくがＹＭＣＡにおいてきた原稿を読んだのではないでしょうか。とすれば、ぼくのいってることの大枠はわかるはずです。

二年半にもわたってその手の小説を書いてきたことで、心証があまりよくないのはわかっています。しかし、これだけははっきりいっておきます。ぼく自身の私生活は、ぼくの小説に出てくる登場人物のそれよりもずっと単調です。実際、ぼくは結婚してからというもの、妻以外の女性に手を出したことが一度もありません。これは誰とも浮気していないという意味です。そこからもおわかりのとおり、ぼくはベビーシッターのアンジーとはやっていません。

わかっていただきたいのですが、実際の話、ぼくは十一月の本を書くのにものすごく苦労していたのです。頭は不安でいっぱいでした。もう一度締め切りをやぶるようなことがあれば、仕事を干されてしまうからです。そのため、意味のまるでないことをずらずら書いてる過程で、ベビーシッターとセックスしたとも書きました。しかし、あそこには一片の真実もありはしないのです。

しかしその結果、ぼくの全人生は砕け散ってしまいました。いまは破片をひとつひとつ拾い集め、これからどうすべきかを決めなければなりません。自分は妻に戻ってきてほしいのか？　このまま執筆生活をつづけたいのか？　ポルノ小説が書きたいのか？　それともべつのタイプの本が書きたいのか？　自分はいったいなにがしたいのか？

そう、どれも真摯に考えなければならない問題です。いま現在、ぼくはどの質問に対してもまったく答えの用意がありません。もしすこしでも答えを見つけたいなら、しばらく静かにしているべきだと思います。なんとかしてぼくをひどい目にあわそうとする有象無象から逃げまわっていたら無理です。状況を整理しようにも、警察から尋問され、留置場に入れられ、検事や弁護士と会い、裁判に出廷して……といったことに怯えていたら、それもできません。だからぼくはこの手紙を書き、未知の世界へ向けて飛び立ちます。そうすれば、穏やかに、落ちついて、ゆったりと、自分自身と未来を立て直すことができるでしょう。

しかし一方で、儀式のことや、投獄のことや、司法手続きの厳かなダンスのあいだゆっくりと威厳を持ってふるまうことを考えはじめています。ときどきそれが、のんびりする時間を手にするための唯一の方法であるようにさえ思えてきます。自分を見つめるための穏やかで静かな機会を得るには、それしかない気がするのです。だから、この手紙は投函しないかもしれません。もしかしたら、ここを出たら——ぼくはいまこの手紙を陸空軍クラブで書いています

123

――ロングアイランド行きの電車に乗って、自首するかもしれません。

自分がどうしたらいいかわかっていればと思わずにはいられません。もし自首すれば、もちろん、もうあまり悩まなくてもすみます。すくなくとも、しばらくのあいだは。当局者であるあなたがたが、なにをすべきかも、どこへ行くべきかも、すべて決めてくれるでしょう。ぼくの下すべき決断をすべて肩代わりしてくれる。そうなったら、たぶんすごく気が楽だろうと思います。

もちろん、そのほうがぼくのためになるってわけじゃない。そうでしょう？　たしかにぼくは、状況を見つめ直すのんびりした時間がたっぷり手に入れられるかもしれない。自由をあなたたちにゆだね、その間に自分と自分の心のあいだの齟齬を整理することができる。でも、のんびりした時間が終わったときには？　自由を取り戻す準備がぼくにできたときにはどうなるのでしょう？　あなたたちは自由を返してくれるのか？　それとも、いったん身柄を押さえられたら、ぼくがいつまた出て行くかは、あなたたちが判断することになるのか？

いいや。あなたたちだってただの人間でしかない。ぼくとおなじです。すっかり混乱して、自分の人生をどうにか立て直そうとしている。自分自身の問題でいっぱいいっぱいなんだ。あなたたちは冷凍食品会社がインゲンを処理するみたいに、ぼくを処理するつもりなんだ。ぼくが誰であるとか、ぼくの身にどんな災難が起きたかなんて、これっぽっちも気にしちゃいない。

ぼくを逮捕したいなら、自力で捕まえていただくしかないですね。

敬具

エドウィン・トップリス

124

親愛なるサミュエル

十一月の本の最終章を同封したので確認してほしい。なんとかスケジュールには間に合った。これより前半の七章分はいま警察の手にある。昨夜、ＹＭＣＡのぼくの部屋を捜索したときに押収していったはずだ。そういえば、警察にダーク・スマッフの件をタレこんだ件では、きみに礼をいっておくべきだろうな。

それはともかく、ぜんぶ合わせれば八章になる。あと四章あったんだけど、破棄してしまった。ただ、ぼくの妻の脳にはしっかり刻まれてるはずだ。催眠術を使えば完全な状態で取りだせるだろう。そうなれば、きみはいつもより二章分長い作品を手にすることになる。さもなければ、二章分短いか。勝つときもあれば負ける場合もあるってやつさ。

この映画館の支配人は、オフィスでタイプライターを使う許可をくれた。だけどたったいま、タイプの音がうるさくて観客が起きてしまうと苦情をいわれた——いまは朝の四時、この建物には支配人と、十人くらいの安酒飲みのアル中と、ぼくしかいない——だからてっとりばやく

125

説明しよう。ちなみに、いまちょうど二十五ページ目に入ったところだ。

　個人的な事情に鑑み、ぼくはいまここで辞意を表明させていただくほかありません、大統領閣下。これまでチームの一員であったことはぼくの誇りであり、喜びであったことを、ここに申しあげておきたいと思います。ともに力を合わせた日々を永遠の思い出として大切にさせていただきます。あなたの温かさと理解は、ストレスに襲われたときに、いつもぼくを救ってくれました。

　　　　　　　　　　さらば、オマンコ野郎
　　　　　　　　　　　エド・トップリス

訳者あとがき

矢口誠

本書『さらば、シェヘラザード』は、かつて一部のミステリ・ファンのあいだではちょっとした〝伝説の作品〟だった。翻訳されていないどころか、原書もレアで入手困難、なのになぜか誰もがタイトルだけは知っていて、折りにふれては話題にのぼり、憶測まじりの噂が交わされる——そんな作品だったのである。

もちろん、著者のドナルド・E・ウェストレイクは以前から有名だった。一九六〇年に『やとわれた男』でデビューしたウェストレイクは、そのハードボイルド・タッチな作風から「ダシール・ハメットの再来」と一躍注目を集めるも、やがてコミカルな方向に作風を転換し、『ホット・ロック』にはじまる泥棒ドートマンダー・シリーズでその人気を決定的なものにする。一方、リチャード・スターク名義で発表した悪党パーカー・シリーズではシリアス&ハードな路線を継承、その第一作『悪党パーカー／人狩り』はリー・マーヴィン主演で映画化されるなど（映画化名『殺しの分け前／ポイント・ブランク』）、こちらも高い人気を誇っていた。また、一九六七年の『我輩はカモである』ではアメリカ探偵作家クラブ賞（ＭＷＡ賞）も受賞しており、すでに一九七〇年代のなかばには、名実ともにミステリ界のビッグネームといえる存在だったのである。

しかし、一九九〇年前後の日本で『さらば、シェヘラザード』が翻訳される可能性は限りなく低かった。理由はいろいろあるが、いちばんのネックはこの作品がミステリではなく普通小説だったことだ。当時、ミステリ作家のノンミステリ作品に部数を期待することはむずかしかったのである。そのため、ファンのあいだでは「商業ベースでの翻訳版刊行はまずムリ」というのが共通認識だった。となると、ファンの渇望感はさらに高まる。こうして本書は〝幻の一作〟と見なされるようになり、嘘とも真実ともわからないさまざまな噂が飛び交うことになった。いわく――

「ウェストレイクの未訳作品のなかに、なんかすごくヘンなのが一作あるらしい」「それも普通小説」「しかもメタフィクション」「第一章が何度もくりかえされてなかなか第二章にたどりつかない」「めまいを覚えるほどの傑作」「著者に殺意を覚えるほどの駄作」「日本で読んだことがあるのはミステリ評論家の小鷹信光と木村二郎だけ」「マスト中のマスト」「なんか知らんけど、とにかく究極」「嘘じゃないんだ！」などなどなど。

その後、この伝説にはさらにブーストがかかった。本叢書ドーキー・アーカイヴの責任編集者のひとりである若島正氏が、雑誌ハヤカワ・ミステリマガジンの連載「失われた小説を求めて」で本書をとりあげ（一九九七年七月号）、「ウェストレイクの全作品中でもかなりの上位に属する傑作」と絶賛したのである。ウェストレイクといえば超多作なうえに、どの作品もクオリティがとんでもなく高い。そんな作家の著作のなかでも「かなりの上位に属する」のだとしたら、いったいどれだけ面白いのか？　ミステリ・ファンの期待値はここでまたぐっと高まったのであった。
その〝ちょっとした伝説〟の作品が、一九七〇年の原書刊行から半世紀近く経ったいま、こうしてついに翻訳刊行されることになったわけだが、はたして実際に読んでみるとどうなのか？　面白いのかつまらないのか？　傑作なのか駄作なのか？　誰もが知りたいのはまずそこだろう。だがしかし、感想を申しあげるもなにも……そもそも本書は、いくら読んでもぜんぜん小説がはじまらない小説なのであった。

本書の語り手エド・トップリスは二十五歳。ゴーストライターとしてこれまでに二十八作のポルノ小説を執筆してきたが、ここにきて完全なスランプに陥ってしまい、締め切りが目前に迫っているのにアイディアがまったく浮かんでこない。そこでエドは、「スランプに陥ったら、なんでもいいからとにかくなにか書け」という作家仲間のアドバイスにしたがい、自分が直面している窮状をひたすらタイプに打っていく。こうして書かれた〝原稿〟が……本書なのだ。もちろん、エドの目的はポルノ小説を書くことにあり、一章二十五ページ分の原稿を書いても、使えなければ編集者に提出することはできない。そのため、デスクには使えない第一章の原稿ばかりがどんどん積みあがっていく。本書にはここにちょっとした仕掛けがあって、ページにノンブル（ページ番号）が二重についている。ひとつはこの本の実際のノンブルで、もうひとつは主人公のエドが書いている本のノンブル。後者はエドが第一章を最初から書き直すたびに「1～25」が何度もくりかえされる。ある意味、一冊の本のなかにさらに本があるかのような構成になっているのだ。

なんとも奇妙なこの構成からも予測できるように、本書はやがてメタフィクションの領域へと接近していく。メタフィクションとは、小説というジャンル自体に批評的／言及的な小説を指す。「そんな大雑把な説明じゃよくわからないよ」という方は、ぜひとも本書をお読みいただきたい。本書にはメタフィクションを書いている作家が登場する場面があり、メタフィクションがなんであるかはそこで丁寧に説明されているからだ。要するにこの小説は、「メタフィクションに言及的なメタフィクション」なのである。そのうえ本書には、主人公がリチャード・スターク原作の映画『殺しの分け前／ポイント・ブランク』を観に行くという、楽屋オチ的な自己言及まで用意されている。なんとも、メタなうえにもメタな構造になっているわけだ。

ここまで説明しただけでも、本書が一筋縄ではいかない小説なのはおわかりいただけると思う。しかも、である。本書の主人公エドはいわゆる〝信用のおけない語り手〟であり、その発言はどこまでが真実なのかよくわからない。ポルノ小説を書いていたはずが、いつしか話が脱線して妻への不満を並べ立てはじめ、ついには浮気の顚末を告白したりもするのだが、あとになってから「あれはウソだ」などといいだす。読者は愚痴にまみれた身辺雑記と思い出話を読まされ、エドのこれまでの人生を知ることになるものの、はたしてそれのどこまでが真実でどこからが虚構なのか、その境界がどんどん曖昧になってくる。さらにそこに、主人公の実体験をもとにしたポルノ小説の断章があれこれまぎれこんでくるものだから、ややこしいことこのうえない。

しかも、話はそこで終わらない。さらに複雑なのはその先だ。じつはこの作品、ある小説のパクリなのである。パクリという表現が強すぎるなら、「元ネタとなる小説があって、さまざまなアイディアをそこからいただいている」といってもいい。では、本書はどんな作品のどこをどんなふうに「いただいて」いるのか？

本書の元ネタになったとおぼしき作品は、アラン・マーシャルという作家が一九五九年に発表した『男に飢えて』（*Man Hungry*）という未訳のポルノ小説だ。この小説の主人公はダン・ブレイクという二十七歳の男。三年前に『泥酔するまで夜を飲め』という純文学作品で作家デビューし、それなりの評価と収入を得たものの、つぎの作品がどうしても書けない。すでに「デビュー第二作」を五作も執筆したのだが、どれも出版社からボツにされてしまった。貯金もすっかり底をついたダンは、生活のために地方大学で講師として教えることになり、そこで知り合った若い女性講師と深い仲になって夫婦同然の生活をはじめる。ところがそこに、年上の男をつぎからつぎへと誘惑しつづけている十八歳の淫らな女子大生が現われ……

と、ここまでストーリーを紹介しただけでも、本書『さらば、シェヘラザード』との共通点はあきらかだ。主人公はどちらもスランプに悩む作家だし、主人公がティーンエイジャーと浮気したことが原因で夫婦の仲が壊れるという基本設定もおなじ。しかも、本書のラストで主人公のエドが書きはじめようとするポルノ小説『セックスに飢えて』（*Sex Hungry*）と、タイトルまでもが酷似している。さらに驚くべきことに、この『男に飢えて』の主人公ダンが講師として就職する地方大学というのが、ニューヨーク州北郊にあるモネコイ大学なのだ。すでに本書をお読みになった方ならご存じのとおり、これは本書の主人公エドが卒業した大学とおなじである。とすれば、これがたんなる偶然の一致のはずがない。

しかも、である。ネットで検索してみると、さらに驚くべき事実が判明する。このモネコイ大学を舞台にしたポルノ小説は、なんとアラン・マーシャルの『男に飢えて』一作だけではない。じつは、エドウィン・ウェストという作家が一九六三年に発表した『キャンパスの恋人たち』(*Campus Lovers*)という作品も、モネコイ大学が舞台になっているのだ。いったいこれはどういうことなのか?!

……ということでタネ明かしをすれば、すでにみなさんもお察しのとおり、『男に飢えて』のアラン・マーシャルも、『キャンパスの恋人たち』のエドウィン・ウェストも、ドナルド・E・ウェストレイクのペンネームなのである。要するに、ウェストレイクはデビュー前後にペンネームでポルノ小説を書きまくっていた経験をもとに本書『さらば、シェヘラザード』を書いたわけだ。そもそもドナルド・E・ウェストレイクのEはエドウィンのイニシャルであり、本書の主人公エドウィン(通称エド)は、それをそのまま使ったものである。また、ウェストレイクは生涯で三回結婚しているのだが、最初の妻とは一九六六年に離婚、二番目の妻とは一九六七年に結婚している。本書の時代設定が一九六七年であることを考えると、ここで描かれる〝夫婦の危機〟は、自分自身の経験がある程度下敷きになっているとも考えられる。

とはいえ、ウェストレイクといえば天才的なストーリーテリングで知られる職業作家であり、本書は辛気くさい〝自伝的小説〟などではまったくない。これまでの内容紹介からもおわかりのとおり、実験的な仕掛けに満ちていると同時にエンターテインメント性もふんだんに盛りこまれた一種の奇想小説である。ミステリ小説でこそないが、中盤には「え、なにがあったの？」「おいおい、この話どこに進んでくんだよ？」といった謎やツイストが随所に仕組まれている。もちろん内容が内容なので、「小説はあまり読んだことがない」という方にお勧めするわけにはいかない。しかし、読み巧者を任じる小説愛好家にとって、これほど〝美味しい〟作品はまたとないといっていいだろう。

本書に関しては、語るべきことがほかにもたくさんある。たとえば、ゴーストライターである主人公のエドが「本名どころかペンネームさえ使えない自分は、存在していないも同然ではないか？」と不安に駆られ、派手なメイクで素顔を隠した道化師のイメージに取り憑かれていくのは、この作品が発表された当時の文学や映画がたびたびテーマに取りあげていた「実存的な不安」を反映しているのだろう、とか、ウェストレイクが出版界を描いた普通小説にはこの作品以外にも『ニューヨーク編集者物語』があり、これがやがて売れない作家サスペンスの傑作『鉤』に結実するのだ、とか――。しかし、このあとがきはすでに長くなりすぎている。もうこのあたりで読者のみなさんにお別れを告げたほうがいいようだ。

さらば！

なお、本書の翻訳にあたっては、国書刊行会の樽本周馬氏にひとかたならぬお世話になった。また、本叢書ドーキー・アーカイヴの責任編集者若島正氏の存在なくして、わたしが本書を翻訳するチャンスは生まれなかっただろう。ここに記して、お二方に深くお礼を申しあげたい。

■すでに本書を読み終えた方のための訳註

・本書冒頭の「善良なるすべての人々が力を合わせて祖国のために尽くすべきときがきた」という一文は、なにをいっているのかまったく意味がわからないが、これはアメリカの印刷会社などが発行している活字の見本帳に使われている文章で、そもそも意味がない。見本帳を開くと、さまざまなフォント（活字体）で、この文章がずらっと印刷されているのだ（日本では、写研の見本帳の「愛のあるユニークで豊かな書体」という例文が有名である）。主人公のエドはタイプライターに向かったものの書くことがなにも思いつかず、意味のない文章をタイプしているのである。蛇足だが、本書の最後に出てくる文章は、この冒頭の文章をうけている。

・翻訳版では、エドの書いている小説は「タイプ用紙二十五枚が、完成本の二十五ページに相当する」と設定されているが、原書では「タイプ用紙十五枚が、完成本の十五ページに相当する」となっている。本書は「タイプ用紙の枚数と完成本のページ数が連動しており、おなじページ数が何度もくりかえされる」という仕掛けになっているのだが、原書の十五ページを翻訳版の十五ページに収めることは物理的に無理があるため、区切りのいい「二十五」を採用した。そのため、翻訳版では「タイプ用紙二十五枚で五千語」となっているが、正しくは「タイプ用紙十五枚で五千語」である。

・本書の翻訳にあたっては、一九七〇年にアメリカのサイモン＆シュスター社から刊行されたハードカバー版の初版本を底本に使用した。この作品はその後ペイパーバック版も刊行されているが、字組がハードカバー版と異なるため、前記の「タイプ用紙十五枚が完成本の十五ページに相当している」という仕掛けが崩れてしまっている。
・本書に登場するモネコイ（Monequois）はウェストレイクが創造した架空の町で、彼が執筆したさまざまな小説に登場する。翻訳された作品でいえば、ウェストレイク名義の『殺しあい』や、スターク名義の『悪党パーカー／標的はイーグル』にも登場しており、それぞれ「モーンコワーズ」「モネコワ」と日本語表記されている。しかし、今回アラン・マーシャル名義の *Man Hungry* を読んだところ、「すでに絶滅したインディアン部族から名前をとった」という説明があったため、表記を変更した。アメリカ先住民族に Monequois なる部族は見当たらないが、有名な部族（正確には六つの部族の連邦）にイロコイ（Iroquois）があるので、発音はそれに準じるのが順当だろうと判断したためである。ただし、あくまで架空の地名なので、これが正しいという保証はない。
・本書は一九七〇年に刊行された作品なので、いまとなっては時代を感じさせる部分もある。たとえば、パンティストッキングにわざわざ説明がある点などは、現在の読者からすると違和感があるだろう（パンティストッキングのアメリカでの登場は一九六三年で、それまでは腿まである左右二本のストッキングをガーターベルトで留めるタイプだった）。しかし、現代の読者が本書でいちばん「えっ？」と思うのは、後半に登場する同性愛の男性の描き方ではないか。本書におけるこの男性の性格や行動は、明らかにギャグとして機能している。翻訳ではそのあたりのニュアンスを消そうかとも考えたが、時代性を考慮してそのままの形で翻訳した。いまではとてもありえないが、当時のコメディなどにおいては、「ストレートの男性がゲイと勘違いされる」といったシチュエーションは定番ギャグのひとつだったのである。ちなみに、訳文中の「ホモ」の原語は faggot である。
・本書『さらば、シェヘラザード』（*Adios, Scheherazade*）というタイトルのシェヘラザードとは、説話集『千夜一夜物語』の語り手で、毎日処女と結婚しては翌朝に殺しつづけている王と結婚した女性（王妃）である。彼女は王に殺されまいとして、毎晩面白い物語を語り聞かせては、「あすのお話は今宵の話よりもさらに心躍るでしょう」と興味を引いていく。要するにシェヘラザードは「面白い物語がつぎつぎに湧いてくる泉のような存在」である。一方、もともとはスペイン語である Adios は便宜的に「さらば」と訳したが、これは goodby などとはちがい、「もう二度と会えないかもしれない人への別れの言葉」というニュアンスがある。本書の主人公エドがアイディアの枯渇した作家であることを考えれば……このタイトルの意味はもう説明するまでもないだろう。

ドナルド・E・ウェストレイク主要著作リスト（国書刊行会編集部編／明記なき場合は長篇作品。原題、出版社、刊行年、邦題、訳者名、出版社［レーベル名］、刊行年の順で表記。〈 〉はシリーズ名。レーベル名略称：ハヤカワ・ミステリ＝ＨＭ、ハヤカワ・ミステリ文庫＝ＨＭ文、ハヤカワ・ミステリアス・プレス文庫＝ＭＰ文）

●ドナルド・E・ウェストレイク名義

The Mercenaries［改題 *The Smashers, The Cutie*］（Random House, 1960）『やとわれた男』丸本聰明訳、ＨＭ、一九六三年

Killing Time［改題 *The Operator*］（Random House, 1961）『殺しあい』永井淳訳、ＨＭ、一九六三年

361（Random House, 1962）『３６１』平井イサク訳、ＨＭ、一九六七年

Killy（Random House, 1963）『その男キリイ』丸本聰明訳、ＨＭ、一九六五年

Pity Him Afterwards（Random House, 1964）『憐れみはあとに』井上一夫訳、ＨＭ、一九六五年

The Fugitive Pigeon（Random House, 1965）『弱虫チャーリー、逃亡中』志摩隆訳、ＨＭ、一九六八年

The Busy Body（Random House, 1966）『忙しい死体』木村浩美訳、論創海外ミステリ、二〇〇九年

The Spy in the Ointment（Random House, 1966）

God Save the Mark（Random House, 1967）『我輩はカモである』池央耿訳、角川書店、一九七七年

Philip（Thomas Y. Crowell, 1967）（児童小説）

Who Stole Sassi Manoon?（Random House, 1968）『誰がサッシ・マヌーンを盗んだか？』小林宏明訳（「ハヤカワ・ミステリマガジン」一九八二年十・十一月号に前篇・後篇で分載）

Somebody Owes Me Money（Random House, 1969）

Up Your Banners（Macmillan, 1969）

The Hot Rock［英題 *How to Steal a Diamond in Four Uneasy Lessons*］（Simon & Schuster, 1970）〈ドートマンダー〉『ホット・ロック』平井イサク訳、角川文庫、一九七二年

Adios, Scheherazade（Simon & Schuster, 1970）**本書**

I Gave at the Office（Simon & Schuster, 1971）

Bank Shot（Simon & Schuster, 1972）〈ドートマンダー〉『強盗プロフェッショナル』渡辺栄一郎訳、角川文庫、一九七五年

Cops and Robbers（M. Evans, 1972）『警官ギャング』村社伸訳、ハヤカワノヴェルズ、一九七四年

Gangway（M. Evans, 1973）（ブライアン・ガーフィールドと共作）

Help I Am Being Held Prisoner（M. Evans, 1974）

Jimmy the Kid（M. Evans, 1974）〈ドートマンダー〉『ジミー・ザ・キッド』小菅正夫訳、角川文庫、一九七七年

Brothers Keepers（M. Evans, 1975）『聖者に救いあれ』小林宏明訳、角川文庫、一九八二年

Two Much!（M. Evans, 1975）『二役は大変！』木村仁良訳、ＭＰ文、一九九五年

Dancing Aztecs［英題 *A New York Dance*］（M. Evans, 1976）『踊る黄金像』木村仁良訳、ＭＰ文、

一九九四年

Enough（M. Evans, 1977）『殺人はお好き？』（長篇 *A Travesty*『殺人はお好き』＋中篇 *Ordo*『オードウ』）沢川進訳、ハヤカワノヴェルズ、一九八〇年

Nobody's Perfect（M. Evans, 1977）〈ドートマンダー〉『悪党たちのジャムセッション』沢川進訳、角川文庫、一九八三年

Castle in the Air（M. Evans, 1980）『空中楼閣を盗め！』井上一夫訳、HM文、一九八三年

Kahawa（Viking, 1981）

Why Me（Viking, 1983）〈ドートマンダー〉『逃げだした秘宝』木村仁良訳、MP文、一九九八年

A Likely Story（Penzler Books, 1984）『ニューヨーク編集者物語』木村仁良訳、扶桑社ミステリー、一九八九年

High Adventure（Mysterious Press, 1985）〈ドートマンダー〉

Good Behavior（Mysterious Press, 1985）〈ドートマンダー〉『天から降ってきた泥棒』木村仁良訳、MP文、一九九七年

High Jinx（Dennis McMillan, 1987）（アビー・ウェストレイクと共作）

Transylvania Station（Dennis McMillan, 1987）『アルカード城の殺人』（アビー・ウェストレイクと共作）矢口誠訳、扶桑社ミステリー、二〇一二年

Trust Me on This（Mysterious Press, 1988）〈サラ・ジョスリン〉『嘘じゃないんだ！』木村仁良訳、MP文、一九九一年

Sacred Monster（Mysterious Press, 1989）『聖なる怪物』木村二郎訳、文春文庫、二〇〇五年

Drowned Hopes（Mysterious Press, 1990）〈ドートマンダー〉

The Perfect Murder（HarperCollins, 1991）『完璧な殺人』（ローレンス・ブロック、トニイ・ヒラーマン、サラ・コードウェル、ピーター・ラヴゼイと共作）宮脇孝雄他訳、HM文、一九九三年

Humans（Mysterious Press, 1992）

Don't Ask（Mysterious Press, 1993）〈ドートマンダー〉『骨まで盗んで』木村仁良訳、HM文、二〇〇二年

Baby, Would I Lie?（Mysterious Press, 1994）〈サラ・ジョスリン〉

Smoke（Mysterious Press, 1995）

What's the Worst That Could Happen?（Mysterious Press, 1996）〈ドートマンダー〉『最高の悪運』木村仁良訳、MP文、二〇〇〇年

The Ax（Mysterious Press, 1997）『斧』木村二郎訳、文春文庫、二〇〇一年

The Hook［英題 *Corkscrew*］（Mysterious Press, 2000）『鉤』木村二郎訳、文春文庫、二〇〇三年

Bad News（Mysterious Press, 2001）〈ドートマンダー〉『バッド・ニュース』木村二郎訳、HM文、二〇〇六年

Put a Lid on It（Mysterious Press, 2002）

Money for Nothing（Mysterious Press, 2003）

The Road to Ruin（Mysterious Press, 2004）〈ドートマンダー〉

Watch Your Back!（Mysterious Press, 2005）〈ドートマンダー〉
What's So Funny?（Grand Central Publishing, 2007）〈ドートマンダー〉
Get Real（Grand Central Publishing, 2009）〈ドートマンダー〉
Memory（Hard Case Crime, 2010）
Hellcats and Honeygirls（Subterranean Press, 2010）（ローレンス・ブロックと共作／シェルドン・ロード＆アラン・マーシャル名義の *A Girl Called Honey*, *So Willing*、アンドリュー・ショウ名義の *Sin Hellcat* を収録）
The Comedy is Finished（Hard Case Crime, 2012）
Forever and a Death（Hard Case Crime, 2017）

＊短篇集
The Curious Facts Preceding My Execution and Other Fictions（Random House, 1968）
『ウェストレイクの犯罪学講座』小鷹信光編、HM文、一九七八年（日本オリジナル編集）
Pièces Détachées（Nouvelle Éditions Oswald, 1981）（フランスオリジナル編集）
Levine（Mysterious Press, 1984）〈エイブ・レヴィン〉
Tomorrow's Crimes（Mysterious Press, 1989）（カート・クラーク名義の *Anarchaos* とSFミステリ短篇を収録）
Horse Laugh and Other Stories（Eurographica, 1990）〈ドートマンダー〉

A Good Story and Other Stories（Five Star Press, 1999）
Thieves' Dozen（Mysterious Press, 2004）〈ドートマンダー〉『泥棒が1ダース』木村二郎訳、HM文、二〇〇九年

＊ノンフィクション
Under an English Heaven（Simon & Schuster, 1972）
The Getaway Car : A Donald Westlake Nonfiction Miscellany（University of Chicago Press, 2014）

●リチャード・スターク名義
The Hunter〔英題 *Point Blank*　改題 *Payback*〕（Pocket Books, 1962）『悪党パーカー／人狩り』小鷹信光訳、HM、一九六六年
The Man With the Getaway Face〔英題 *Steel Hit*〕（Pocket Books, 1963）『悪党パーカー／逃亡の顔』青木秀夫訳、HM、一九六八年
The Outfit（Pocket Books, 1963）『悪党パーカー／犯罪組織』片岡義男訳、HM、一九六八年
The Mourner（Pocket Books, 1963）『悪党パーカー／弔いの像』片岡義男訳、HM、一九六八年
The Score〔英題 *Killtown*〕（Pocket Books, 1964）『悪党パーカー／襲撃』小鷹信光訳、HM、一九六九年
The Jugger（Pocket Books, 1965）『悪党パーカー／死者の遺産』笹村光史訳、HM文、一九七七年

The Seventh［英題 *The Split*］（Pocket Books, 1966）〈悪党パーカー〉『汚れた七人』小菅正夫訳、角川文庫、一九七一年

The Handle［英題 *Run Lethal*］（Pocket Books, 1966）〈悪党パーカー〉『カジノ島壊滅作戦』小鷹信光訳、角川文庫、一九七一年

The Damsel（Macmillan, 1967）〈グロフィールド〉『俳優強盗と嘘つき娘』名和立行訳、HM、一九七八年

The Rare Coin Score（Gold Medal, 1967）『悪党パーカー／裏切りのコイン』大久保寛訳、HM、一九八四年

The Green Eagle Score（Gold Medal, 1967）『悪党パーカー／標的はイーグル』木村二郎訳、HM、一九八七年

The Black Ice Score（Gold Medal, 1969）『悪党パーカー／漆黒のダイヤ』木村二郎訳、HM、一九八五年

The Sour Lemon Score（Gold Medal, 1969）『悪党パーカー／怒りの追跡』池上冬樹訳、HM、一九八六年

The Dame（MacMillan, 1969）〈グロフィールド〉『俳優強盗と悩める処女』沢万里子訳、HM、一九八二年

The Blackbird（MacMillan, 1969）〈グロフィールド〉『黒い国から来た女』石田善彦訳、HM、一九七八年

Deadly Edge（Random House, 1971）『悪党パーカー／死神が見ている』桐山洋一訳、角川文庫、一九七六年

Slayground（Random House, 1971）『悪党パーカー／殺人遊園地』石田善彦訳、ＨＭ、一九七七年

Lemons Never Lie（World, 1971）〈グロフィールド〉『レモンは嘘をつかない』沢万里子訳、ＨＭ、一九八〇年

Plunder Squad（Random House, 1972）『悪党パーカー／掠奪軍団』汀一弘訳、ＨＭ、一九八一年

Butcher's Moon（Random House, 1974）『悪党パーカー／殺戮の月』宮脇孝雄訳、ＨＭ、一九七九年

Comeback（Mysterious Press, 1997）『悪党パーカー／エンジェル』木村仁良訳、ＨＭ文、一九九九年

Backflash（Mysterious Press, 1998）『悪党パーカー／ターゲット』小鷹信光訳、ＨＭ文、二〇〇〇年

Flashfire（Mysterious Press, 2000）『悪党パーカー／地獄の分け前』小鷹信光訳、ＨＭ文、二〇〇一年

Firebreak（Mysterious Pres, 2001）『悪党パーカー／電子の要塞』木村二郎訳、ＨＭ文、二〇〇五年

Breakout（Mysterious Press, 2001）〈悪党パーカー〉

Nobody Runs Forever（Mysterious Press, 2004）〈悪党パーカー〉

Ask the Parrot（Mysterious Press, 2006）〈悪党パーカー〉

Dirty Money（Grand Central, 2008）〈悪党パーカー〉

●タッカー・コウ名義

Kinds of Love, Kinds of Death（Random House, 1966）〈ミッチ・トビン〉『刑事くずれ』村上博基訳、HM、一九七二年

Murder Among Children（Random House, 1967）〈ミッチ・トビン〉『刑事くずれ／ヒッピー殺し』工藤政司訳、HM、一九七三年

Wax Apple（Random House, 1970）〈ミッチ・トビン〉『刑事くずれ／蠟のりんご』大庭忠男訳、HM、一九七三年

A Jade in Aries（Random House, 1970）〈ミッチ・トビン〉『刑事くずれ／牡羊座の凶運』大井良純訳、HM、一九八二年

Don't Lie to Me（Random House, 1972）〈ミッチ・トビン〉『刑事くずれ／最後の依頼人』木村二郎訳、HM、一九八二年

●サミュエル・ホルト名義

One Of Us Is Wrong（Tor, 1986）〈サム・ホルト〉『殺人シーンをもう一度』広瀬順弘訳、二見文庫、一九八七年

I Know A Trick Worth Two Of That（Tor, 1986）〈サム・ホルト〉

What I tell You Three Times Is False（Tor, 1987）〈サム・ホルト〉

The Fourth Dimension Is Death（Tor, 1989）〈サム・ホルト〉

●アラン・マーシャル名義

All My Lovers（Tower Publications, 1959）

Backstage Love［別題 *Apprentice Virgin*］（Tower Publications, 1959）

Sally（Tower Publications, 1959）

Man Hungry（Tower Publications, 1959）

All The Girls Were Willing［改題 *What Girls Will Do*］（Tower Publications, 1960）

The Wife Next Door（Tower Publications, 1960）

Virgin's Summer（Tower Publications, 1960）

A Girl Called Honey（Tower Publications, 1960）（シェルドン・ロード&アラン・マーシャル名義／ローレンス・ブロックと共作）

So Willing（Tower Publications, 1960）（シェルドン・ロード&アラン・マーシャル名義／ローレンス・ブロックと共作）

All About Annette（Tower Publications, 1960）

Off Limits（Pert Publications, 1961）

Call Me Sinner（Pert Publications, 1961）

The Sin Drifter（Pert Publications, 1962）

Passion Doll（Corinth Publications, 1962）

The Sin Losers（Corinth Publications, 1962）
Sin Prowl（Corinth Publications, 1963）

●エドウィン・ウェスト名義
Young and Innocent（Monarch Books, 1960）
Campus Doll（Monarch Books, 1961）
Brother and Sister（Monarch Books, 1961）
Strange Affair（Monarch Books, 1962）
Campus Lovers（Monarch Books, 1963）

●カート・クラーク名義
Anarchaos（Ace Books, 1967）（ハードボイルドＳＦ）

●ジョン・デクスター名義
No Longer a Virgin（Nightstand Books, 1960）

●アンドリュー・ショウ名義
Sin Hellcat（Nightstand Books, 1962）（ローレンス・ブロックと共作）

●バーバラ・ウィルソン名義

The Pleasures We Know（Domino Books, 1964）（ローレンス・ジャニファーと共作）

●ティモシー・J・カルヴァー名義

Ex Officio［別題 *Power Play*］（M. Evans and Co. Inc., 1970）（政治サスペンス）

●J・モーガン・カニンハム名義

Comfort Station（Signet, 1973）

●ジャドソン・ジャック・カーマイクル名義

The Scared Stiff（Carroll & Graf, 2002）『弱気な死人』越前敏弥訳、ヴィレッジブックス、二〇〇五年（邦訳はドナルド・E・ウェストレイク名義）

●ジョン・B・アラン名義

Elizabeth Taylor : A Fascinating Story of America's Most Talented Actress and the World's Most Beautiful Woman（Monarch Books, 1961）（伝記）

参考文献：Donald Westlake.com、『世界ミステリ作家事典［ハードボイルド・警察小説・サスペンス篇］』（森英俊編、国書刊行会）、木村仁良氏によるウェストレイク作品解説・訳者あとがき（記して感謝いたします）

著者　ドナルド・E・ウェストレイク　Donald E. Westlake
1933年ニューヨーク州ブルックリン生まれ。十代の頃から創作を始め、様々なジャンル作品を出版社に投稿、54年に初めてSF短篇が採用される。大学入学後、空軍に入隊、復学を経て文芸エージェントに勤務しながらポルノ小説等を執筆、60年に『やとわれた男』でミステリ作家デビュー。多くのペンネームで百作を超える長篇を発表、コメディ・ミステリ、ハードボイルドの名手として活躍する。代表作に〈泥棒ドートマンダー〉シリーズ、リチャード・スターク名義の〈悪党パーカー〉シリーズがある。『我輩はカモである』(67) でMWA最優秀長篇賞、「悪党どもが多すぎる」(89) で最優秀短篇賞、『グリフターズ／詐欺師たち』(90) で最優秀映画脚本賞、93年には同巨匠賞も受賞。2008年逝去。

訳者　矢口誠（やぐち　まこと）
1962年生まれ。慶應義塾大学国文科卒。翻訳家。主な訳書にファウアー『数学的にありえない』(文藝春秋)、バリンジャー『煙で描いた肖像画』(創元推理文庫)、ウェストレイク『アルカード城の殺人』(扶桑社ミステリー)、『レイ・ハリーハウゼン大全』(河出書房新社)、バーンスタイン『メイキング・オブ・マッドマックス 怒りのデス・ロード』(玄光社)、デイヴィス『虚構の男』(国書刊行会)などがある。

DALKEY ARCHIVE

責任編集

若島正＋横山茂雄

さらば、シェヘラザード

2018年6月25日初版第1刷発行

著者　ドナルド・E・ウェストレイク

訳者　矢口誠

装幀　山田英春

発行者　佐藤今朝夫

発行所　株式会社国書刊行会

〒174-0056　東京都板橋区志村1-13-15

電話03-5970-7421　ファックス03-5970-7427

http://www.kokusho.co.jp

印刷製本所　中央精版印刷株式会社

ISBN 978-4-336-06060-0

落丁・乱丁本はお取り替えいたします。

DALKEY ARCHIVE

責任編集

若島正＋横山茂雄

ドーキー・アーカイヴ

全10巻

虚構の男 L.P.Davies *The Artificial Man*
L・P・デイヴィス 矢口誠訳

人形つくり Sarban *The Doll Maker*
サーバン 館野浩美訳

鳥の巣 Shirley Jackson *The Bird's Nest*
シャーリイ・ジャクスン 北川依子訳

アフター・クロード Iris Owens *After Claude*
アイリス・オーウェンズ 渡辺佐智江訳

さらば、シェヘラザード Donald E. Westlake *Adios, Scheherazade*
ドナルド・E・ウェストレイク 矢口誠訳

イワシの缶詰の謎 Stefan Themerson *The Mystery of the Sardine*
ステファン・テメルソン 大久保譲訳

救出の試み Robert Aickman *The Attempted Rescue*
ロバート・エイクマン 今本渉訳

ライオンの場所 Charles Williams *The Place of the Lion*
チャールズ・ウィリアムズ 横山茂雄訳

煙をあげる脚 John Metcalf *Selected Stories*
ジョン・メトカーフ 横山茂雄、北川依子訳

誰がスティーヴィ・クライを造ったのか？
Michael Bishop *Who Made Stevie Crye?*
マイクル・ビショップ 小野田和子訳